Que la muerte sea breve.

Primera Edición en enero de 2016.

Diseño: Alfredo Valera Rotundo. Pangea Visual LLC.
Edición: Elizabeth Baralt.

Impreso en Miami, Estados Unidos en el mes de enero de 2016.
ISBN-13: 978069261690
ISBN-10: 069261690X

Iralyn Valera Rotundo

Que la muerte sea breve

A Tino, a mi madre y hermanos.

Si la vida te otorga una segunda oportunidad, no la desperdicies.

QUE LA MUERTE SEA BREVE

RAPHAEL

La serpiente que termina mordiendo su propia cola...

—¡Rápido, no dejen que escape!— Gritó Raphael Randone, un oficial de 25 años que entró de golpe al interior de un galpón cerca de los Everglades de Miami, junto a una docena de hombres uniformados y con armas de reglamento. Ellos dieron la voz de alto, pero recibieron como respuesta una ráfaga de disparos desde el otro extremo

—¡Desplieguen, rápido!— Les ordenó Raphael de nuevo con la respiración agitada, al tiempo que se cubría de las balas detrás de una delgada columna de concreto que estallaba por los impactos produciendo una capa de polvo flotante.

A unos veinte pasos de él, Raphael vio a dos hombres cubriendo a un tercero que intentaba escapar por una de las puertas laterales. Estaba seguro que se trataba del sujeto que buscaban afanosamente: Marcello "Cash".

El enemigo les disparaba a mansalva para evitar que se acercaran. Raphael se asomó de nuevo con sigilo por detrás de la columna, y tiroteó un par de veces antes de volver a protegerse; pero no logró acertar con ninguno. Al virar su rostro hacia el otro lado, vio cuando uno de sus hombres cayó de espaldas después de un fuerte impacto en la cabeza. Raphael gruñó y miró nuevamente hacia donde pensaba que estaba Marcello "Cash", quien —de espaldas a él en su huida— corría hacia la puerta lateral, escabulléndose del lugar. Le disparó tratando de evitar que escapara, pero Marcello apenas se tambaleó antes de atravesar la puerta y desaparecer.

—¡Maldita sea!— Gritó Raphael volviendo a su posición detrás de la columna. Los dos secuaces de Marcello continuaban disparando para cubrir las espaldas de su líder.

Pero, tras una ráfaga de proyectiles, ambos cayeron muertos. Y llegó ese silencio denso que deja la muerte cuando pasa y no te lleva. Se respiraba un aire calmo de humo y pólvora. Raphael esperó un instante más, agazapado.

—¡Nuestro hombre escapó! —Le advirtió uno de los oficiales desde el otro extremo del galpón— ¡Vamos, salgan, el área está despejada!

Abrumado, Raphael salió de su recuerdo. Apagó el cigarrillo pisándolo con su bota de uniforme que vestía como miembro del Comando de Asalto de la policía de Miami (CAMP). Contempló por un instante más la fachada del galpón en el que –sólo un par de horas antes– había intervenido un cargamento grande de anfetaminas. Al fondo, uno de los funcionarios sujetaba entre sus brazos la figura de una Virgen morena hecha en madera que habían encontrado, intacta, dentro del galpón. Otro oficial de mayor rango se le acercó con un fólder en la mano. Era Edgar Páez, su compañero y segundo al mando.

—Ya hemos registrado casi 11 millas a la redonda y no hay señales de Marcello —le dijo extendiéndole el fólder—. La lluvia que cayó debió borrar todas las pistas.

Raphael lo miró preocupado.

—Debemos encontrarlo. Estoy seguro que lo herí, no debe estar muy lejos de aquí.

—¿Y si escapó en un auto, señor?

Raphael miró la desolada carretera sin descartar esa posibilidad.

—Como sea, debemos seguir buscándolo, Páez —le insistió—. Al detective Hernández no le gustará que lleguemos sin buenas noticias, ¿entendido?

El oficial asintió y, tras un instante de duda, se atrevió a preguntarle nervioso:

—Otra cosa, ¿cómo buscar a alguien que... nunca antes hemos visto? —Raphael desvió la mirada del camino y observó a Páez con molestia—. Discúlpeme, jefe, pero... ni siquiera tenemos una fotografía de él para saber cómo es su rostro. Las pocas referencias que hay son muy vagas... Estamos buscando a un fantasma.

—Que yo sepa, los muertos no caminan —le respondió irritado—. No hay otra opción, así que búscalo con lo poco que tenemos, Páez... Mientras tú cuestionas mis órdenes, el hombre que buscamos está tomando ventaja.

—Sí, jefe... Con permiso— dijo el oficial con tono inconforme antes de alejarse para reorganizar al equipo de búsqueda. Raphael lo detuvo invadido por una duda.

—Oye, Páez, un último asunto: ¿qué Virgen es esa que llevan ahí?

El oficial miró en dirección a la patrulla donde la efigie había sido trasladada.

—Según los muchachos, es *María Reina de Monte Oropa,* muy venerada en Italia... —regresó la vista hacia Raphael con aire preocupado—. En los contenedores hay docenas de réplicas de ella, más pequeñas, hechas de cerámica y llenas de anfetaminas... Espero que sea el primer cargamento en entrar o, por el contrario, tendremos miles de imágenes religiosas regadas por doquier, junto con la droga que llevan dentro.

Raphael le agradeció dándole permiso para retirarse. Poco después, abrió el fólder que le habían entregado y contempló la imagen de un árbol frondoso con una llave y una espada entrecruzados en el centro de su tronco. Deslizó su dedo pasando la hoja y halló otro dibujo: un tridente negro con puntas ovaladas. Esas eran las únicas pistas que tenían para identificar a Marcello "Cash", el líder de los *Della Croce,* una peligrosa organización de la mafia italoamericana.

LAYLA

Cuando salvas a quien no lo merece...

Layla Andrade practicaba electroshock sobre el cuerpo de un hombre que parecía tener algo más de 30 años. Éste se agitaba al contacto con el aparato dejando ver, en su muñeca izquierda, el tatuaje de un tridente negro con puntas ovaladas.

—¡No me hagas esto! —gritó ella desesperada—. ¡*Come on*! Le dio una segunda descarga con mayor intensidad. El hombre volvió a agitarse como un títere, sobre la fría camilla de metal. Los monitores dieron señal de una reacción débil en su frecuencia cardíaca. Layla bajó sus brazos, agotada. El equipo médico —en un inquieto vaivén, al fondo— trataba de mantener estable al paciente.

—¡Lo tenemos, doctora!— Gritó Patty, una joven enfermera que había estado hasta entonces parada junto al monitor. Layla giró la vista hacia ella autorizándola a continuar sola; dejó el equipo a un lado, y abandonó el quirófano arrastrando los pies.

MARCELLO

¿Y si un día, es el primer día?

Abrí los ojos y no recordaba nada. Tenía la mente en blanco. No supe qué hacía en aquella oscura habitación. Traté de distinguir el espacio, pero me invadió un mareo que me obligó a sujetarme de la cama donde estaba acostado boca arriba. Sentí húmedas las sábanas. Saqué una pierna fuera de la cama y sentí un cosquilleo en toda la parte baja del cuerpo. Tomé aire y me animé a posar el pie sobre el suelo a modo de ancla. El cosquilleo se intensificó y apreté la mandíbula contrayendo el dolor. Divisé una puerta cercana a mi derecha. Estaba en medio de una habitación muy pequeña. «Qué extraño sueño», pensé restregándome los ojos. Cuando quise levantarme, las piernas no reaccionaron a mis deseos y me desplomé de rodillas al piso. Me incorporé como pude, y di tumbos en la oscuridad hasta llegar al marco de la puerta. El piso de madera se contraía con cada pisada, generando crujidos molestos. A tientas, encendí el interruptor de luz y me hallé en el interior de un amplio baño. Una veintena de bombillos redondos bordeaban el espejo central, encima del lavamanos. Me volví a estrujar los ojos hasta que las pupilas se fueron adaptando al golpe de luz. Acaricié los azulejos que decoraban las paredes intentando reconocer algo, pero mi mente seguía como un cajón vacío. Arrugué el ceño cuando vi mi   cuerpo desnudo reflejado en el espejo. No era como yo me recordaba. Parecía mucho más joven, casi un muchacho de no más de 25 años. Tenía la piel tan blanca que dejaba a la intemperie venas verdosas y púrpuras atravesando todo mi cuerpo, como una red por la que circula la vida en un infinito circuito. Nervioso, volteé buscando el símbolo del árbol que tenía tatuado en uno de mis omoplatos, pero no lo hallé. Recuerdo que bufé «puta madre», en un hilo de voz, antes de perder el conocimiento.

Estaba rodeado de un grupo de hombres con mala cara. Al principio no logré distinguir ningún sonido, sólo los veía reír a carcajadas dejando al descubierto sus dientes amarillentos por el tabaco. Por fin los rusos aceptaban hacer negocios conmigo; aunque, claro, ninguno de ellos sabía de verdad quién era yo, ni hasta dónde llegaba mi poder. Me gustaba hacerme el tonto y fingía ser un simple soldado que sólo se limitaba a recibir las órdenes de su superior. Brindábamos el cierre de nuestra primera negociación alzando las copas al aire. En el centro de la mesa, una figura de María Reina de Monte Oropa parecía estar observándonos con orgullo. Era una enorme réplica de la llamada Virgen Negra, hecha en madera de cedro. Quité mi vista de ella tras un estruendo de voces de alarma que llegaron junto a varias detonaciones. Dos hombres me halaron hacia un costado buscando refugio entre los contenedores de metal y cajas de madera que, al instante, recibieron los impactos de balas. Uno tras otro, como si de pronto lloviera plomo del cielo. Me mantuve entre los dos hombres quienes, de tanto en tanto, sacaban sus cuerpos detrás de las cajas y devolvían los disparos. Divisé una puerta más allá, a unos cinco pasos. Sabía que debía llegar hasta ella si deseaba salir con vida de ahí. Miré al hombre de mi derecha, quien se agazapaba tras disparar hacia el otro extremo con su arma semiautomática. Él sudaba a cántaros. Sostenía un cigarrillo apretado entre sus dientes y el ojo derecho a medio cerrar protegiéndose del humo irritante. Volvió a sacar la cabeza por sobre las cajas y disparó dos veces más. Era un sonido frío, cortante. Palpé la parte trasera de mi espalda buscando la Beretta italiana. Maldije al recordar que había dejado mi arma sobre la mesa. El hombre de mi izquierda me zarandeó señalándome la misma puerta que había visto antes. «¡Corra hacia allá, jefe, yo lo cubriré!», me gritó salpicándome el rostro con su saliva. La luz blanca que emanaba de la puerta le otorgaba un aura celestial a esa salida. Si llego al otro lado estaré a salvo, pensé; como si tan solo esa idea me iba a llenar de valentía para dar el primer paso. «Los ángeles nunca dan la espalda», me dije a mi mismo disculpándome por lo que estaba a punto de hacer. El hombre a mi izquierda me golpeó suavemente en el brazo para indicarme que huyera sin mirar hacia atrás. No volteé para ver a mi Virgen Negra, aunque quise hacerlo.

Contuve la respiración mientras corría hacia la luz blanquecina de la puerta y, cuando estaba a punto de llegar a ella, sentí que algo me mordió el brazo. Reconocí aquel ardor feroz, pero no me detuve. Ya dentro del auto, me calmó descubrir que la bala sólo había rozando mi brazo izquierdo, muy cerca del tatuaje de doble cruz que me hice dos años atrás como símbolo de jerarquía. Miré por el espejo retrovisor. Una cortina de lluvia no me permitía ver el camino que se iba quedando atrás: el galpón, las cajas de madera, los contenedores llenos de mercancía, mis guardianes y el enemigo vestido de uniforme. Detrás de mí, ya no había nada que me acechara. La aguja del Porsche negro GT3 tocó las 105 millas por hora y, cuando quise frenar ante la sorpresa, ya no pude. Un camión cargado de basura se atravesó en la intersección para unirse al camino lluvioso. Torcí de golpe el volante y sentí ardor en la herida del brazo. Lo último que vi, fue el tronco grueso de un árbol arropándome con sus ramas.

Desperté sobresaltado con el pecho contraído por la falta de aire. Estaba mareado y tenía una fuerte jaqueca, como si abriera los ojos tras una jornada intensa de alcohol. Me percaté de que continuaba en el mismo baño con azulejos. Seguía sin entender qué hacía en aquel lugar. Me levanté sosteniéndome del lavamanos. Observé que ya no me dolían las piernas. Jugueteé con los dedos de los pies, rozando uno contra el otro. No eran como yo los recordaba. El dedo gordo era pequeño y chato, como si un martillo lo hubiese machacado. Las uñas lucían pulcras, pero cortadas con torpeza. Volví a ver con temor hacia el reflejo del espejo, buscándome; pero seguía allí ese extraño muchacho que me miraba angustiado. «Trata de concentrarte», pensé y cerré los ojos en un tonto intento de huir. Abrí un ojo y vi que seguía allí. Volví a cerrarlo apoyándome del lavamanos.

—Piensa, Marcello, piensa —me repetí como un mantra, calmando mi respiración. Tras un instante, abrí los ojos de golpe— ¡El galpón!... ¡Yo estaba huyendo de los malditos policías antes de llegar aquí...!

Miré de nuevo el reflejo del joven quien ahora me mostraba un gesto contrariado a causa del miedo. Aquello no había sido un sueño, sino un recuerdo recuperado del hoyo negro en que se había convertido mi memoria. Busqué de nuevo el árbol tatuado en mi espalda; pero seguía ausente. El tridente negro en mi muñeca también había desaparecido, junto con la doble cruz y la herida que me dejó el roce de bala en el brazo. De mi piel habían sido borradas todas mis marcas de guerra.

—¡¿Qué es todo esto?!— Me pregunté aterrado como si esperase que, del otro lado, el reflejo de mí mismo fuese a disipar todas las dudas. Me amarré una toalla a la cintura y salí del baño. La habitación parecía mucho más grande con la luz del sol. Corrí para asomarme a la ventana y descubrí que estaba en el último piso de un edificio en alguna ciudad que, a simple vista, no pude descifrar. La fachada de otro edificio tapaba el paisaje. Sólo veía tendederos de ropa en balcones desolados. Decidí hurgar la gaveta de la mesa del buró próximo a la cama. Ahí dentro todo estaba ordenado, una cualidad que tampoco recordaba poseer. Había un libro de poemas de bolsillo, varios frascos de pastillas, un bolígrafo y una libreta de notas. La abrí con curiosidad. Contenía números telefónicos y frases sin sentido. Hojeé las hojas sin encontrar nada que llamara mi atención. Cerré la gaveta decepcionado. Fui hasta el clóset y lo abrí de par en par. Sobresalían los trajes de tonos fríos, corbatas, abrigos y una enorme colección de sombreros. Tras meditarlo un instante, decidí ponerme algo de ropa para salir a husmear más de cerca la ciudad. En un pequeño espejo vi cómo me quedaba uno de los tantos sombreros; pero al final preferí regresarlo a su lugar. Iba de salida cuando pasé junto a una poltrona donde reposaba una billetera sobre un periódico doblado en dos. Me apresuré a hurgar dentro de la billetera. Hallé una vieja tarjeta de identificación de New York cuya fotografía indicaba que me pertenecía; o, mejor dicho, que pertenecía a ese joven a quien yo había visto reflejado en el espejo. Todo era tan extraño, inclusive el nombre *Jordi Franco* escrito a máquina con torpeza.

—No puede ser... —balbuceé frente a la fotografía en blanco y negro—... Ni soy este joven, ni me llamo Jordi Franco..., ¿Dónde demonios estoy?

Sonó el timbre de un teléfono y brinqué asustado. Noté que el aparato era de base redonda donde los números, señalados en un disco, se marcaban al hacerlo girar hacia la derecha. No atendí, y el repique cesó. Seguí revisando lo que había en la billetera y el teléfono volvió a sonar, insistente.

—Bueno— dije nervioso.

—Señor, Franco, ¿es usted?— Preguntó una voz gruesa y masculina al otro lado del teléfono.

No respondí.

—Es Mark Trevon, del diario *The New York Times* — dijo la voz. De inmediato, observé que el periódico que estaba sobre la butaca—. Lo llamo para informarle que el puesto de cronista local es suyo. Lo espero por aquí mañana al mediodía. ¿Le parece bien?

Yo era incapaz de articular palabra. Seguía con la vista clavada sobre el diario.

—¿Señor Franco, está ahí?— Insistió el hombre alzando el tono de voz.

—Sí... eso creo— dije apenas.

—Bien, felicidades. Aquí lo espero— y colgó.

Cerré la llamada colocando el largo auricular sobre la base, y tomé el periódico para desdoblarlo. Fijé la mirada en la cabecera de la primera plana donde se leía: *«The New York Times. 6 de septiembre de 1928»*

—¿1928? —me dije lleno de espanto—. ¡Oh mierda!

LAYLA

Héroes de bata blanca.

Layla salió velozmente del área de cirugías del *Hospital Jackson de Miami.* Vestía un uniforme azul humedecido por el sudor. Acababa de concluir cinco horas de una difícil operación. El paciente había ingresado de emergencia con una fuerte contusión cerebral, a raíz de un accidente de tránsito. Su corazón reaccionó después del electroshock pero, aún así, su cuadro clínico seguía siendo inestable. Layla, con rostro tenso, caminaba apresurada evitando saludar a sus colegas.

Elio Valdés —un doctor pelirrojo, especialista en cardiología y amigo de Layla— salió del quirófano detrás de ella. La divisó a lo lejos, caminando a pasos rápidos por el largo corredor de paredes blancas y aire frío. Elio le dio alcance a la carrera.

—¡Layla, espera!— Le gritó jadeando a sus espaldas.

—No estoy de humor, Elio —le respondió ella de mala gana, sin detenerse—. Preferiría estar sola, si no te importa.

Iban casi al trote, esquivando al personal médico y a los pacientes que transitaban por los pasillos del hospital.

—Sí me importa, y no te dejaré sola —le dijo cuando llegaron a la puerta del consultorio de Layla—. Además, ¿por qué estás de mal humor? ¡Acabas de salvarle la vida a ese hombre!

Al entrar, Layla cerró la puerta con brusquedad. La sencillez del espacio no reflejaba que se trataba de la oficina de la mejor neurocirujana del país. No tenía diplomas de reconocimiento colgados de las paredes, porque lo consideraba egocéntrico y de mal gusto. El único decorado detrás de su escritorio era un cuadro del artista cinético *Jesús Soto*, que le había obsequiado su madre años atrás. Al otro costado, una pequeña réplica de *Anish Kapoor* reposaba sobre una base de acrílico. Esta vez, Elio no bromeó como siempre lo hacía comparando la réplica con un jabón de baño metalizado. Layla pasó directo hacia la ventana donde se quedó largo rato contemplando el paisaje, sumergida en un profundo silencio. Elio decidió quedarse de pie junto a la puerta, respetándole su tiempo. Con suaves movimientos, Layla se quitó el gorro quirúrgico que le cubría la cabeza dejando caer su larga cabellera negra. Desde la ventana, veía parte del campus de la *Universidad de Florida* donde, en ese momento, una pareja de jóvenes reía a carcajadas en complicidad bajo los árboles. Aquella visión la relajó.

—Qué simple parece la vida cuando tenemos a favor la juventud, ¿verdad? —susurró Layla sin apartar la vista de la pareja—. Ahora entiendo porqué *Peter Pan* no quería crecer... era un niño astuto.

Elio esbozó una sonrisa al deducir que ella estaba lista para desahogarse.

—Quien te oye hablar cree que tienes 85 años — le dijo él acercándose hasta la ventana a paso lento—. Apenas estás en tus treintas, todavía eres parte del porcentaje juvenil de esta ciudad en la que nadie quiere envejecer —agregó intentando hacerla sonreír un poco; pero ella se mantuvo distante, con la mirada aún fija sobre los jardines de la universidad. Elio bajó los hombros, dándose por vencido.

—Trata de levantar el ánimo, Layla. No tienes razones para estar así. Al contrario, acabas de hacer un milagro con esa operación... Sabes que no miento, porque ambos conocíamos muy bien sus probabilidades de sobrevivir —Elio le tomó el rostro obligándola a que lo mirase directo a la cara. Ella se dejó hacer y Elio descubrió sus ojos llenos de lágrimas—. De no ser por ti, ése hombre no se hubiese salvado.

Layla bajó la mirada, triste.

—No te precipites —dijo ella separándose para ir hasta el borde de su mesa, donde se apoyó—. Aún no está consciente... y la verdad no sabemos si volverá a estarlo.

—Él se pondrá bien, ya lo verás —le insistió Elio animado—. Es un hombre joven y fuerte... saldrá de ésta.

Además, podemos decir que prácticamente renació. Estuvo clínicamente muerto por dos minutos y quince segundos. ¿Sabes lo que eso significa? Muerto por dos minutos y quince segundos... ¡Hoy no era su día para seguir la lucecita hasta el final del túnel! —Layla señaló al cielo como diciendo: «dame paciencia»—. Después de ese accidente —Elio siguió, sin darle importancia a la mueca de su amiga—, es una suerte que llegara al hospital entero y con signos vitales... Por cierto, ¿supiste algún otro detalles sobre su identidad?

—Te cuento mientras comemos algo, ¿si? Necesito meterle algo a mi estómago o desarrollaré úlcera.

Tomaron juntos el ascensor. Elio entró con aire distraído revisando los mensajes en su beeper, mientras le terminaba de contar a Layla cómo le había ido la noche anterior en una cita a ciegas.

—Todo mi plan con Carlos resultó ser... a ver, ¿cómo decirlo que no suene tan dramático?... Ash, ¡Es que no puedo decirlo de otro modo! —le dijo con la vista gacha sobre el aparato. Layla carraspeó, pero él no le prestó atención dejándose llevar por la euforia—. Fue una cita catastrófica, de fin de mundo, la agonía de una persona a punto de ser devorado por una jauría de leones, ¡es que yo no vuelvo a salir en una cita a ciegas! —Alzó la vista para ver a Layla y encontró que ésta lo veía tensa, con los ojos abiertos como platos—. Uy, ¿por qué tienes esa cara de.../? —Se cortó al percatarse de la presencia del doctor

Parker, director del hospital, quien lo miraba serio desde el fondo del ascensor. Layla apretó los labios conteniendo la risa, mientras Elio, nervioso, intentaba justificar su conversación—... Es que eso de salir con amigos para conocer chicas puede terminar siendo un desastre, ¿verdad, doctor Parker? —Éste siguió mirándolo sin intenciones de darle respuesta alguna. Elio, tenso, continuó—... Lo digo porque puede ser que tu amigo se fije en la misma chica que tú... y luego ella en ti, pero ya tú no quieres nada con ella para no hacer sentir mal a tu amigo y.../

El ascensor se abrió y Elio salió disparado para huir del incómodo momento. Layla soltó una risita y se despidió del doctor Parker para ir tras su amigo. Las puertas del ascensor se cerraron y el doctor Parker dibujó una sonrisa en su rostro, divertido.

MARCELLO 1928

En otra piel.

Una gota de sangre espesa cayó sobre el periódico que yo aún sostenía anonadado. Tanteé mi rostro y sentí el hilillo que descendía verticalmente por el orificio izquierdo de mi nariz. Me limpié con la mano sin darle mucha importancia, y volví a fijar mi atención en aquél encabezamiento. *The New York Times, 6 de septiembre de 1928.* «Tiene que existir alguna explicación coherente para esto», pensé tratando de no perder el juicio al leer las noticias de primera página.

«Tras la rebelión protagonizada por universitarios, conocidos como la Generación del 28, muchos siguen desaparecidos en Caracas»... *«El bacteriólogo Alexander Fleming descubre el efecto antibiótico de la penicilina».* Me senté atónito.

—Soy como *Michael Fox*, pero en una versión hacia el pasado... —susurré alzando la vista hacia la puerta de la habitación, ahora sí, aterrado—... Cómo puede ser posible que esté en el pasado... tiene que ser un sueño... —volví a mirar el encabezado blanco y negro, y dejé el periódico a un lado. Me toqué la nariz al sentir que otro hilo de sangre corría por mi labio superior logrando un ligero cosquilleo. Miré la punta de mis dedos, teñidos de rojo. De nuevo comencé a sentirme mareado—. Tiene que haber una explicación... es imposible que yo esté viviendo en 1928, cuando nací en 1972.

Salí de la habitación temiendo que, de pronto, algún desconocido se me cruzara en el lugar. Era un apartamento pequeño. La sala y la cocina se integraban en el mismo espacio. La humedad hacía estragos en las paredes, despegando en pedazos la pintura blanca. Observé unas llaves que reposaban sobre el mesón de la cocina, junto a un vaso de leche medio lleno. Al abrir la puerta principal, me encontré con un angosto pasillo con iluminación parpadeante y dos puertas vecinas. «Vivo en una ratonera», pensé y cerré la puerta ya sin ánimos de salir a enfrentar al mundo. Regresé a la sala contemplando el espacio con curiosidad. Sólo había una pequeña mesa de centro con un par de libros, junto a un sofá de dos puestos curtido por el sol. Era el típico refugio de un jovencito soltero que vivía con lo estrictamente necesario. Me encaminé hacia un corto corredor que parecía conducir hacia otra habitación. Descubrí un pequeño estudio con una mesa chica sobre la que reposaban una máquina de escribir *Briton*, una caja de cigarrillos *Camel*, un cenicero lleno de colillas y un cuaderno con tapa roja. Las paredes estaban tapizadas de estantes con libros. Tras mirar algunos títulos, noté que en su mayoría trataban sobre periodismo de investigación, crónica y literatura. La máquina *Briton* sostenía una hoja donde se leía: «Cuando mueras, piensa en mi...» y ahí quedaba en una línea inacabada. Alcé el cuaderno con tapa roja y abrí sus hojas al azar. Atraído por la forma en que estaban trazadas las letras –escritas con una leve inclinación hacia la derecha– comencé a leer fragmentos aquí y allá. Parecía un diario que describía tareas y pensamientos sin orden ni sentido: «Tengo días con esta idea en la cabeza para la próxima antología: ¿A dónde van los buenos cuando mueren?», leí frunciendo el ceño. Pasé la página y, tras repasar varias frases por el mismo estilo, me invadió un recuerdo, como si fuera un relámpago cayendo sobre mi cabeza, aturdiéndome: *Yo estaba sentado en una pequeña oficina con paredes azul celeste y un hombre de bata blanca, quien estaba en su escritorio frente a mi, se puso de pie mirándome compasivo. Bordeó la mesa para posar su mano sobre mi hombro en un gesto de consuelo. Entre las mías, yacía un resultado médico con una mala noticia que reconocí de inmediato.*

Cerré el cuaderno de golpe, como si esa acción iba a desvanecer el recuerdo en mi mente o lo dejaba atrapado entre sus páginas. Otro mareo más fuerte que el primero me invadió. Había descubierto que, en cualquier momento, Jordi Franco moriría... y yo con él. Justo ahí, volví a perder el conocimiento. Una oscuridad muy densa y fría me llevó.

LAYLA

El guardián de los bosques...

Layla entró con Elio al cafetín del hospital. Decenas de médicos compartían mesas y se relajaban del estrés cotidiano de salvar vidas ajenas. Otras personas comían en silencio mostrando semblantes taciturnos. Una vez mas, Layla pensó que la gente, cuando ingresa a los hospitales, pareciera salir del cuerpo para quedar como alma en pena; expuestos e indefensos ante las circunstancias que se avecinan. Ella se colocó en la fila del self-service de comida. A pesar de que Elio se quejaba constantemente del menú, el tiempo agitado del hospital no siempre les permitía salir a comer a otro lugar.

—Bien, ni modo, aquí estamos de nuevo —se quejó Elio a espaldas de ella—, para comer los mismos platos desabridos de todos los días... ¡Hola, señora Berta! —le gritó a una mujer mayor con muchos años de trabajo en la cocina del cafetín–. Sírvame algo que me haga cambiar de opinión.

—No te quejes tanto, Elio —le pidió Layla dándole un cariñoso golpecito—, deberías estar agradecido por tener un plato de comida todos los días.

Elio chasqueó la boca y tomó su bandeja sirviéndose un poco de sopa con pollo de color amarillento. Layla hizo lo mismo, pero eligió vegetales y un trozo de pescado.

—¿Señora Berta, me pasa el picante? —volvió a gritarle Elio—. Recuerde que yo no estoy enfermo... Ésta comida es deprimente, Layla —comentó en tono cómplice—. Yo estoy a dieta, pero quiero ser un flaco feliz.

Layla ignoró su comentario, tomó una botella de jugo y cubiertos para ambos. La señora Berta se acercó con cariño hacia Elio secándose las manos con un servilleta gruesa de papel.

—Lo siento muchacho, se me acabó el picante, pero no te preocupes, eh, que la sopa ya tiene suficiente sabor —le aseguró Berta—. Además, usted no parece médico. Siempre haciendo las cosas que ustedes mismos dicen que son dañinas para la salud. Si quiere le pongo unas hojitas de cilantro para que le dé más gusto.

Elio se encogió de hombros como diciendo "ni modo".

Layla tomó su bandeja, dejando a Elio en su discusión sobre sabores y especies, y buscó asiento en la terraza. Desde allí, la ciudad no parecía ni tan plana ni tan joven. Miami estaba carente de montañas, calles inclinadas o paisajes cambiantes. El diseño arquitectónico era tan similar que, si te distraías, podías sentir que siempre has pasado por el mismo lugar, como en círculos infinitos. Sólo el centro de la ciudad daba otro aire gracias a sus grandes edificios y luces de colores. El resto, sólo mostraba casas cuadradas rodeadas de pantanos y áreas verdes. Pese a tener años de residencia allí, a Layla aún le costaba distinguir los cuatro puntos cardinales. «Si al menos tuviera una montaña», pensaba constantemente. Ella había llegado muy joven desde América del Sur junto a sus padres. Se había adaptado rápido al sistema pero, aún así, seguía sintiéndose extranjera. A veces pensaba con tristeza que no se sentía estadounidense, aunque legalmente lo fuera; pero tampoco se sentía del lugar donde nació. «Es como no ser de ningún lado... esa falta de pertenencia que te deja la inmigración».

—Yo no sé cómo los pacientes pueden comerse esto —dijo Elio al llegar hasta ella, alejándola de sus pensamientos—. El día que me enferme, querida, mándame comida de verdad. Si tuviera que comer esto tan insípido, sin duda mi salud empeoraría.

Layla no pudo evitar una sonrisa. Elio era como un huracán de categoría cinco, pero era el amigo más fiel que tenía desde que comenzaron juntos la universidad.

—¿Cuándo saldrás del clóset, Elio?— le preguntó ella mirándolo con curiosidad, y haciendo que él detuviera la cuchara de sopa a pocos centímetros de su boca, para devolverla al plato.

—¿A qué viene ésa pregunta ahora, pequeña saltamontes?— repreguntó Elio.

—Por lo que pasó en el ascensor con el doctor Parker... De pronto, me di cuenta que nunca te lo había preguntado: ¿Por qué te niegas a decir que eres gay?

Elio, pensativo, meneó la cuchara dentro del plato jugando con un pedazo de cilantro que flotaba en ella.

—Es complicado, Layla.

—Explícamelo... quizá así lograré entender.

—La sociedad tampoco lo entiende.

—Elio, por favor, no estamos en la época de la inquisición. Los tiempos y las sociedades han cambiado... hay mucha gente que está abriéndose a la posibilidad de ser feliz sin ocultarse o sentir vergüenza por ello...

—No hace falta estar en una hoguera para morir juzgado. Muchos dicen ser "mentes abiertas", pero realmente no aceptan a las personas que no dominan sus sentimientos; y por eso, te tachan de "diferente". Lo cual me parece un pensamiento bastante erró...

—¿Y a ti qué más te da lo que piensen los demás? — lo cortó Layla—. El que te quiere, te aceptará tal y como eres. Así, como lo hago yo. Por eso no dejarás de ser humano, sensible, buen hombre y un médico brillante. Esa condición no te cambia en nada... deberías pensarlo mejor. Y, ojo, te digo que lo hagas no por quienes te rodean, o porque necesites aprobación, sino que lo hagas por ti mismo... sé que serías más feliz si liberas tus sentimientos.

—¡¿Y gritarlo a los cuatro vientos?! ¿Eso es lo que intentas decirme?

—Sí —le respondió Layla encogiéndose de hombros— Al menos puedes dejar de fingir lo que no eres; de lo contrario, amigo mío, nunca serás feliz ¿Crees que la gente no sabe que eres gay? ¡Tú sueltas las plumas a medida que caminas!

—¡Hey, más respeto! —le advirtió erguido—. ¡Ningunas plumas! De eso me cuido bastante...

—A eso me refiero, Elio, no tienes nada de qué cuidarte. Sólo sé tú mismo y verás que todo es más fácil de lo que parece.

—Ya se me enfrío el agüita —le dijo señalándole su plato de sopa—. Esta conversación pega con una botella de vino, pero no con sopa de pollo, Layla.

Ella sonrió con dulzura, y le acarició la mano.

—Tienes razón, comamos— le dijo Layla tomando de nuevo sus cubiertos para cortar un trozo grande de pescado.

—¿Crees que de verdad se recupere?— le preguntó Elio cambiando drásticamente el tema.

Esta vez fue ella quien detuvo el tenedor antes de meterlo a la boca para prestarle atención.

—¿Quién? — preguntó Layla.

—¿Cómo que quién? Nuestro misterioso paciente, el guardián de los bosques.

Ella frunció el ceño.

—¿Qué tiene que ver él con un bosque, Elio? ¿De dónde sacaste ese apodo?

—Ash, qué despistada eres. Él tiene un árbol tatuado en la espalda... —le explicó impaciente y, de pronto, calló pensativamente para luego retomar la conversación—. Yo no sé, me parece que ese dibujo lo he visto antes pero no recuerdo dónde... En fin –siguió, ansioso–, ¿se lo has visto, o no? Es un sauce llorón con una espada y una llave...

—Es un árbol de Roble, Elio— lo cortó ella con una sonrisa.

Él la miró como atrapado en falta y, tras un instante, se encogió de hombros.

—Cómo sea, da igual. Ya que el paciente no tiene nombre, ése fue el que se me ocurrió... —alzó las manos con tono solemne, como si escribiese en el aire— "El guardián de los bosques" —bajó la mirada, orgulloso—. ¿A poco no suena épico?

Layla soltó la risa.

—El que parece estar mal de la cabeza eres tú y no él...

—Ah, pero al menos ya te hice reír —dijo tomándole la mano para hacerle un corto cariño—. No me has contado si ya sabes quién es él, o si apareció algún familiar buscándolo... Siento que te estás tomando muy a pecho este caso; y no se porqué.

¿Hay algo que aún no me has dicho, Layla?

Ella negó con un gesto de cabeza.

—Sobre su identidad, aún no se nada —suspiró contrariada, buscando las palabras adecuadas—. Con relación a lo otro, yo tampoco sé porqué me afecta tanto... Pero te cuento algo: el día en que "el guardián de los bosques", como tú le dices, llegó al hospital, aún estaba consciente... y me miró a los ojos con tal intensidad que pude sentir cómo un hilo invisible nos unió en ese momento... y por eso no quiero fallarle, Elio. El resto de la historia ya la sabes. El golpe en la cabeza fue muy fuerte y, si queda sin daño en su sistema neurológico, será un milagro. Pero eso sólo lo sabremos cuando su cerebro se desinflame... y tampoco podemos precisar cuánto tiempo pasará hasta ese momento.

—Sé que somos creyentes de la ciencia —Elio se le acercó para hablarle por lo bajo, en complicidad—, pero también hay que tener fe... —señaló hacia el cielo con la punta del dedo—... en Dios. Ya nosotros hicimos nuestro trabajo hasta hace un instante. Ahora le toca al "guardián de los bosques", hacer el resto.

—¿Lo dejaremos en cuidados intensivos?— le preguntó ella dándole un mordisco al pedazo de pescado que aún esperaba sujeto a su tenedor. A Elio se le fueron los ojos tras los pantalones de un enfermero que pasaba junto a ellos para sentarse en una mesa cercana.

—¿Lo viste?— le preguntó él, boquiabierto.

—¿A quién?— respondió Layla con aire distraído, mordiendo ahora una zanahoria.

—¡Ay, Layla! ¿Puedes aterrizar algún día? A ese morenazo —le dijo señalándolo con los ojos como agujas—. Es el enfermero nuevo de pediatría; Miguel, creo que se llama. Está guapo, ¿verdad?

Layla lo miró como pensando: «Tú no cambias».

—No, no lo vi. Estamos conversando un tema importante, y no registrando a todo el personal nuevo que ingresa en el hospital.

—Pues si sigues así, te quedarás para vestir santos... —la señaló con el tenedor en advertencia—. Terminarás viviendo sola en una casa, con siete gatos lamiéndote los talones.

—Mira quién lo dice —respondió viéndolo con ironía—, si tú no sales del clóset, terminaremos compartiendo la casa y los gatos.

Elio hizo cara de desagrado.

—¡Dios no lo permita!... Primero me convierto en gigoló de...

—Doctora Layla Andrade —lo cortó una voz femenina a través del megáfono que servía para alertar al personal médico—. Doctora Layla Andrade es solicitada de emergencia en la unidad de cuidados intensivos.

Layla y Elio abrieron los ojos, previendo lo peor.

—¡El guardián de los bosques!— gritaron al unísono poniéndose en pie para salir a la carrera del cafetín.

Bajaron del ascensor y traspasaron el pasillo haciendo una izquierda, y luego una derecha al final del corredor. Patty, la enfermera, los atajó como bola de béisbol ante la estación de enfermería.

—Doctora, la otra enfermera logró estabilizarlo. Están en la habitación siete de terapia intensiva.

Elio y Layla cruzaron una mirada aliviados.

—Creo que lo mejor es dejarlo allí varios días— sugirió Elio.

—Estoy de acuerdo. Iré a verlo. Con permiso...

—Disculpe, doctora —intervino Patty atajándola por el brazo—. Hay alguien que pidió hablar con usted —Layla la miró sin entender de qué hablaba y ella se apresuró a explicarle—. Dice ser un detective de la policía. Está allá —dijo señalándole una puerta al final del pasillo—, en la sala de espera.

—¿Y qué quiere un policía con Layla? —preguntó Elio con tono preocupado—. ¿Te adelantó algo?

Patty negó preocupada.

—Sólo me pidió saber el nombre de los pacientes que ingresaron el día de hoy y si alguno llegó aquí con una herida de bala... yo ya le di la lista y le aseguré que no hemos atendido a nadie en esa situación, desde hace un par de días; pero igual me pidió hablar con el médico encargado y yo...

—Tranquila, Patty —la cortó Elio sonriendo—. Yo atenderé al oficial y le confirmaré lo que tú le dijiste —miró a Layla, tranquilizándola—. Ve con tu paciente. Yo me encargo de estos molestos interrogatorios de siempre.

Layla le sonrió agradecida.

—Ahora te veo— dijo y salió en dirección a las habitaciones de cuidados intensivos. Elio la contempló irse antes de ir hacia la puerta donde lo esperaba el oficial.

—Tráeme una copia de esa lista, Patty, por favor— le pidió Elio a la enfermera encaminándose hacia la sala de espera.

—¿Y qué hay del paciente que acabamos de estabilizar? —le preguntó ella curiosa—. A él no lo puse en la lista porque no sabemos su nombre.

Elio frenó sus pasos como cayendo en cuenta de ese detalle. Tras pensarlo un instante, decidió:

—De él no podemos hablar porque, como bien has dicho, aún no tiene nombre... y tampoco debe ser la persona que buscan porque llegó aquí tras un accidente de auto y no por herida de bala; así que su nombre es irrelevante... Por lo pronto, esperaremos que le den a Layla toda la información sobre su identidad, y luego decidimos qué hacer... Ese hombre está muy grave y Layla muy inquieta con el tema... mejor no oscurecer más el panorama.

La enferma asintió complacida y corrió a tomar la lista sobre su escritorio para entregársela a Elio. Éste cruzó la puerta de la sala de espera y se encontró de frente con el rostro serio del detective Raphael Randone.

SALVATORE

Me dicen Oneshot...

Tony escupía sangre tras recibir un fuerte golpe en la quijada. Estaba boca abajo, apoyado con las manos y rodillas en el piso de tierra. Apenas comenzaba a recuperarse cuando lo envistió una patada en la cara, haciéndolo girar de bruces. No resistiría mucho más, lo sabía, y deseaba que así fuera. Sería afortunado si de pronto dejara de sentir dolor o, al menos, tuviese la suerte de quedar inconsciente para lo que estaba por venir.

—Eres un miserable— gritó en italiano una voz gruesa, seguido de otro golpe a las costillas.

Tony volvió a doblarse en dos, lanzando un quejido doloroso. Debía tener más de una costilla rota, pensó, porque le dolía cada bocanada de aire que intentaba tomar. El tobillo izquierdo también se le había fracturado; lo habían arrastrado por la carretera, amarrado por ambos pies, hasta llegar a la orilla de los pantanos en los Everglades.

—¡Basta! —ordenó otra voz masculina abriéndose paso entre los hombres con miradas asesinas que rodeaban a Tony.

Era Salvatore Regio, conocido en la mafia como *Oneshot*, un chico alto y delgado quien, con los años, se había ganado la fama de ser el asesino más joven, frívolo y despiadado. Salvatore miró a uno de sus hombres y le ordenó que levantara a Tony del piso. Éste, medio inconsciente, daba quejidos débiles incapaz de hacer resistencia. Salvatore se le acercó mostrando una sonrisa maquiavélica y detallándolo de pies a cabeza con desprecio. Tony permanecía sujeto por un hombre de cada lado, quienes lo ayudaban a mantenerse en pie. Sentía parte de la piel despegada del rostro. La ropa roída, debido al arrastre de casi tres millas por un suelo de tierra y piedras, dejaba al descubierto partes de su cuerpo en carne viva.

—Necesitarás más de una cirugía plástica para reconstruirte el rostro, lamento decirte —espetó Salvatore soltando una risita que, al instante, borró de su rostro para cambiarla por una expresión perversa—. Si *Murder Inc.* existiera, te hubiesen cortado en pedazos para luego desaparecer tu cuerpo en ácido. Nadie traiciona a la familia y quien se atreve a hacerlo, ¡sólo se encuentra de cara con la muerte! —le gritó arrancándole un tajo de carne que le colgaba del cachete. Tony soltó un doloroso alarido. Salvatore disfrutaba del sufrimiento que le generaba a sus víctimas—. Dime, ¡¿por qué hablaste con la policía?!

—Gaetano... me lo... ordenó —sentenció el moribundo Tony, cerrando el único ojo por el que aún lograba mirarlo—. Ahí... iba a estar su hermano... Marcello.

45

Salvatore disimuló su sorpresa ante la confesión. Su padrastro, Gaetano —buscando una zona neutral— le había ordenado viajar de México a Miami con sus hombres de confianza para encabezar una reunión en un galpón de los Everglades a las 14:00 donde cerrarían un supuesto pacto con los rusos. Pero él, siempre precavido, esperó tras la maleza hasta que los otros dieran la cara primero. Sin embargo, lo que vio aproximarse fue otra cosa. Un comando de la policía bordeó de pronto la zona. Aquella tarde, Salvatore y sus hombres escaparon internándose en el agua, canal abajo, cuando la balacera se generó en el interior del galpón. Más tarde, Salvatore supo que quien había dado aviso a la policía había sido uno sus hombres, Tony Brassco, y que el verdadero negocio con los rusos le pertenecía a *Della Croce*. Aquello había sido una trampa para Salvatore y una emboscada para la organización que lideraba su hermano Marcello. No le sorprendía que su padrastro intentara hundir a Marcello con la policía; se odiaban a muerte. Pero sí que lo hiciera contra él, quien siempre le fue fiel.

—Oneshot —lo llamó Charlie haciéndolo salir de su ensueño—. ¿Qué hacemos con él?

—Nada justifica una traición. Tendrá el castigo que merece— sentenció frío, haciendo una leve seña a sus hombres.

Estos tomaron a Tony con brusquedad y le alzaron el rostro obligándolo a mirar a su jefe. Salvatore tomó una gruesa roca del piso y jugueteó un instante con ella entre su mano, dándole pequeños saltos al aire como midiéndole el peso. Y sin más, ardido como un volcán en erupción, introdujo de golpe la roca en el interior de la boca de Tony despegándole todos los dientes frontales. Tony ahogó un grito desgarrador, al tiempo que otro hombre se apresuraba a sellarle los labios con cinta adhesiva. Salvatore le escupió los pies antes de darle la espalda y encaminarse hacia su auto, un *Hellcat* negro, estacionado a unos veinte pasos de allí. Antes de tocar la manilla para abrir la puerta, se limpió las manos con un pañuelo húmedo que Charlie le extendió con pleitesía. Tony tuvo su golpe de suerte: perdió el conocimiento antes de que fuese lanzado al pantano poblado de cocodrilos.

LAYLA

El sueño eterno.

Layla miraba con desespero los monitores que hacían un ruido ensordecedor. Una enfermera de tez morena terminaba de suministrarle al paciente el medicamento a través de la sonda. El hombre se zarandeaba en la camilla convulsionando. Layla estaba sobre el cuerpo de éste, intentando sostenerlo para que no cayese de bruces al piso. Se sacudió dos veces más antes de desplomarse sobre las sábanas húmedas de sudor. La alarma calló.

—Ya pasó —le dijo la enfermera revisando los aparatos que cubrían el cuerpo del paciente—. Es la segunda vez que sucede, por eso la mandé a localizar... El paciente entró en estado de coma, doctora... lo siento.

Layla despegó los ojos del monitor, que indicaba un pulso cardíaco estable, para observar el rostro del hombre. Su piel tostada resaltaba el negro de sus cabellos y ya comenzaba a crecerle una barba descuidada. Ella recordó los grandes ojos azules que llegaron a mirarla con intensidad y desesperación. Layla lo soltó quitando sus manos sudorosas de los brazos de él, y lo contempló por un instante más. Bajó la mirada sintiéndose deprimida, impotente. De pronto, divisó una pequeña herida que no había visto antes. Era una delgada línea que rozaba su brazo y que parecía una profunda quemadura tapada por una costra hecha de

48

sangre seca. La rozó con la yema de su dedo frunciendo el ceño.

—¿Qué haremos, doctora?— le preguntó la enfermera llamando su atención, al tiempo que anotaba los detalles en una carpeta, parada a los pies de la cama.

—Nada podemos hacer, Mariela —le contestó Layla con aire profesional—. Debemos esperar que los medicamentos para la inflamación surtan efecto... En éste estado sólo él puede tener la voluntad de despertar... — Layla observó a su paciente con aire triste—... Sólo sigamos con el procedimiento regular. Aumenta 10 miligramos más la dosis del antiinflamatorio cada seis horas, y el resto sigue igual. Iré a preguntar si ya hay noticias sobre algún familiar que pueda hacerse cargo de él. Ahora regreso.

Layla salió de la habitación a pasos apresurados y se cruzó con Elio, quien venía caminando por el pasillo revisando su beeper. Ella le cerró el paso y éste chocó contra ella.

—¡Hey, ve por dónde caminas, mujer!— le reprochó al verla.

Layla alzó una ceja, indignada.

—Tú eres el que no deberías caminar viendo esos aparatos. Lo que te pasó en el ascensor con el doctor Parker también se debe a no tener la vista al frente cuando caminas.

Elio chasqueó la lengua restándole importancia.

—¿Cómo está él?— preguntó cambiando el tema.

—Delicado... entró en coma —dijo Layla cabizbaja. Elio le acarició el rostro en señal de apoyo—. Y a ti, ¿cómo te fue? ¿Qué te dijo el detective?

—Nada importante. Sólo corroboré lo que Patty le había dicho sobre el ingreso de los nuevos pacientes; que ninguno había sido atendido con una herida de bala. Pareció decepcionado. Me pidió que estuviese pendiente de nuevos registros. Están buscando a un hombre bastante peligroso y cree que debe tener una herida de bala en la parte superior de su torso; brazos, hombros o espalda. Me contó que él mismo le disparó, pero que no le dio tiempo de detallar dónde lo alcanzó el proyectil.

Layla recordó la marca que le vio a su paciente en el brazo y pensó que podía tratarse de un roce de bala; pero, como no estaba del todo segura, decidió no mencionar ese asunto. Elio percibió el gesto de desasosiego de su amiga.

—¿Estás preocupada por tu paciente?

—Si, claro —mintió disimulando su tensión—. No sé cuánto tiempo le tome al medicamento hacer efecto sobre su sistema nervioso, ni cómo va a reaccionar... y, además, la angustia de no saber si tiene algún familiar que.../

—No, si justo por eso venía a buscarte —la cortó cambiando su tono de voz por uno más entusiasta. La tomó de la mano y se la fue llevando de vuelta al puesto de enfermeras—. Ven, acompáñame que llegaron noticias de su identidad.

Layla se dejó llevar por el pasillo y, cuando estuvieron de nuevo frente a Patty, ésta le extendió un hoja tamaño carta.

—Eso es todo lo que pudieron averiguar— le explicó ella.

Layla leyó el nombre escrito a mano. Elio, curioso, se asomó por detrás de su hombro.

—Se llama Marcello Brocchi— dijo Layla alzando la vista para buscar a Elio a su espalda, quien sonrió complacido.

—Al menos ya tiene nombre, ¿no? —dijo él volviéndose a asomar sobre la hoja— ¿Qué más dice? ¡Lee, que me mata la curiosidad!

—Nació en Italia —siguió Layla leyendo, pero hizo una pausa contrariada. Elio, expectante, le señaló la hoja para que culminara—... y según dice aquí, este hombre ahora sólo nos tiene a nosotros... —Elio dio un paso hacia atrás y dejó caer sus hombros afectado por la noticia. Layla lo miró con preocupación—... Nadie vendrá por él...

MARCELLO 1928

La Condena.

—*Nada podemos hacer, Mariela* —*dijo una voz femenina*—. *Debemos esperar que los medicamentos para la inflamación surtan efecto... En este estado solamente él puede tener la voluntad de despertar...*

Yo escuchaba el eco de unas voces que no reconocí. La conversación era tan clara que parecía estar sucediendo en una habitación vecina. Entendí que hablaban de mi pero, cuando abrí los ojos, las voces se apagaron. Parpadeé varias veces, desorientado, hasta que me vi acostado en el piso junto al cuaderno rojo. El miedo me invadió de nuevo como si —en vez de hojas blancas— hubiese un nido de cobras acechándome. Aquel cuaderno me había anunciado que el cuerpo que habitaba estaba muriendo todos los días un poco más. Estiré mi brazo para alcanzarlo de nuevo sin ánimos de levantarme del suelo.

—Un tumor cerebral— leí lo que estaba escrito a puño y letra.

El cuerpo de Jordi Franco estaba siendo inmune al tratamiento y el médico se negaba a intervenir con cirugía reduciendo, así, toda posibilidad de sobrevivir. Mis esperanzas en la medicina, viviendo en 1928, eran muy escasas. Me quedaban algunos meses de vida, según había dicho el médico, o tal vez un poco más si tenía suerte. Bufé al darme cuenta que perdía el conocimiento al convulsionar, y que sangrar por la nariz, podía ser una reacción ante la masa de tres centímetros que tomaba su espacio dentro de mi cabeza. Desde el suelo, frustrado, aventé el cuaderno contra la pared. Me mantuve acostado, abrí los brazos sintiéndome completamente perdido, crucificado por el destino. Estaba en un cuerpo que no era el mío; uno enfermo e inútil que no me llevaría demasiado lejos. Cerré los ojos. Debía pensar cómo volver a mi viejo cuerpo, a mi otra vida que era mejor que ésta. Regresar a ella como el gran Marcello "Cash".

«Tantos años sobreviviendo a las guerras de clanes —pensé—. Tantas balas esquivadas luchando cuerpo a cuerpo con la muerte. Tanto esfuerzo para ser el gran heredero *Della Croce*, y te vienes a morir solo, como un perro, en una vieja ratonera y en una época de mierda, Marcello...»

—¡Noooo...! —Solté un gruñido que se fue intensificando hasta convertirse en un grito histérico por medio del cual dejé escapar toda mi ira y mi impotencia— ... ¡Agggg, maldita sea, esto no puede estar pasándome!

—Me puse de pie fuera de control. Lancé la máquina de escribir al piso haciendo que la letra M saliera disparada como un resorte. Hice volar por los aires todo lo que encontré a mi paso y, tras ese instante de descarga, caí de rodillas, rendido. No sé por cuánto tiempo lo hice, pero sé que lloré. Lloré a cántaros. Lloré hasta que sentí que ya no salía ni una lágrima más. La última vez que me había sentido tan vulnerable fue el día en que comprendí que mi madre no regresaría nunca.

RAPHAEL

Propósito de vida: venganza.

—¿Cómo lo dejaste escapar? —Preguntó con aire taciturno Javier Hernández, un hombre mayor con más de treinta años de experiencia como detective de la Policía de Miami. Con las manos entrecruzadas a la espalda, miraba una pizarra llena de anotaciones y fotografías. Cuando se giró para darle la cara a Raphael, éste observó la expresión cansada de su jefe, como si llevase encima muchas lunas sin dormir—. ¿Cómo pudo pasar eso? ¡Lo tenían rodeado!

—Estaba muy custodiado —le respondió Raphael quien permanecía de pie frente al escritorio. Hernández no pareció complacido con la respuesta—. No les tembló el pulso para responder a nuestras balas con más balas.

—¿Al menos lograste ver el rostro de ese infeliz? —le preguntó serio. Raphael negó con la cabeza y desvió la vista, apenado. Hernández bajó los hombros conteniendo la molestia—. ¿Y entonces, cómo demonios estás tan seguro de que se trataba del mismísimo Marcello "Cash"?

—Verle el rostro tampoco nos hubiese confirmado que se trataba del hombre que buscamos... pero sí tuve la convicción de que era él... Además, ya te dije que era el único con una fuerte protección. Tenía hombres que se portaron como escudos, dando su vida para que el desgraciado pudiese escapar... —Hernández soltó aire como si llevase rato comprimiéndolo en sus pulmones. Raphael siguió—... Antes de escapar, le disparé varias veces y estoy seguro de que lo herí, pero... por más que visité cada hospital de esta ciudad, no pudimos dar con él. A Marcello se lo volvió a tragar la tierra.

—¡No es el hombre invisible!— gritó Hernández golpeando la mesa con el puño decepcionado—. Tú eres mi mejor hombre y sabes lo mucho que confío en ti; pero, por primera vez en cinco años, le estamos pisando los talones y si tú no lo atrapas, tendré que cederle el caso a otro policía que sí lo haga. ¿Me expliqué bien? —Raphael resintió el golpe sosteniéndole la mirada—. Te hice una pregunta, muchacho.

—Sí, se explicó bien, señor— le respondió haciendo énfasis en la última palabra, como si con ello estuviese marcando una distancia entre ambos.

Hernández bufó y volvió a darle la espalda, sintiéndose apenado por su comportamiento.

—Lo lamento, Raphael —le dijo observando de nuevo la pizarra—. Estoy un poco alterado. Desde que me enteré que ése hombre está aquí en Miami, ni siquiera he podido dormir bien...—entristecido, se volteó para mirar a Raphael—. Ya soy un detective viejo, y de un momento a otro me llegará mi carta de jubilación, me sacarán de esta oficina y me quitarán el mando... y antes de que eso suceda, necesito atrapar al hombre que asesinó a mi hijo.

Raphael entristeció.

—Martín fue mi compañero... mi mejor amigo —expresó él con nostalgia—. Juré que no iba a descansar hasta ver a ese miserable y a toda su red de mafiosos, tras las rejas.

—Para mi no es consuelo que mi hijo haya muerto cumpliendo su deber como policía... —agregó Hernández decaído—. Y, aunque yo también muera en el intento, quiero a Marcello y a toda *Della Croce* exterminados.

Raphael fue invadido por un recuerdo: Tenía 10 años cuando entró por primera vez a una estación de policías. En el pasillo hacia el comedor, reposaba una vitrina que exhibía reconocimientos a ciertos oficiales, una especie de Salón de la Fama de la estación. Raphael recorrió las medallas junto a las fotografías de hombres y mujeres sonrientes. En la parte superior divisó la fotografía de un hombre de expresión seria, quien sostenía sin ánimos un diploma enmarcado. Tenía ojos color verde y mirada entristecida; pero aún así Raphael sonrió al reconocer, entre los homenajeados, la imagen de su legendario abuelo.

—Te prometo que.../— intentó decir Raphael al salir de su recuerdo, pero Hernández lo cortó.

—¡No me prometas más, carajo! —le gritó—. Tú no sabes lo que se siente al perder a un hijo...

—¡La mafia también acabó con mi familia! —soltó Raphael dejándose llevar por el dolor que le despertó ese lejano recuerdo que, hasta aquel momento, permaneció oculto entre ellos. Hernández se quedó mudo ante la revelación—. Con todo respeto, jefe, hacerse la víctima no cambiará el pasado. Si no dejamos atrás ese sentimiento tan pesado, nos hundiremos con él.

GAETANO

Las raíces del árbol.

Un joven de traje elegante abrió la puerta de una camioneta negra con vidrios gruesos, protectores de proyectiles, para que un hombre de 85 años —conocido dentro y fuera de la mafia como Gaetano— abordara el asiento trasero. Otro sujeto lo seguía protegiendo su espalda mientras el chofer, con el motor del carro encendido, vigilaba los cuatro costados por los espejos retrovisores. Estaban abandonando el edificio de un banco en México, D.F.

El anciano desabotonó el saco que le apretaba al sentarse, y lanzó un largo suspiro cuando el auto se puso en marcha.

—Cuéntame bien qué ha pasado —le pidió a Donatello, el joven de traje, quien se había sentado junto a él—. ¿Dónde está?

Donatello se mantuvo parco.

—Tuvo un accidente en su auto escapando de la policía –le contestó con la vista clavada al frente—. Toda nuestra gente se está moviendo. Averigüé que se encuentra en terapia intensiva en un hospital de Miami... Su hijo podría morir.

Gaetano miró a Donatello con sentimientos encontrados. El joven, temiendo su reacción, fue incapaz de sostenerle la mirada a su mentor.

—Ya sé lo que piensas —le dijo Gaetano notando su cobardía—, pero te recordaré algo que te dije hace mucho tiempo, Donatello. La mafia cree en la génesis de la familia, porque la sangre no traiciona... es tan fuerte como las raíces del árbol que usamos como insignia desde nuestros antepasados... —dijo aflojando su corbata y abrumado, agregó—: Pero, la mafia ha cambiado; ya no es como en los años treinta, cuarenta, o como cuando se ejecutó aquella guerra sangrienta de clanes en Palermo.

—Me da usted la razón –le dijo Donatello—. La mafia ha cambiado y no son los mismos códigos...

—Déjame terminar —lo cortó con reproche—. La mafia ha cambiado sí, pero ha sido porque nos tocó sobrevivir integrándonos a la sociedad, en sus bancos, en sus políticas de gobierno, en sus instituciones. Hemos logrado camuflarnos entre la sociedad sin causar estragos. Nos hemos hecho invisibles y debemos mantenernos así... —El anciano volteó hacia la ventana por donde se desdibujaba el tráfico congestionado del D.F.—... ¿Qué pasó con Salvatore?

Donatello tragó grueso por temor a la reacción que su respuesta generase.

—De él tampoco se sabe nada. Tengo gente en Miami averiguando qué sucedió con él; porque todo indica que... ni él ni sus hombres estaban en el galpón cuando la policía llegó.

Gaetano lo miró con una sutil preocupación en su rostro.

—A ésta hora, Salvatore debe saber que esa reunión era una trampa... ese error despertará a un demonio que yacía dormido, Donatello. Mi hijo Marcello tiene algo que a Salvatore le falta: corazón... Salvatore es una máquina que diseñé para matar —Donatello, tenso, enfrentó la mirada de su jefe. Sabía bien a qué se refería Gaetano. La furia de Salvatore sólo cesaría con su muerte—. Ahora nos toca matarlo, o él lo hará con nosotros.

—Si me permite un consejo, patrón —le dijo Donatello seguro de que todos los problemas nacían y morían con Marcello—, ésta es la oportunidad que ha estado esperando para recuperar lo que su hijo le quitó. Aunque quiera evitar estragos, la guerra es necesaria. Muerto el perro, se acabó la rabia. Si usted me autoriza, viajo hoy mismo a Miami y cambio los puntos suspensivos de Marcello, por un punto y final.

Gaetano, meditabundo, cerró los ojos y apoyó su cabeza del respaldo.

MARCELLO 1928

Visitar el pasado.

Confieso no saber si el cansancio emocional fue lo que provocó que me quedara dormido sobre el piso del estudio, o si tuve otra convulsión; pero me despertó el sol pegando fuerte en mi cara y mis tripas estrujándose por el hambre. No tenía noción de cuándo fue la última vez que ingerí algún alimento, así que me encaminé arrastrando los pies hasta la cocina. Abrí el refrigerador y me sorprendió descubrir que estaba abarrotado de comida. El tal Jordi Franco era un tipo organizado. Unté un bollo de pan con margarina y tomé el agua de café que escurría de un colador de tela color arena. Me asomé a la ventana mordisqueando un trozo de pan. Los balcones del edificio de enfrente seguían desolados. En la calle, un hombre de traje paseaba a su perro y otro le compraba el diario a un joven que gritaba los titulares de aquel día. New York en el pasado también era una ciudad esquizofrénica. Retomé la idea inicial de salir a la calle y —al terminar el último trago de café— tomé las llaves, un saco gris que aguardaba en el perchero junto a la puerta, y salí de allí dispuesto a descubrir cómo era la capital del mundo en 1928.

No era muy diferente a lo que es ahora. A lo lejos, reconocí al puente de Brooklyn. La calle que tenía a mis pies era un ir y venir de personas caminando en todos los sentidos posibles. Vi pasar, a toda velocidad, un auto alargado y de cauchos delgados con la impresión: *Manhattan Sight Seeing Co.* Trasladaba a una docena de personas en su interior en lo que parecía un autobús de turista. El carro más moderno que vi fue un *Rolls Royce Phantom*, que se detuvo en una esquina para dejar que los transeúntes cruzaran la calle como manadas de ovejas. En la calle de enfrente, divisé lo que parecía un pequeño abasto. Sobre la entrada principal se podía leer su anuncio: *Bronx Farm Supermarket.*

Sujeté una de las manzanas que reposaban dentro de un guacal de madera en la fachada del supermercado. Estuve tentado a darle un mordisco, pero al instante se me acercó una señora con una bolsa de papel entre las manos preguntándome cuántas quería llevar. Regresé la manzana a su lugar y, con un sonrisa, me alejé de allí. La gente iba ataviada con elegancia. Las mujeres usaban vestidos por debajo de las rodillas y peinados pomposos. Los hombres andaban de trajes, sombreros y gruesos sacos para cubrirse del frío otoñal que comenzaba a llegar. Caminé largo rato sin rumbo fijo. Los tranvías no existían en mi época, excepto los que funcionaban en ciertas ciudades como San Francisco; pero en 1928, en el New York que estaba descubriendo, el tranvía se presentaba como uno de los medios de transporte público más usado. Tomé el primero que vi pasar. El chofer, fumándose un cigarrillo, me dio las buenas tardes. Le pregunté si su trayecto me llevaría directo hasta el centro. Me miró como si le hubiese dicho alguna barbaridad. «¿Es nuevo por aquí?», me preguntó y, sin darle explicaciones, asentí. El hombre, ya más relajado, me dio algunas indicaciones de cómo llegar a mi destino. Nada complicado, me aseguró; sólo me tomaría unos minutos caminando. La gran manzana ya era el epicentro de edificios modernos. Faltaban entre ellos las *Torres Gemelas*. Reconocí al futuro edificio *Chrysler* que, para ese entonces apenas se estaba construyendo, sin imaginar que se convertiría en un símbolo distintivo de la ciudad. Más allá visualicé el *Empire State*, también en sus primero pasos, entre grúas antiguas, cemento y docenas de obreros. Viendo el paisaje me atrapé a mi mismo sonriendo por primera vez. Se me ocurrió subir calle arriba hasta *Mulberry,* sin ningún propósito. Sólo quería ver si la *Pequeña Italia* de 1928 era como mi padre me la había descrito.

—Dios mío —susurré de pie entre la calle *Broome* y *Canal.* Mi corazón comenzó a latir desbocado ante todo mi pasado que ahora estaba ahí, al alcance de la punta de mis dedos—. Aquí está contenido un fragmento de Italia, exportado en barcos y maletas de cuero.

Crucé la calle idiotizado y casi fui atropellado por un tranvía que pasaba. El chofer me gritó alguna palabrota, sin detenerse. Todos allí seguían caminando a pasos apresurados de un lado a otro, al unísono, como si el tiempo allí fuese más rápido que en cualquier otro lugar del mundo. En la acera de enfrente, reconocí el nombre de *Cipriani's Restaurant*, al momento de sentir una fuerte punzada en la cabeza que me hizo aferrarme al poste de luz. Podría describir ese dolor como una enorme aguja atravesándome las sienes. Tuve que cerrar los ojos para comprimir el dolor apretando los dientes hasta casi partirlos. Un recuerdo con mi padre en aquel lugar, me invadió justo en ese momento.

Ése día llovía a cántaros sobre Long Island. Caía la tarde de aquel domingo de invierno. Yo estaba sentando frente a la chimenea del despacho de mi padre leyendo "Dos años de vacaciones", un libro de Julio Verne. Salvatore jugaba a mi alrededor con el tanque de guerra que yo le había regalado años atrás. Para ese entonces, yo tenía diez años, y él ocho.

—¿No puedes jugar en la sala? —le pregunté molesto—. ¿No ves que estoy leyendo? —Salvatore hizo como si el tanque de guerra bombardeara mi libro de Verne y, entonces, me fui sobre él –¡Basta ya, enano!—. Le quité el juguete y lo aventé contra la puerta de madera. Al instante mi padre entró con mala cara. Lo acompañaba un gordo veinteañero que vestía con un traje a rayas grisáceo y corbata azul de seda, a quien le decían El niño Cipriani. Ambos sostenían una copa de Grappa.

—¿*Así se comportan cuando hay visita?* —*mi padre gritó zarandeando la copa en el aire*— *¡Vamos, fuera de aquí, vayan a pelearse al jardín!*– *nos ordenó con su tono carrasposo. Me incorporé mirándolo con mal genio. Él esperó a que yo abriera la boca para cerrármela de un bofetón. Nunca había sido un cobarde, y menos ante él. Salvatore, por el contrario, ya había salido despavorido del despacho. El niño Cipriani notó la guerra que mi padre y yo sosteníamos con los ojos.*

—*Caray, don Gaetano, menudo pichón de pelea que tiene por hijo* —*dijo soltando una risa pegajosa, al tiempo que posaba su pesada mano sobre mi hombro para obligarme a despegar los ojos de mi padre*—. *Tú debes ser el pequeño Marcello, eh* —*sonrió e hizo que sus ojos casi se perdieran entre los gordos cachetes. Miró a mi padre aún sujetándome*—. *Llévelo una tarde de éstas al restaurante, ¡le invitaré el mejor gelato straciatella de todo New York!*

Aquella tarde mi padre vio partir al Niño Cipriani desde el porche de la casa, junto a mi abuela. Un auto estacionado en la fachada le esperaba.

—*Pobre muchacho* —*soltó mi padre al verlo alejarse*—, *nunca va a superar que hayan asesinado a su padre frente al restaurante...*

—*¡Santo Cielo, Gaetano, ¿y cuándo ha sido eso?*— *le preguntó mi abuela llevándose las manos al pequeño crucifijo de oro que siempre llevaba guindado del cuello.*

—*Ayer, mamá... a plena luz del día lo acribillaron a balas frente a toda su familia... Tres disparos, apenas puso un pie fuera del auto... los hijos no sólo heredan las fortunas, también heredan los odios... mira que su abuelo también murió asesinado por allá en los años 30. Esa familia tiene una maldición.*

Y con esta última frase posó sus grandes ojos color café sobre mi que, hasta ese momento, creí estar escuchando aquella conversación de adultos escondido y a salvo. Mi padre poseía el don mágico de saberlo todo.

—*Sal de ahí, stronzo*— *me dijo con tono calmo regresando su atención hacia El Niño Cipriani.*

Mi abuela me miró de reojo, asegurándose que yo regresara al interior de la casa. Ella, siempre como un muro de contención entre nosotros. Yo salí de mi escondite, frustrado; pero corrí para asomarme por la ventana de la sala y ver partir al Niño Cipriani. Arrimé la cortina y lo vi sentado en la parte trasera de su Alfa Romeo, custodiado por tres hombres de mala cara; uno a uno fueron abordando el auto. No sé si sintió que yo estaba espiándolo pero, antes de ponerse el auto en marcha, el joven se despidió de mí alzando su elegante sombrero. Yo me oculté tras la cortina, de nuevo, in fraganti. Una de las cosas que más soñaba de niño era poder hacerme invisible.

—¿*Sabes por qué mataron a don Leonardo?* —*le preguntó mi abuela, aún consternada por la noticia, al tiempo que despedía el auto agitando su mano en el aire—. Seguro que estaba metido en problemas. Te he dicho que tengas cuidado con los amigos que escoges, Gaetano...*

—¡No, madrecita, ¿cómo crees?! —la cortó mi padre cerrando la puerta al entrar—. Leonardo Cipriani era un hombre de muy buena reputación —mintió—... Ahora, por el abuelo Joe Cipriani no meto mis manos al fuego. A ése lo asesinaron en un restaurante mientras comía; y por algo bueno no sería —le aseguró al sentarse en el sofá cruzando las piernas para encender su pipa—... Pero eso fue hace mucho tiempo y no sirve de nada hablar de los muertos.

Regresé de mi ensueño y el letrero con el nombre *Cipriani's Restaurant* continuaba en la acera de enfrente. Clientes entraban y salían. Algunos traían el *gelato* que mi padre nunca me llevó a comer. «Aquel día mi padre le mintió a mi abuela. A Joe Cipriani lo mató la mafia — pensé encaminándome hacia la fachada del restaurante— . Lo mataron al volverse un estorbo para los negocios y cuando decidió aliarse a los intereses del candidato presidencial Herbert Hoover...». Me detuve en seco acongojado por mis propios pensamientos.

«A Herbert Hoover lo eligieron Presidente en 1928...», me dije cayendo en cuenta del momento y el lugar real en el que estaba. En sólo dos meses serán las elecciones presidenciales y... Joe Cipriani será asesinado.

La maldición Cipriani que mi padre mencionó aquel día, le cayó a esa familia cuando se descubrió –luego de la muerte de Joe Cipriani– que éste había infiltrado en la mafia a un falso italiano que, con la ayuda de un policía encubierto, dilapidó todos los negocios de las cinco familias que gobernaban en los Estados Unidos. Desde entonces, los Cipriani serían perseguidos durante varias generaciones.

Cipriani's Restaurant tenía un ambiente familiar nada relacionado con los negocios de la mafia; estos siempre se forjaban en la oscuridad, manteniendo intachable la fachada de empresarios para, así, poder lavar dinero. Cuando entré, me encontré con un local mucho más pequeño de lo que me pareció desde afuera. Con casi todas las mesas ocupadas, los empleados iban de un lado a otro, frenéticamente, cargando bandejas de platos repletos de pasta y ensaladas. A la derecha, junto a la barra, estaba la heladera que contenía más de cinco sabores, incluyendo algunas frutas. El chico que atendía detrás del mostrador –no mayor de quince años– me miró con cara de no querer estar allí.

—Straciatella, por favor— le pedí sin dudar.

El muchacho me sirvió una enorme bola pastosa y blanquecina a la que me apresuré a darle una gran lamida. Era realmente bueno. Su textura cremosa se me deshizo al instante en la boca, desbordando todo el sabor de la vainilla. El chico me extendió la mano esperando que yo le diese algo a cambio. «¡Mierda, no tengo cómo pagar!», recordé tanteándome los bolsillos del pantalón. Cuando intenté explicarle que dejé la billetera en el apartamento, el jovencito comenzó a vociferar malas palabras en italiano. Por más que le prometí que volvería ésa misma tarde con el dinero, sus gritos no cesaban. De su boca salió una frase contra mi madre que despertó todos los demonios que me habitan. Segundos después, el gelato de straciatella terminó en su cabeza como sombrero.

—La próxima vez, te arrancaré la lengua con una tijera– le advertí entre dientes, fuera de mis cabales.

—¡Quítale las manos de encima! —ordenó una voz gruesa a mis espaldas—. Ningún italiano que pise ésta tierra se atreve a tratar así a mis empleados —me dijo obligándome a soltar al chico quien, respirando agitadamente, me veía con furia—. Si no te parto la cara ahora mismo, es porque admiro la forma en que defendiste a tu madre... —Yo iba a refutar, pero el hombre no me dejó— ... eso habla muy bien de ti... defender a la familia me hace deducir que eres un hombre de honor.

—¿Cómo sabe que soy italiano?— le pregunté aturdido.

Él arrugó la frente y soltó:

—Porque vi cómo le hablaste a mi hijo en italiano, evidentemente.

Yo me quedé frío por dos razones. La primera porque no sabía que la ira me había hecho hablar en italiano, con lo que descubrí que, además de algunos recuerdos, también conservaba mi idioma natal; y la segunda: acababa de estrujar al hijo de uno de los capos más poderosos dentro de las cinco familias de la mafia.

—¿Es usted... Joe Cipriani, señor?— le pregunté entre la emoción y el miedo.

Éste asintió señalándome la heladera.

—Sí, y ése al que le dejaste el gelato en la cabeza... es Leonardo, mi hijo.

Miré nervioso hacia la heladera. Para esa época, El Niño Cipriani que yo había conocido todavía no tenía planeado nacer y su padre —con la straciatella corriéndole por la frente— era aquél jovencito con mirada asesina. Tragué grueso; era como tener un encuentro cercano con los muertos.

SALVATORE

No se daña a quien se ama...

—*No te sientas, triste, Salvatore —le dijo Marcello desde el umbral de la puerta. Salvatore permanecía de pie mirando la lluvia golpear contra el cristal de su ventana—. Yo sé cómo duele perder a una mamá... y también sé lo que es sentirse solo...*

—*Tú no estás solo —lo cortó Salvatore. Grandes lagrimones le corrían por las mejillas—. Tú al menos tienes al señor Gaetano... en cambio, yo no sólo perdí a mi mamá sino que también me quedé sin papá...*

Marcello se le acercó y se paró junto a él para, también, contemplar la lluvia. Luego, le entregó un tanquecito de guerra, su juguete favorito. Salvatore lo tomó entre sus manos y rompió en llanto.

—*Ahora es tuyo..., te lo regalo —le dijo Marcello—... Mi papá dice que cuidará de ti y que ahora seremos como hermanos. Nunca te dejaré solo... lo prometo...*

Salvatore *Oneshot* estacionó su *Hellcat* negro y, en seguida, bajó el volumen de la estación de radio que trasmitía lo sucedido en el galpón de los Everglades. Los rusos habían muerto junto con los hombres de Marcello "Cash"; éste último prófugo de la justicia. Toneladas de anfetaminas camufladas dentro de imágenes religiosas fueron capturadas. «Gaetano, me traicionaste a mi también, miserable», la frase retumbaba en la mente de Salvatore cuando entró a *Oliver Pizzería* ubicada entre las calles 17 y 19 de South Beach. Su humilde fama en los alrededores la hacía acreedora a tener la mejor pizza de queso con peperonni del vecindario. Salvatore, sigiloso, se coló entre los clientes que comían de pie y otros que hacían sus pedidos para llevar. «No sólo ibas a hacer que la policía matara a Marcello, sino que me montaste una trampa para que yo cayera junto con él... dos pájaros de un tiro», seguía Salvatore en su monólogo interior cuando Oliver, el dueño de la pizzería, lo divisó tenso entre los clientes. Salvatore se ubicó en la última mesa del fondo, junto a la cocina. Al instante apareció Kelly una joven mesera que, sin cruzar palabras con él, se apresuró temerosa a servirle una jarra de cerveza fría. Él la frenó antes de que se marchara, tomándola por un brazo.

—Dile a Oliver que vine a cobrar la renta de este mes, que vengo de trabajar y estoy hambriento —Kelly asintió nerviosa y se dispuso a retirarse, pero Salvatore volvió a sujetarla con más fuerza—. Y recuérdale que soy de los italianos que no comen pizza.

Kelly se zafó para alejarse a la carrera. Salvatore la siguió con la vista hasta que se acercó a Oliver detrás de la barra. Éste intercambió algunas palabras con ella enviándola directo a la cocina. Oliver se encontró con la mirada de Salvatore quien, desde la mesa, le alzó la jarra de cerveza en el aire en señal de saludo. En seguida, su celular comenzó a vibrar y pudo identificar el número que lo llamaba. Salvatore bebió un sorbo de cerveza, se puso de pie y atendió la llamada encerrándose en el único baño disponible del local. Esta vez fue Oliver quien le siguió los pasos; y, después de cruzar algunas palabras en italiano con otro empleado, se alejó de la caja para perderse en el interior de la cocina.

—*Parla*, Charlie —dijo Salvatore mirándose en el pequeño espejo que colgaba de la pared. Observó la cicatriz en una de sus cejas. Al escuchar lo que le decían del otro lado, su rostro se endureció—. Ya va, ya va, vamos con calma que no te estoy entendiendo nada, ¿cómo que tuvo un accidente? ¿dónde está?... —Salvatore apretó la mandíbula—. ¡Grrr, maldita sea! —golpeó el espejo con el puño cerrado, abriéndole grietas como una telaraña—... ¿Y estás seguro que Donatello está viajando hacia acá?

Salvatore escuchaba lo que Charlie le respondía del otro lado del teléfono, cuando Oliver lo llamó desde afuera.

—La comida ya está servida— anunció dándole dos golpecitos a la puerta del baño.

Salvatore miró su rostro desfigurado a través de los cristales rotos.

—Ok... Espera mi orden, Charlie... ¡Ya sé que no hay tiempo, no soy idiota!...

Y colgó para salir bufando de allí. Salvatore se encontró con un plato de sopa con carne y trozos de verduras reposando sobre el mantel a cuadros. Vio el reloj contando el tiempo que tenía para reaccionar a la llamada. Cinco horas, a lo máximo, estaban a su favor. En ese momento, Oliver le colocó un sobre cerrado sobre la mesa y, cuando estaba retirándose, Salvatore lo detuvo.

—Espera, Oliver —le dijo, y este regresó nervioso—. Quiero que pruebes mi sopa —El hombre lo miró sorprendido. Salvatore le acercó la cuchara rodándola por la mesa hacia el otro extremo—. Sólo después que la pruebes tú, me la comeré... ahora, si te niegas sospecharé de ti, Oliver, y no creo que eso tenga un final feliz.

Salvatore abrió el sobre y corroboró que estaba el dinero, poco antes de observar cómo Oliver sujetaba la cuchara con su mano temblorosa para hundirla en el plato. Oliver probó la sopa y Salvatore sonrió.

—Soy un hombre precavido —le dijo encogiéndose de hombros—. Para que veas que después de todo confío en ti, no contaré el dinero. Espero que esté completo.

—Claro que lo está —le dijo Oliver—, como todos los meses. Pero te pido que tus hombres no vengan más por aquí, asustan a mi clientela y, si ellos se van, no tendré cómo pagarte el próximo mes.

Salvatore sonrió.

—No exageres, hombre. Paso más tiempo en México que aquí; pero está bien, me parece justo lo que pides... A cambio de eso, necesito que me hagas un favor... ven, toma asiento —Oliver, incómodo, se sentó frente a él—. Una vez me ofreciste una casa rural en *Horse Country*, ¿te acuerdas?

—Sí... pero eso era para no tener que pagarte mensualidades por este local... era un intercambio... de favores.

—¿Todavía la tienes? —Oliver asintió, dudoso. Salvatore puso su mano sobre el brazo de este y le habló en voz baja, intimidándolo—. Al levantar tu trasero de la silla, irás por la llave de esa casa. La necesito en mis manos antes de terminar con mi sopa, ¿fui claro? —Se separó de él y tomó su cuchara para comer. Oliver lo miraba nervioso. Antes de probar bocado, Salvatore agregó—: Y no te preocupes, el mes que viene hablamos del billete; pero eso sí, ni una palabra de esto con nadie o te irás a vender pizzas en el maldito infierno.

LAYLA

El guardián solitario.

—¿Y ahora qué harás, Layla? No puedes hacerte cargo de él. No puedes adoptarlo como si fuese un niño —Ella tenía los ojos puestos sobre Marcello, mientras Elio le hablaba caminando de un lado a otro por la habitación de modo frenético—. ¿Quién pagará la cuenta de este hospital, eh? ¡Santo cielo, Layla, ¿y si empeora y hay qué decidir si desconectarlo o.../?

—Ya, Elio... —le pidió, callándolo en seco—. Cierra la boca un momento, que así no podemos buscar una solución.

—¿Podemos, dijiste? —preguntó él alarmado— ¡Ah no, un momentico! Ese Romeo es tuyo Julieta, no mío; así que no hables en plural porque.../

—¡Elio, cállate! —gritó ella haciéndolo enmudecer— ¡Es mi problema! ¡Perfecto, no pasa nada! Ahora dime: ¿qué pretendes que haga, ah? ¿Lo dejo a merced de su suerte? ¿Lo desconecto para evitar las deudas con el hospital?

Elio bajó los hombros sintiéndose pésimo por su comportamiento. Ella lo miraba dolida.

—Lo siento —musitó culpable—. No debí expresarme de ese modo... tienes razón. Tú estás actuando como debes. Yo, probablemente iré al infierno; o peor, reencarnaré en una lombriz estomacal...

Layla soltó aire, contrariada, y regresó su atención sobre el cuerpo inerte de Marcello que ya parecía el de un cadáver. Sólo aquél constante sonido del monitor indicando su ritmo cardíaco, decía lo contrario. Elio se acercó conciliador y puso su mano sobre el hombro de Layla.

—Entiende, no puedo dejarlo solo ahora —dijo ella casi en un susurro—. No sé qué haré ante los infinitos escenarios porque no tengo las respuestas a hechos que ni siquiera se han consumado, Elio. Por lo pronto, seguiremos con el plan de atenderlo como médicos que somos, hasta lograr sacarlo del coma. Mientras, hablaré con el doctor Parker para que convoque a una junta especial.

—De acuerdo. Creo que los nervios me traicionaron, discúlpame —apoyó su cabeza sobre la de ella en un gesto cariñoso—. Estamos juntos en esto, como en todo lo demás.

Layla se separó y lo miró con una sonrisa débil.

—Gracias —le dijo—. Sabía que contaba con mi mejor amigo en esta aventura Shakesperiana.

—Pues mucho cuidado que Romeo y Julieta dejaron a su paso un montón de muertos, eh... no sé qué le ve la gente de romántico a eso.

Layla desvió la mirada hacia Marcello.

—Hay algo que no te conté —dijo ella, tensa. Elio se separó expectante—. Me parece que Marcello tiene un roce de bala en su brazo —le contó, al tiempo que destapaba el torso desnudo de Marcello quitándole las sábanas blancas que lo cubrían—. Quizá, después de todo, él sí sea la persona que ese detective estaba buscando.

Elio sintió que alguien reaccionó con sorpresa a sus espaldas al escuchar las palabras de Layla, y giró alerta hacia la puerta de la habitación. Layla hizo lo mismo, asustada. Ambos se encontraron con Patty, la enfermera, quien los miraba intentando disimular su angustia. Layla y Elio cruzaron una fugaz mirada, sintiéndose atrapados.

MARCELLO 1928

Los fantasmas también estuvieron vivos alguna vez.

Yo parecía estar sobreviviendo a ese primer encuentro con Joe Cipriani. Por lo bajo y conteniendo su risa, me contaba que jamás había visto a su hijo Leonardo tan asustado. "Tiene que hacerse hombre, este negocio no perdona a los débiles", me dijo mirando de reojo a su hijo que seguía refunfuñando tras haberse enjuagado la cabeza debajo del fregador de platos para quitarse el resto del gelato. Traté de disculparme con el muchacho, pero éste me gruñó.

—No le des importancia, ya se le pasará— me aseguró Cipriani.

—Le prometo que regresaré con el dinero para pagarle, señor... Dejé mi billetera olvidada en casa.

Él desestimó mi intención.

—Bah, déjalo así. Si te gustó, recomiéndalo con tus amigos y me sentiré remunerado.

—Oh sí, razón tenía El Niño.../— callé repentinamente, consciente del error que estaba a punto de cometer.

—¿Qué niño?— me preguntó curioso

—El hijo de un amigo —me apuré a enmendar mis palabras—. Siempre dice que este lugar tiene el mejor gelato de la ciudad.

El hombre volvió a mirar a su hijo Leonardo, quien ya había regresado a su labor y atendía a dos clientes más.

Yo también lo observaba y, por un instante, pensé que Joe Cipriani nunca llegaría a saber que su hijo —débil, como lo llamó— se convertiría en uno de los capos más peligrosos de Chicago durante los años 70; y que moriría en las puertas de aquel mismo restaurante.

—¿Cómo te llamas? —me preguntó Cipriani—. Nunca te había visto por aquí y la verdad es que, a primera vista, pareces más gringo que italiano. ¡Mira qué cara tan pálida traes, ragazzo!

Atiné a decir la única verdad que sabía.

—Me llamo Marcello, señor, y soy de Biella —la ciudad en la que había nacido, claro—. Y sí, mi madre es estadounidense —mentí para justificar la blancura fantasmal que tenía este cuerpo ajeno—. Mi padre es italiano, al igual que yo... pero ambos han muerto... —dije fingiendo un profundo pesar, aunque Joe Cipriani se mostró parco—. Yo acabo de llegar, estoy viviendo en *Bronx*.

—Cuando puedas, múdate a *Lower Manhattan*; ahí se reúne la mayor parte de la inmigración italiana –me aconsejó—. Otro que llega huyendo de Europa bajo el fascismo. Por culpa de esa ideología ha cambiado la música, los negocios, ¡todo!... Gracias a la maldita política los europeos estamos regados por el mapamundi... ¡Nos han separado de nuestros seres queridos, de nuestras tierras! Las familias están siendo condenadas al exilio y a la muerte. ¡Mussolini y su gente están condenando a toda Italia!

—*Benito Mussolini*— repetí perdiendo el aliento.

Poco a poco iba asimilado en detalle la etapa histórica en la que me encontraba; y me aterroricé. Recordé algunas cosas que estaban por venir, y pensé que lo menos duro que le tocaría vivir a la humanidad, en los años treinta, sería la devastadora crisis económica de Estados Unidos.

—Si esto sigue así, —agregó Joe Cipriani sacándome de mis pensamientos—, ése hombre dejará desolada a toda Europa.

—No tiene idea— le dije con un tono premonitorio que quizá sólo *Nostradamus* hubiera podido identificar.

—¿Y qué hacías en Italia?— Me preguntó mientras encendía un cigarrillo *Camel* sin filtro.

—Quería ser contador, señor —respondí con otra verdad; de eso me había graduado en los años ochenta. Joe me miró con curiosidad y soltó una bola de humo blanquecino sobre mi cara—. Ayudaba a mi padre con las cuentas de su negocio... él era sastre —agregué esa pequeña mentira, tratando de no ahorcarme con mi propia cuerda—. Pero claro, la economía de Europa es muy diferente a la Norteamericana...

—Bah, eso es mierda —dijo apagando el *Camel* contra el cenicero de vidrio que había sobre la mesa—.

Dinero es dinero aquí o en Tokio, ¡lo importante es saber hacer los negocios correctos!

Cipriani se silenció cuando vio a un hombre alto y de traje vino tinto, entrar al restaurante. Sólo bastó que Cipriani le hiciera un delicado gesto con la mano, para que el hombre entendiera que debía mantenerse distante de nosotros. Los mafiosos eran reservados y tenían una forma de comunicarse casi invisible para quienes no conocen sus costumbres. Tras ese instante, Cipriani regresó su vista sobre mi y me palmeó la espalda.

—Ven otro día si quieres, y serás bienvenido —agregó despidiéndose—, pero no olvides tu billetera.

Y se perdió hacia el interior de la cocina junto con el hombre que acababa de entrar. Cuando pasé cerca de Leonardo pensé: «¿Qué pasaría si yo le advirtiera a este chico que una mañana de 1974 moriría, víctima de tres disparos, en aquel mismo restaurante?». Leonardo me miró y arrugó el ceño como si hubiese leído mis pensamientos, aunque la razón de su reacción fue porque me había ganado su odio con creces. Si yo tenía una sola oportunidad para cambiar su destino, aquel día no lo hice.

El hecho de volver a la ratonera me producía jaqueca. Mientras caminaba por las calles de New York me preguntaba a dónde más podía ir. *La Pequeña Italia* dejó de ser la *Pequeña Italia* y se convirtió en *Chinatown*, por la misma calle Canal hasta una intersección en donde había una inmensa valla con la imagen de un hombre que sonreía para vender cigarrillos. Necesitaba encontrar el modo de recuperar mi vida, si es que existía alguno.

Pensé que, si había podido hablar en italiano y si había recordado a la familia Cipriani, quizá todos los demás recuerdos regresarían a mi poco a poco. Lo que había aprendido sobre la historia de la mafia italoamericana debía usarlo a mi favor. Miré el cielo, despejado y luminoso. De pronto, sonreí. Entendí que yo tenía algo de mucho valor: conocía el futuro. Sabía que *Hoover* ganaría las elecciones presidenciales en dos meses, que *Franklin Delano Roosevelt* también llegaría a la Casa Blanca y que, en algunos años más, estallaría la *Segunda Guerra Mundial*. *Benito Mussolini* no sería el único en llenar de espanto y muerte a toda Europa.

—Oye, ¿no se te antoja un buen trago para calentar la sangre?— me susurró un hombre de mala pinta guardándose del sol bajo las sombras de un callejón. Me mostraba una botella oculta bajo su saco.

El negocio más enriquecedor de aquella época era la venta de alcohol en el mercado negro. El whisky era ilegal, gracias a la ley seca impuesta ocho años atrás. Para la mafia, el alcohol era lo que ha sido el tráfico de narcóticos en mis tiempos: un negocio redondo. Yo sabía que con la llegada de *Roosevelt* a la Presidencia, aquella restricción terminaría al igual que los beneficios que generaba su venta ilícita. El hombre, al notar que yo lo miraba fijamente sin darle respuesta a su ofrecimiento, me dio la espalda y desapareció por el callejón. El miedo tiene un olor dulce, cítrico y penetrante como el de una mandarina. Seguí al hombre sin vacilar. Había una sola cosa para la que mi alma había sido hecha y que parecía no poder ignorar: yo era un jodido mafioso al que le gustaba jugar a ser Dios.

Seguí al hombre con sigilo por el interior del callejón. Iba lo suficientemente cerca de él para no perderlo, pero evitando que se diera cuenta de mi persecución. Después de cruzar un par de calles e integrarnos en otro callejón mucho más angosto, tuve que esconderme detrás de un contenedor de basura cuando él se detuvo frente a una puerta. El ruido de una botella nos hizo brincar a los dos, cada uno en su ángulo. Un gato color arena salió de entre las bolsas de basura y se alejó sin siquiera mirarnos. El hombre pareció salir del espanto que da la paranoia y, creyendo que nadie más podía verlo, golpeó dos veces la puerta.

—Azucena— dijo, y al instante la puerta se abrió, dejándolo pasar.

Esperé un par de minutos y salí de mi escondite para imitar exactamente lo que el hombre había hecho. Funcionó: un joven delgado como una rama seca me abrió la puerta. El interior era un casino clandestino. Al menos 30 hombres jugaban a las cartas mientras tomaban alcohol. Varias jovencitas, de no más de veinte años, se paseaban con poca ropa por los alrededores para complacer a los clientes. Busqué con la vista al hombre que me había llevado hasta allí, pero no encontré ninguna señal de él. Bordeé el casino por entre las mesas, perfil bajo, detallando todo cuánto me era posible. Una linda joven detrás de la barra me ofreció algo de tomar mostrando una amplia sonrisa.

—¡Estela! —la llamó el barman que terminaba de servir un trago al otro lado de la barra—, cóbrale al señor uno doble y la entrada para la mesa tres de póquer.

Ella se disculpó conmigo, y yo respiré aliviado cuando la vi alejarse hacia la caja. De pronto la puerta del casino volvió a abrirse y arrugué el rostro ante la sorpresa. Había llegado el mismo hombre de traje color vino tinto que había ido a buscar a Joe Cipriani a su restaurante. El portero larguirucho le susurró algo al oído y, con expresión de disgusto, el sujeto se encaminó sin mirar hacia los lados hacia un pasillo que parecía conducir a otro lugar. El portero lo siguió. La joven tras la barra se me acercó de nuevo con su sonrisa luminosa, cuando se escucharon tres detonaciones. El estruendo armó un gran alboroto. Al primer disparo, corrí a ocultarme tras la barra, empujando junto conmigo a la chica. El barman salió corriendo despavorido casi pasándonos por encima. Ella, tapándose el rostro con ambas manos, ahogó un grito de espanto al oír otra detonación. Los jugadores abandonaron sus mesas encaminándose hacia la angosta salida, al igual que una estampida de mamuts. Las cartas de póquer volaban por los aires y uno que otro oportunista corrió a llenarse los bolsillos con fichas, antes de desaparecer por la puerta. Me asomé con la respiración agitada y pude ver a un primer tipo salir del pasillo. Éste, con sombrero blanco y arma en mano, caminaba a paso tranquilo. Era un hombre de cabello oscuro y cejas pobladas con un ojo apagado. Lo reconocí conteniendo el aliento. Su nombre era Lucky, el hombre más sanguinario de la mafia italiana hasta casi los años ochenta. Al instante, apareció otro joven de traje negro que seguía a Lucky, mientras apuntaba a todo aquel que se atrevía a cerrarles el paso. Sentí que el corazón se me detuvo junto con la respiración. Aquel joven era Gaetano, mi padre.

RAPHAEL

Propósito: destruir al enemigo.

—¿Por qué nunca me lo habías dicho? —le preguntó Hernández a Raphael, superando el estupor que le produjo saber que él también tenía vínculos, nada buenos, con la mafia italiana—. Creciste junto a mi hijo... te aprecio como si fueses parte de mi familia; y sin embargo yo.../

—No lo sabe nadie —lo cortó Raphael con tono débil—. Ni siquiera lo supo Martín... No quería crecer como policía bajo la sombra de mi abuelo... y no lo digo por mal, ¿eh? Al contrario, me siento orgulloso de ser nieto del legendario Luigi Randone; pero decirlo a vox populi podría ser usado en mi contra. La gente me reconocería por ser el nieto de él, y no por lo que yo mismo he logrado a lo largo de mi carrera. –Raphael se levantó de la silla para pasear por la oficina–. Crecí de niño dentro de una estación de policías y me hice uno de ellos gracias a la influencia que mi abuelo me dejó, pero también heredé sus conflictos y sus penas.

Hernández, quien seguía el vaivén de Raphael por su oficina, se levantó para servir dos tazas grandes de un café que reposaba en un termo.

—Mi abuelo pasó muchos años en una misión como agente encubierto dentro de la mafia italoamericana, durante los años treinta —siguió Raphael—. Dedicó los mejores años de su vida a intentar acabar con *Della Croce*. ¿Y qué logró?... Que la mafia se vengara de él matando a su hijo, ¡a mi padre! ¿Y qué le entregaron cuando le dieron de baja? ¡Una maldita placa! —Raphael suspiró agotado. Hernández, boquiabierto, le extendió la taza de café que Raphael tomó con decaimiento—. Mi abuelo murió solo, Javier. Jamás pudo superar la muerte de mi padre. Y a mi sólo me quedó el recuerdo de ambos. Fragmentos de memorias que nadie quiere enfrentar... es como si todos los testigos hubiesen desaparecido junto con ellos.

Hernández se reclinó en su silla, tocado por las palabras de Raphael. Comenzaba a caer la tarde descendiendo el sol a través de la ventana.

—Lo siento... — musitó.

—No te preocupes —le aseguró Raphael antes de iniciar, nuevamente, su calmado ir y venir de un lado a otro de la oficina—. Si hoy te lo revelo es para que te des cuenta que nadie más que yo entiende tus sentimientos y tu... propósito. Esos tipos a los que quieres encerrar para hacer justicia, son los mismos a los que yo quiero condenar; y no sólo porque perdí a mi familia por culpa de la mafia, sino porque tienen decenas de años haciéndolo con otros inocentes... —se detuvo para verlo, pero Hernández, lelo, miraba la superficie de la mesa. Raphael suspiró, removido por sus recuerdos—.... A veces me pregunto por qué decidí ser policía y siempre me respondo lo mismo: el silencio no nos salva, nos hace cómplices.

—¿Cómo murió tu padre?— le preguntó Hernández.

—Pusieron TNT en el auto donde se suponía que viajaríamos todos —respondió Raphael deteniendo sus pasos para ver el rostro ido de Hernández—. Luego de eso, nos mudamos a California... yo apenas tenía ocho años cuando sucedió. A medida que fui creciendo, siempre tuve la sensación de que estábamos huyendo. Ocultándonos. Íbamos cambiando de ciudad, de escuela, de círculo social... era como si mi madre evitara pasar demasiado tiempo en un mismo lugar. Cuando menos lo pensábamos, ya estábamos "partiendo de nuevo hacia otra aventura", como ella siempre decía en un intento por suavizarme tantos cambios drásticos.

Hernández, conmovido, alzó la vista para observar a Raphael quien seguía su lento caminar a espaldas de él.

—¿Qué sucedió con los asesinos?

Raphael se viró para encontrarse con la mirada de Hernández.

—Con los años entendí que a mi padre no lo mató un hombre, sino un sistema entero de personas que creen ser Dioses. A mi padre no lo mató Gaetano Brocchi o Lucky Costello... a él lo mató la mafia entera, jefe; y al igual que usted, usaré todas mis energías hasta cortar de raíz todas las ramas que conforman ése árbol que es *Della Croce*.

Tocaron a la puerta y, después de un instante, se asomó el detective Páez con una amplia sonrisa.

—Disculpen que los interrumpan, pero acabamos de recibir una llamada que quizá les interese —Raphael y Hernández cruzaron una rápida mirada, esperanzados. Páez leyó un papel que traía en la mano—. Una enfermera llamada Patty Bolaño llamó desde el *Hospital Jackson* preguntando por ti, Raphael.

—¡¿Y qué dijo?!

—Asegura que hay un paciente de nombre Marcello... y dice que tiene un roce de bala en su brazo —Hernández se levantó de su silla como un resorte. Raphael le quitó el papel para releer, ansioso—. Creo que puede ser nuestro hombre.

—Tiene que ser...— dijo Raphael dejando escapar una sonrisa al despegar los ojos del papel.

—¡Vámonos ya!— Gritó Hernández y los tres salieron de la oficina a la carrera.

SALVATORE

Toda acción conlleva una consecuencia.

—¿*De verdad te irás?* —*le preguntó Salvatore a Marcello quien acababa de cumplir la mayoría de edad. Marcello, parado de espaldas a él, sacaba su ropa del clóset para lanzarla dentro de una pequeña maleta de cuero que reposaba sobre la cama. Salvatore lo tomó por el brazo con brusquedad obligándolo a mirarlo*—. *¡No me pongas a escoger, cabrón!*

Marcello lo miró con tristeza.

—*¡Nadie te está poniendo a escoger, Salvatore!* —*le dijo zafándose para seguir en su caminar desde el clóset hasta la maleta*—. *No voy a juzgarte porque decidas quedarte en esta casa, pero no me pidas que yo me quede* —*Salvatore lo seguía con la mirada de un lado a otro como pelota de tenis, hasta que Marcello selló la maleta deslizando el cierre para apoyarla del piso. Alzó la vista para mirarlo directo a los ojos*—. *Pase lo que pase, serás mi hermano y eso no va a cambiar. La guerra que yo desate con mi padre es un problema entre él y yo, ¿está claro? No quiero que te metas en esto.*

—¿*Y qué papel juego yo ahí, ah, el de sordomudo?* —*le gritó con los ojos llenos de lágrimas*—. ¿*O por ser el hijo adoptado no tengo derecho a opinar? ¡Estás siendo un maldito egoísta, Marcello! Sólo estás pensando en ti y en tus estúpidos traumas infantiles.*

Marcello se contuvo para no darle una trompada. Salvatore lo notó, pero se mantuvo firme ante él.

—*Entiende algo, Salvatore —dijo Marcello intentando calmar los ánimos—. Mi relación con Gaetano no tiene por qué afectarte. Tú sigues siendo su hijo. No tienes que elegir con quién de nosotros estar, yo entiendo tus razones para serle leal, pero debes entender las mías...* —*Marcello se sentó en la cama, cabizbajo—. Yo más que nadie voy a extrañarte cuando ya no estés, pero no me puedo quedar en esta casa después de comprobar que él.../*

—*Tienes razón —lo cortó Salvatore dejando escapar un suspiro, y se sentó junto a él—. Perdóname por intentar presionarte. Yo también he sido egoísta. Si yo estuviera en tus zapatos, lo mataría sin pensarlo...* —*Salvatore lo abrazó con un cariño tosco—. Eso sí, debemos hacer un pacto de hermanos.*

Marcello sonrió sin ánimo.

—*¿Cuál es ése pacto, enano?— le preguntó con cariño de hermano mayor.*

—*Que pase lo que pase, nunca vamos a traicionarnos... jamás olvidaremos que somos hermanos.*

Marcello le dio su dedo meñique y Salvatore lo imitó, entrelazando un dedo con el otro para sellar la promesa.

—*Te quiero, bro— le dijo Marcello golpeándolo con suavidad por la cabeza.*

Ambos se despidieron frente a la fachada de la mansión a mitad de una noche silenciosa. Salvatore vio desaparecer la silueta del auto de Marcello entre las farolas de la avenida.

Salvatore regresó de su recuerdo. Aquella noche fue la última vez que vio a Marcello. Tamboreó los dedos sobre el volante, inquieto, mientras divisaba a través del parabrisas de su auto la fachada del *Hospital Jackson Memorial.*

—Esperen la señal —pidió por teléfono—. Ya saben cuál es la orden. Sólo tenemos 15 minutos para entrar y salir.

Y colgó observando de nuevo la fachada del hospital por la que entraban y salían docenas de personas. Hacia el lado izquierdo, detalló la entrada al estacionamiento del edificio que daba al área de terapia intensiva. Sacó su arma de la guantera del auto, revisó que estuviese cargada y la guardó en un doble compartimiento de su chaqueta. Una ambulancia con la sirena apagada pasó por un costado de la calle e ingresó al estacionamiento. Era la señal que esperaba. Antes de bajar del auto, miró el juego de llaves que reposaba sobre el asiento del copiloto, colgadas de un llavero con el nombre de *Oliver Pizzería.*

MARCELLO 1928

"Ni aunque te quites, ni aunque te pongas."

«Te lo advierto, Marcello, si me sigues jodiendo, te mando directo a un internado en Roma del que nunca más vas a salir ¡¿Me escuchaste?!». Gaetano, mi padre, no se limitaba en sus amenazas.

Y yo, aún siendo un niño de 13 años, ya había aprendido lo que era el odio y cómo contenerlo.

—Si te molesta tanto el recuerdo de mi madre por algo será, ¿no? —Me le acerqué fiero—. Dime si fuiste tú quien causó ése accidente.

—Cállate, cabrón, porque se me va a olvidar que eres mi hijo— me gruñó entre dientes conteniendo las ganas de tirarse encima de mi.

—Yo debí haber muerto con ella en ese maldito accidente —le dije como un volcán a punto de hacer erupción—. ¡No soporto ser el hijo de un cobarde!

Me lanzó un derechazo que me mandó al piso.

La chica tiró de mi brazo halándome hacia ella, hacia la realidad. En ese momento, me invadió un dolor de cabeza. «Una convulsión en medio de este caos y me jodí», pensé, intentando controlar mi agitada respiración. Fuera de la barra se escuchaban los gritos de quienes intentaban huir, al tiempo que Lucky lanzaba amenazas al aire.

—¡Estela! —gritó Gaetano, mi padre—. ¿Dónde se metió la cabaretera?

La chica me miró como suplicándome que no la delatara; pero no tuve tiempo a reaccionar; ella dejó escapar un grito de horror y sentí de golpe el frío metal de un cañón tocándome la nuca.

—Estelita, *principessa* —dijo la voz de mi padre. Al girar, me encontré con esa mirada cínica que tenía desde muy joven, así como en las viejas fotografías que alguna vez había visto. Gaetano era un chiquillo de baja estatura pero fuerte e intimidante—. Sabía que te iba a encontrar en ésta ratonera —le dijo a Estela, clavando sus ojos asesinos sobre mí, sin dejar de apuntarnos la ambos—. Lo lamento por tu cliente, porque se va a quedar desatendido y encendido.

La chica me abrazó protegiéndose con mi cuerpo. Temblaba como una hoja de papel. Gaetano fue sobre ella y la haló por el brazo, obligándola a ponerse en pie sin dejar de apuntarme. Yo lo veía entre la fascinación y la curiosidad de tenerlo ahí, tan joven... en sus años de aprendiz.

—¿Qué tanto me ves, idiota?— me preguntó incómodo; y, al ver que no reaccionaba, alzó su mano para darme con la cacha del revólver. Pero Lucky lo sorprendió sujetándole el brazo

—Contrólate, Gaetano —le ordenó Lucky— Enfócate en la tarea que vinimos a hacer y deja la payasada.

La chica intentó zafarse, pero Gaetano la apretó contra él, a la fuerza.

—Terminemos con esto rápido, Estela —agregó Lucky—. Es simple. Vamos a la oficina y ahí le cuentas a Gaetano lo que necesitamos saber. Fácil.

—Yo... no sé nada— murmuró ella con un hilo de voz , y Lucky la zarandeó con fiereza.

—¡No me mientas, zorra!— Gritó Lucky volteándole la cara de un manotazo que le partió el labio inferior. Ella se tapó el rostro, ahogada en llanto. Yo miraba aquel escenario como si estuviera en un sueño. Estaba frente al amado y odiado Lucky, mirándolo ser él mismo, ahí en primer plano.

—No me hagas perder mi tiempo ni el de mis hombres, ¿o qué? —le preguntó Lucky, mientras clavaba su arma en mi cabeza y yo entendía que aquello era muy real. Podía morir allí y sumarme a su larga lista de víctimas—, ¿quieres que gente inocente muera por tu culpa?

Ella negó llorando. Lucky le hizo una corta seña a Gaetano y éste se la llevó hacia la oficina. Lucky me empujó, ordenándome que fuese tras ellos. Atravesamos un largo pasillo. Caminamos hasta la última puerta que estaba entrecerrada. Cuando Gaetano la abrió, la chica soltó un alarido de espanto. Lucky me frenó para que esperásemos de pie junto a la puerta, sin dejar de apuntarme; y de tanto en tanto, veía hacia el interior de la

QUE LA MUERTE SEA BREVE

oficina. Yo también miré por curiosidad y reconocí al hombre de traje color vino tinto, sentando en una silla tras el escritorio, con dos disparos que le abrieron el rostro como una patilla. El otro cuerpo —hasta donde me permitió ver la pared—, parecía estar boca abajo en el piso. Por su ropa, deduje que se trataba del portero larguirucho. Gaetano le gritaba a la chica que le dijera dónde escondían una llave, al tiempo que iba revolviendo todo a su paso. La chica, incapaz de moverse entre los cuerpos, lloraba sin consuelo. Lucky separó la vista de la oficina, impaciente, y me miró mordiéndose el labio inferior.

—Estás aumentando tus posibilidades de morir hoy —me dijo con frialdad—. No te lo tomes personal, pero si sigues de fisgón, no tendré otra opción y te mataré.

—Entiendo que tengas que cumplir tus códigos —dije en italiano con frialdad y pareció sorprendido—. ¿Eso no es lo que haría cualquier hombre de honor? Proteger los intereses de la familia —detallé el revólver con el que apuntaba mi rostro—. Pensé que alguien como tú tendría, al menos, una *Thompson*.

Lucky sonrió y me mostró el arma larga que llevaba oculta bajo su sobretodo.

—120 disparos por minuto, ¿la has probado? El último quedó como un colador de pasta.

—¡Oye, ¿qué carajo hacen? —interrumpió un hombre a quien no había visto antes y que se acercó a nosotros muy agitado—. ¿Tenían que armar todo este alboroto? ¿Es que no saben dialogar como seres civilizados?

Lucky blanqueó los ojos, aburrido.

—No molestes, Randone. ¡Yo no te digo cómo hacer tu trabajo! —le dijo molesto—. La pregunta es: ¿qué haces tú aquí?

El hombre llamado Randone se le acercó tajante y, de un manotazo, le bajó el revólver que me apuntaba.

—No tengo por qué darle explicaciones a un *Capodecina* —le dijo el hombre, y descubrí el alto rango de Lucky, quien dentro de la mafia, debía tener a su cargo un grupo de hombres dentro de la organización. Lucky le gruñó; pero el hombre lo ignoró y me miró con cierta inquietud—. ¿Y éste quién es?

Preguntó como si yo mismo no pudiese contestar. Así que me mantuve parco e indiferente.

—No sé, estaba con Estela... —respondió Lucky en mal tono y, como si leyera mis pensamientos, le sugirió—: ¿Por qué no se lo preguntas tú? El tipo no es mudo, ¿y qué crees? Hasta habla italiano mejor que tú— agregó estallando en una risa burlona.

El hombre ignoró el comentario de Lucky y me miró para preguntarme algo pero, en ese instante, mi padre salió de la oficina trayendo a la chica casi a rastras. Ella tenía el rostro bañado en lágrimas, mientras balbuceaba "asesinos" una y otra vez.

—¡Ya cantó el canario! Todo el cargamento que éste infeliz pensaba robarnos está en el puerto y... –mostró sus dientes junto con una llave dorada– el amuleto está en mi poder.

—Entonces el trabajo ya está hecho, vámonos— intervino Randone encaminándose hacia la salida, pero Lucky lo atajó por el brazo.

—¿Y con estos qué? —le preguntó señalando hacia la oficina y luego a mi—. No los podemos dejar aquí.

Randone me miró de nuevo de aquella manera inquieta; y luego vio a Estela. Hubo una corta comunicación entre ellos con cierta mirada que, al parecer, sólo yo registré.

—A... a Estela no la pueden tocar –le advirtió Randone—... no sin preguntarle al jefe –luego se refirió a mi–. De él y los otros, yo me hago cargo. Manda a tus muchachos de *Murder Inc.* a que limpien el lugar, Lucky —vio de nuevo a Estela—. Ella y el joven se vienen conmigo. Daremos un paseo primero.

—Si vas a sentenciarme a muerte —lo interrumpí en italiano—, al menos ten la hombría de hacerlo viéndome a la cara, infeliz.

Lucky me calló golpeándome con su revólver. Caí de rodillas, mareado. El dolor de cabeza que tenía se intensificó, haciéndome aullar; mientras que la chica no dejaba de lanzar quejidos en medio del llanto. Gaetano me observaba lleno de curiosidad, al tiempo que

Randone, un tanto desconcertado, me ordenó ponerme en pie. A duras penas lo logré, tambaleante. Lucky, conteniendo el deseo de dispararme, volvía a apuntarme con su arma.

—¿Quién eres? —me preguntó Randone—. ¿Qué hacías con Estela?

—¡Es sólo un cliente más, déjenlo ir!— Le suplicó la chica intentando interceder por mi; le agradecí con la mirada.

Randone la observó como si estuviese interrogándola, y ella bajó los ojos, nerviosa.

—Revísenle los bolsillos— ordenó Randone a Gaetano, quien se apresuró a hacer lo propio, sin resultado alguno.

—No tiene identificación —dijo Gaetano, tras hurgarme con tosquedad—. No trae ni siquiera una moneda. ¿Quién viene a una bar como éste con los bolsillos vacíos?

Lucky, impaciente, volvió a pegarme.

—¡Habla, idiota!— Me ordenó.

Yo lo miré en silencio, con fiereza. De niño, muchas veces desee ser como él; y ahora sólo quería partirle el alma. Todo cambia si estás del otro lado del cañón. Gaetano me sorprendió sujetándome por la camisa para arrinconarme, amenazante, contra la pared.

—¿Eres sordo o te haces? Te hicimos una pregunta, ¿qué estabas haciendo aquí sin un centavo? ¡¿Quién eres?!

Los ojos de mi padre, aún jóvenes, me veían con el mismo odio de siempre. Me encontraba allí, sosteniéndole la mirada como otras tantas veces. Él y yo, enfrentados en mi vida real y ahora, también, en ésta otra vida. Seguramente se trataba de cuentas pendientes sin saldar. Un maldito karma. De pronto, la evocación de aquel día volvió a invadirme como un martillazo en la cabeza. Poco a poco, iba recuperando uno a uno los recuerdos y, con ello, mis demonios...

Me limpié la sangre que corría por mi boca tras el derechazo que mi padre me dio mandándome al piso. No lloré. Con él mismo había aprendido a neutralizar mis emociones. Me incorporé tambaleante, pero con más fuerza. La rabia parecía nutrirme.

—Deberías matarme de una vez... —le dije casi en un acto suplicante. Él me miraba dolido por mis palabras, pero no volvió a golpearme—. Prefiero estar muerto que vivir a tu lado.

Le di la espalda para subir a mi habitación. Él me gritó algo, pero mis sentidos se bloquearon para no escuchar. A medida que subía las escaleras, sus palabras se iban quedando atrás, como si se fuesen apagando con cada paso dado. Entré a mi cuarto y, tras cerrar con llave, busqué en la parte alta del clóset una caja de madera que escondía entre mis cosas. Paré la hemorragia tapándome la boca con una media que hallé en el piso. Allí mismo me senté frente a la caja de madera, y la abrí. En ella guardaba, como un tesoro, los últimos recuerdos de mi madre. Esos que Gaetano no había podido destruir utilizando la excusa de no superar su pérdida. Él había intentado borrar todas las huellas de mi madre como si con ello, también borrase su recuerdo. En aquella caja estaba lo único que me quedaba de ella. Entre los recortes de periódicos que reseñaban su muerte, encontré los retratos que yo mismo había pintado copiando una antigua fotografía que mi padre rompió años atrás. Aquella hermosa mujer que me dio la vida murió en un accidente aéreo cuando yo tenía apenas un año de edad.

—¡Suéltenlo! —ordenó una voz masculina que reconocí enseguida. Miré hacia el umbral del pasillo, tan sorprendido como el resto de los que estábamos allí. Joe Cipriani se acercó dejando a su paso una estela de poder—. Nos volvemos a ver demasiado pronto, Marcello.

Todos, incluso la chica, me miraron llenos de curiosidad.

ELIO

Ángeles de cara sucia.

—¡No tenías porqué llamar a la policía sin antes estar segura, niña tonta!— Elio le reprochaba a Patty, la enfermera, quien lo miraba molesta a mitad de la discusión.

—Si ese hombre es un delincuente, la policía tiene que saberlo— se defendió ella del ataque.

—No se olviden que están en un hospital —intervino Layla, intentando mantener la calma. Sujetó a Elio por el brazo y lo alejó del módulo de enfermería hablándole entre dientes—: Ya párale que no ganas nada con discutir.

Elio se zafó de mala gana.

—¿Quién te entiende, Layla? —le preguntó—. Primero lo defiendes diciendo que no lo dejarás sólo, ¿y ahora lo dejas a su suerte? Ese hombre no se puede defender.

Layla bajó los hombros, y suspiró llenándose de paciencia.

—Elio, lo que dijo Patty es verdad; si Marcello es el delincuente que vino a buscar el detective, ya no es asunto nuestro. ¿O acaso pretendes que defienda a un criminal?

Elio lo pensó un instante.

—No, claro que no, pero.../

—Pero nada —lo cortó ella—. Vamos a calmar los ánimos, a seguir en nuestro itinerario de trabajo, y a esperar que el detective llegue para confirmarnos si Marcello es o no, el hombre que buscan.

—De acuerdo, Layla —Elio cedió mientras le lanzaba una mirada de odio a Patty, quien seguía tras el módulo de enfermería pendiente de ellos—. Voy a ver a mis pacientes del nivel dos. Te veo más tarde.

Y sin más, le dio la espalda a Layla alejándose por el pasillo. Ella regresó con Patty para retomar su labor. Elio había caminado unos diez pasos, cuando divisó a Miguel, el enfermero de pediatría, entrando al baño. Sonrió con picardía y se apresuró a peinarse el cabello con ambas manos antes de seguirle los pasos. Cuando entró al baño, se sorprendió de no encontrar al enfermero. De pronto, escuchó desde uno de los compartimientos que alguien tiraba de la cadena del inodoro. Elio abrió el grifo de agua del lavamanos para hacer tiempo. Coqueto, se miró al espejo y se peinó las cejas. Su reflejo en el espejo peló los dientes, corroborando que estuviesen limpios. El joven enfermero salió del compartimiento y se dispuso a abrir el grifo próximo a Elio, saludando a éste a través del espejo. Elio, sonrojado, hundió su cara bajo el agua como un avestruz. El joven pasó por detrás de su espalda, se secó las manos y salió del baño, indiferente. Elio alzó de nuevo la cabeza sintiéndose un idiota. Hizo muecas en el espejo, reprochándose a sí mismo. De pronto, una fuerte detonación en el exterior interrumpió sus gestos. Otras dos detonaciones más se oyeron a los lejos, seguidas de gritos y alaridos.

—¡¿Qué es eso?!— Se preguntó a sí mismo dando dos pasos hacia atrás asustado.

Una ráfaga de cinco detonaciones retumbaron como respuesta. Nuevos gritos de espanto se colaron por debajo de la puerta y Elio, aterrado, corrió a ocultarse en uno de los compartimientos del baño subiéndose al inodoro. Tres disparos más y, luego, todo quedó en silencio. Entre aquellas cuatro paredes, sólo se escuchaba la respiración agitada de Elio y el agua corriendo por el grifo que nunca cerró.

MARCELLO 1928

"La señales están ahí, el milagro es poder verlas."

Gaetano me soltó de mala gana cumpliendo la orden que le había dado su jefe; pero Lucky, alerta, mantuvo su arma sobre mi. Joe Cipriani, con el ceño fruncido, se me acercó para darme frente.

—¿Cómo llegaste aquí, muchacho?— me preguntó. Los otros se mantuvieron distantes y expectantes. Randone, junto a la chica, nos observaba con prudencia.

—Seguí a un hombre hasta aquí —le respondí; y, por su silencio, deduje que eso no le bastó. Miré a Lucky, apuntándome y me aventuré a decirle—: Creo que no hace falta que la uses, estoy desarmado.

Cipriani le hizo una seña y Lucky bajó el arma, pero no la guardó.

—¿Cómo es que vas a mi restaurante y ahora estás aquí? —volvió a preguntarme—. No me gustan las casualidades, Marcello.

Vi por un instante a Gaetano, quien seguía con la mandíbula contraída esperando la primera orden para irse encima mi. Volví la vista hacia Cipriani y agregué:

—Salí del restaurante y caminé un par de calles hasta que un hombre me ofreció... venderme algo de alcohol; así que lo seguí y llegue a éste lugar... el resto, se lo pueden decir sus hombres.

Cipriani miró a Lucky buscando aprobación. Éste enseguida intervino.

—Estaba con Estela cuando lo encontramos.../

—Fue casualidad —corté sin ver a Lucky—... aunque a usted no le gusten. La chica sólo me ofrecía algo de tomar cuando todo comenzó, y sólo atiné a protegerla detrás de la barra. Nada más.

Cipriani miró a la chica y noté que con ella no mostraba dureza en su rostro.

—Quisiste protegerla... —repitió mis palabras acercándose a ella. Le tocó el labio aún sangrante por el golpe que recibió. Su roce hizo que Estela soltara un quejido débil de dolor—. Entonces, ¿quién le hizo esto? — preguntó, secando las lágrimas que aún corrían por las mejillas de la chica. Nadie respondió, y él endureció sus facciones para repetir entre dientes—. Hice-una-pregunta. ¡¿Quién la golpeó?!

—Fui yo, jefe —soltó Lucky con voz temblorosa—. Es que ella me.../

Cipriani lo silenció con un golpe en la cara que le hizo dar contra la pared y caer al suelo. Todos contuvimos el aliento. Lucky se limpió el hilo de sangre que le corría por la nariz, y miró con desprecio a Cipriani cuando le dio la espalda.

—Nadie le pone una mano encima a Estela, ¿está claro? El que lo haga, es hombre muerto— lanzó la advertencia viendo a Estela con intensidad.

Nadie se atrevió a contradecirlo.

—Jefe, disculpe —intervino Gaetano—, ¿qué hacemos con él? — preguntó refiriéndose a mi.

El Cipriani que estaba allí no parecía ser el mismo hombre carismático que yo había conocido más temprano en su restaurante. Randone, inquieto, esperaba la sentencia de su jefe.

—Mátenlo— ordenó dándome la espalda para caminar hacia la salida. Lucky sonrió de medio lado, volviendo a colocar su arma sobre mi, listo para apretar el gatillo.

—Deme el honor de ser su soldado— lancé la frase, a sabiendas que mis palabras alimentarían su ego.

Cipriani frenó su andar extrañado por mi atrevimiento. Le hizo un gesto a Lucky y éste, inconforme, bufó volviendo a bajar el arma. Los otros nos observaban expectantes.

—¿A cambio de qué?— Me preguntó Cipriani.

Reencontrarme con aquel pasado y ser parte de él me generó curiosidad. No sabía si en esa situación podía morir con un disparo en la cabeza, pero no quería averiguarlo; así que le ofrecí algo que todo mafioso valora:

—Lealtad —le aseguré hablándole en italiano—. Conozco sobre *Della Croce* y coincido en sus propósitos.

—Él regresó sobre sus pasos, acercándose. Lucky intercambió una corta mirada con Gaetano, incrédulo.

Randone entrecerró sus ojos, extrañado. Intenté sonar lo más convincente posible, así que mentí un poco—. Esa fue la razón por la que fui a su restaurante. Quería tener el honor de conocerlo para luego pedirle una oportunidad.

—Tengo muchos soldados. No necesito otro —me dijo frío al posarse de nuevo frente a mi, midiéndome—. ¿Qué cosa diferente me puede dar un chiquillo como tú?

—Consejos— le dije.

Todos rieron, menos Randone, quien parecía interesado en mi defensa. Yo sabía que contaba con un sólo disparo, conformado por palabras, y no podía fallar. Cipriani, al dejar de reír, agregó.

—Soldado y *Consigliere* son dos cosas muy distintas dentro de la organización... Y consejero también tengo — dijo señalando a Randone—. Se llama Luigi Randone.

Miré rápidamente a Randone sorprendido al saber su nombre. Sabía muy bien quién era él dentro de la historia de la mafia italoamericana. Intenté disimular el regocijo que me generaba conocer la vida de cada persona sólo por su nombre. Cuando me recompuse, insistí.

—Que yo sepa, ninguno de sus soldados ni su consejero saben de economía y contabilidad. Mis consejos serán para lo que está por venir en los asuntos financieros manejados por *Della Croce*.

Joe Cipriani alzó la quijada, analizando mi propuesta. Se acarició la barbilla. Se peinó los pequeños bigotes.

—¿Y qué sucederá, según tú?— Preguntó él después de su instante meditabundo.

Randone iba a intervenir, pero Cipriani no lo dejó. Yo me mantuve firme, intentando sonar convincente.

—La economía del mundo es simple numerología y un poco de suerte —le dije—. Y según mi criterio y experiencia, la Ley Seca no durará mucho más. Todo comenzará cuando *Hoover* gane las elecciones en dos meses —Gaetano y Lucky buscaron la reacción de Randone que seguía lleno de curiosidad. Cipriani iba a intervenir, pero no lo dejé—. Sí, le aseguro que *Hoover* ganará en noviembre la Presidencia, así que le aconsejo que busque cómo sacarle provecho a eso... Y no lo digo yo, lo dicen las calles y su gente... —inventé aprovechando que conocía lo que sucedería en el futuro—. En unos cuatro o cinco años terminará la ley que prohíbe el alcohol; y lo que le da dinero hoy, ya no se lo dará mañana. Vendrán nuevos tiempos y *Della Croce* podría perder el poder si no está preparada para ese momento. Deme una oportunidad y el tiempo me dará la razón.

Estaba seguro que iba a ser así. El futuro ahora me pertenecía.

Cipriani me miró distante. Todos tenían la vista clavada en él, esperando una respuesta. Yo me sentía como un preso a la espera de su sentencia.

ELIO

Una guerra que estás obligado a pelear.

Elio no supo cuánto tiempo estuvo encerrado en compartimiento sobre el inodoro. Cuando salió, cerró la llave del grifo y se acercó a la puerta con sigilo. Las manos le temblaban sin control cuando giró el pomo. Se asomó al silencioso pasillo y se llevó ambas manos a la boca para silenciar un grito de horror. A diez pasos, el enfermero Miguel yacía boca abajo, inerte, sobre un charco de sangre espesa. Corrió hasta él para buscarle el pulso. No lo halló.

—Layla— susurró con espanto mirando en dirección al modulo de enfermería.

Allí descubrió, tras el mueble, el cuerpo de Patty con un disparo que manchó de rojo su uniforme blanco. Otra enfermera yacía muerta con un impacto por la espalda, quizá tomada por sorpresa mientras miraba el monitor de su computadora. Elio correteó desesperado internándose por el pasillo de las habitaciones de terapia intensiva, y tropezándose con otros cuerpos más, heridos de muerte. Sin embargo, ninguno era el de Layla. Llegó hasta la habitación de Marcello y encontró la puerta entreabierta. Ya con el llanto floreciendo a través de sus ojos, la empujó poco a poco, develando la habitación.

Estaba vacía. La camilla había desaparecido y, con ella, Marcello.

MARCELLO 1928

Encuentras cuando dejas de buscar.

Salí del casino escoltado por Lucky y Randone; más atrás caminaban Gaetano y Estela. Joe Cipriani se detuvo frente a su auto y me hizo señas para que entrara en la parte trasera. Lucky se ubicó de copiloto junto al chofer. Antes de abordar, Cipriani le susurró algo a Gaetano con la mirada clavada en Estela.

—¿Yo puedo ir con Gaetano?— Se apresuró a preguntar Randone, y Cipriani se negó.

—Vete a casa y ocúpate de llegar puntual a la boda... —le ordenó—. No hagas esperar a la hija de Macerato, o te arrancará la piel con agua caliente—, y sin más, le cerró la puerta del auto en las narices. Nos pusimos en marcha, sin yo saber a dónde me llevaban. Miré cómo mi padre se hacía pequeño al alejarnos por el callejón.

Bajamos del auto frente a un gigantesco portón de hierro en *Long Island*. Era una mansión amurallada por enormes paredes de roca y concreto. El cielo estaba despejado y comenzaba a caer la noche. Dos hombres custodiaban la entrada. Uno de ellos, al vernos llegar, se apresuró a abrir la puerta del auto para que Cipriani descendiera.

—Buenas tardes, jefe. Ya todo está listo para la boda. El señor Macerato lo está esperando en su despacho.

Lo seguí de cerca. Lucky iba detrás olfateándome como perro. Antes de entrar, Cipriani se detuvo frente a la puerta y me enfrentó:

—Hoy se casa Bonnie, la hija de Macerato. ¿Sabes quién es? —me preguntó, y yo asentí. Macerato era una de las familias en el poder, pero su territorio es Chicago—. Bien, su hija se casará aquí en mi casa con Randone, mi consejero, ¿lo recuerdas? —Yo asentí. Cipriani miró a Lucky, luego de nuevo a mi, repartiendo las órdenes—. Marcello subirá a una de las habitaciones y se vestirá acorde a la ocasión —dijo—. Lucky, búscale un traje y cámbiate tú también que hueles a zorrillo... Los veo en mi despacho después de la ceremonia —me señaló con el dedo—, y ahí terminaremos nuestra conversación, Marcello. Una sola será tu oportunidad, no la desperdicies.

Y nos dio la espalda para ingresar a la mansión. Yo respiré aliviado y miré a Lucky, quien me observaba con expresión suspicaz.

—Te advierto que si te cruzas en mi camino, terminarás en el fondo del *río Hudson*— dijo de mal humor, antes de entrar por la puerta.

Lo seguí en silencio. Del otro lado, nos recibió un gran salón con escalera de caracol. Sobre el mármol, enormes círculos dibujaban *mandalas* con infinitas líneas de oro entrecruzadas. Lámparas de cristales centellaban colgadas del techo. Era una decoración lujosa, de tonos dorados, resaltando decenas de flores blancas repartidas por doquier desprendiendo sutiles olores. De pronto, un hombre de traje negro y corbatín, nos indicó el camino escaleras arriba.

—Al final de la casa hay un patio techado. Ahí será la ceremonia —dijo Lucky caminando por un largo pasillo repleto de puertas blancas. Miró al hombre de traje negro, quien se detuvo frente a una de ellas, y le ordenó—: Cuando esté listo, acompáñalo hasta el patio. Ahí nos volveremos a ver.

El hombre asintió mientras me abría la puerta invitándome a pasar al interior de la habitación. Una vez adentro, me dejó a solas. Aquél dormitorio era del tamaño de todo mi apartamento en *Bronx*. Desde la ventana, que ocupaba una pared completa, se veía la gran extensión de jardines pintados de colores de otoño. No me deslumbró el lujo, yo estaba acostumbrado a una vida llena de excesos. Pero, sí era excitante saber que estaba en la casa de una leyenda de la mafia italiana, y que asistiría a la boda de Bonnie Macerato. Miré con detalle la ubicación estratégica de los hombres que, a lo largo del muro que bordeaba la mansión, protegían todo el territorio. Aquella fiesta debía reunir a toda la raza, a los más poderosos, a mis antepasados, y yo estaría allí, viendo cómo intentaban dominar el mundo... y, justamente, yo sabía lo que al final sucedería. ¿No era eso grandioso?

El hombre que custodiaba mi puerta entró para dejar sobre la cama el traje que vestiría y dos cajas más. Así como entró, salió sin cruzar palabras. Era un traje negro con rayas blancas y un sombrero que hacía juego. Cuando estuve listo, bajé de nuevo por la enorme escalera de caracol. Mi custodio me seguía de cerca, casi pisándome los talones. De camino al patio trasero me sentí como un personaje del libro de F. Scott Fitzgerald: "The great Gatsby". Llegamos a nuestro destino después de atravesar toda la mansión. Era un amplio salón techado en cuyo centro, a modo de fuente, se imponía una alta chimenea hecha de lajas de piedras. Decenas de mesas la bordeaban para que los invitados se cobijaran con el calor que emanaba el fuego. Al igual que en la entrada, las flores blancas invadían el decorado. Los meseros, en un frenético ir y venir, servían con esmero a cada uno de los presentes. Uno de ellos se apresuró a extenderme la bandeja con vasos de whisky. Ésta vez no me negué y me eché uno a fondo blanco. En aquella casa no sufrían los estragos de la ley seca. Inesperadamente, Lucky se apareció por un costado y me señaló la mesa donde nos sentaríamos durante la ceremonia. El hombre que me cuidaba como perro faldero se marchó sin despedirse. Junto a un arco de flores, estaba Randone sentado con la familia Macerato. Me tensé ante la expectativa de ver al señor Giorgio Macerato, pero no estaba allí; reconocí a Bonnie, la hija, por ser la única en llevar un vestido de novia tradicional y la corona que destellaba el brillo de una estrella. Randone me encontró mirándolo desde mi asiento junto a Lucky, y pareció sorprendido de verme allí. Bonnie le dio un corto beso en los labios intentando atraer su atención y éste le correspondió tenso. Busqué con la vista a la chica del casino, a Estela, pero no la vi entre los invitados. Después de un rato, me atreví a preguntarle a Lucky por ella, pero éste me respondió con un gruñido seguido de un «vete al diablo».

La ceremonia transcurrió con toda normalidad, bajo el arco de flores. Bonnie se veía feliz. Randone, por el contrario, parecía dejarse llevar por las circunstancias. Tras los abrazos familiares y el brindis, comenzó a sonar la música de *Louis Armstrong* interpretada en vivo por su orquesta. Era como estar de invitado a una fiesta en el puto infierno.

DONATELLO

El amor, como la traición, llega cuando menos te lo esperas...

Donatello encendió el celular cuando, al aterrizar, el piloto del avión dio la bienvenida a la ciudad de Miami. Tenía dos mensajes de voz similares con pocos minutos de diferencia entre uno y otro. En clave, para un extraño. Muy claros, para él: algo había salido mal en los planes durante su vuelo. Tenso, miró su reloj. Tomó su maleta de mano del comportamiento superior e, impaciente, esperó su turno para descender del avión. Le llevó una hora más traspasar todas las estaciones de seguridad hasta poner un pie fuera del aeropuerto. Con la mano detuvo a un taxi y lo abordó pidiéndole al chofer que lo llevara hasta el *Hospital Jackson de Miami*. El hombre, de tez morena y acento africano, lo miró a través del espejo retrovisor antes de poner en marcha el motor.

—Lo siento, amigo, pero no me será posible.

Donatello lo miró sin entender.

—¿Y eso por qué? —le preguntó con mala cara—. Si tú no puedes, me buscaré a otro que sí lo haga.

—No me ha entendido —le dijo virando la mitad de su cuerpo para hablarle a través del acrílico que lo separaba de la parte trasera del auto—. No hay paso para esa zona. Hubo un tiroteo dentro del hospital y la policía cerró las calles aledañas.

Donatello apretó la mandíbula y le extendió dos billetes de cien dólares.

—¿Esto lo hará cambiar de opinión? Lléveme lo más cerca que pueda.

El hombre tomó los billetes a través de la ranura y, sin decir más, arrancó. Donatello, en la parte trasera del auto, sacó su celular y marcó un primer número. Nadie contestó del otro lado. Insistió un par de veces más sin éxito. Marcó un segundo número y, al instante, una voz ronca contestó del otro lado.

—¿Qué está pasando allá? —escuchó la voz de Gaetano—. ¿Dónde estás?

—En camino al hospital —le dijo en italiano previendo que el chofer no entendiese lo que hablaba—, pero no sé nada. Acaba de aterrizar mi avión, jefe. El taxista apenas me ha dado la noticia del tiroteo.

—Pues, averigua ahora mismo qué sucedió en ése maldito hospital.

—Seguramente fue Salvatore, no hay otra explicación— le aseguró Donatello cuando el chofer tomó la autopista 836 sentido Oeste.

Gaetano bufó al otro lado del teléfono con impaciencia.

—Lo conozco mejor que nadie, lo crié como a un hijo, y te advierto que si no te das prisa, te pisará los talones. Averigua dónde está ése infeliz, antes de que él te encuentre a ti —le advirtió Gaetano. El chofer interrumpió la conversación buscando la atención de Donatello y se apresuró a subir el volumen a la radio para escuchar mejor lo que comentaban los periodistas. Al notar el silencio, Gaetano gruñó al otro lado del teléfono—. ¿Me estás oyendo, carajo?

—Un momento, jefe —le pidió Donatello—. Estoy escuchando lo que informa la radio sobre el tiroteo en el hospital.

"Hasta el momento se reporta una enfermera en estado crítico y varias personas fallecidas por heridas de bala —narraba la voz de una mujer—. Según reportes oficiales no hay pacientes heridos, sin embargo uno de ellos desapareció junto a su médico en condiciones extrañas... nos informaron que un doctor de cardiología sobrevivió al ataque, pero se ha negado a dar declaraciones a la prensa por órdenes de la policía. Nosotros nos mantendremos aquí, frente al Hospital Jackson, para ampliar éste trágico suceso que se está viviendo, desde hace pocos minutos, en la ciudad de Miami"

—¿Qué dicen las noticias?— Preguntó Gaetano al otro lado del teléfono.

Donatello le ordenó al chofer que bajara de nuevo el volumen y se recostó del asiento abrumado.

—Sólo confirman mis sospechas. No me queda duda que Salvatore sacó a Marcello de allí para evitar que yo acabara con él.

Hubo un corto silencio del otro lado.

—No regreses hasta que los encuentres a los dos, ¿está claro?

—Haré que el mismo Salvatore sea quien me lleve hasta Marcello. No fallaré.

Gaetano le colgó sin despedirse. Donatello soltó un gruñido, molesto. El chofer detuvo el auto a un costado de la calle y le advirtió que, a partir de allí, las vías estaban cerradas. Si quería llegar al hospital debía caminar dos cuadras más hacia el Sur. Donatello sacó su maleta de mano y su móvil volvió a repicar. Se detuvo para atender.

—Aquí, Donatello— dijo.

—Dicen que los locos se curan, pero los imbéciles nunca— le respondió Salvatore con voz ronca al otro lado del teléfono.

Donatello se detuvo, frío, al reconocer aquella voz.

—¿Dónde estás? —le preguntó tenso—. El jefe está molesto por el escándalo que se armó en ése hospital...

—No me tomes por pendejo, no desperdicies el poco tiempo de vida que te queda.

Donatello tragó grueso buscando un lugar dónde refugiarse. Divisó a unos treinta pasos una cafetería cubana.

—Sólo quiero ayudarte, *Oneshot* —fingió Donatello, disimulando sus nervios al acelerar el paso hacia la cafetería. Las rueditas de la maleta se tambaleaban al trote—. Tu padrastro está buscándote hasta debajo de las piedras, y anda de muy mal humor.

Hubo un silencio del otro lado.

—Te diré algo, por los viejos tiempos —soltó Salvatore con voz fría—. En este momento tienes una bala apuntando a tu cabeza —Donatello viró en todas las direcciones, nervioso; acelerando el paso. Salvatore rió del otro lado—. Si no te la pongo donde va justo ahora, es porque necesito que le des un mensaje a Gaetano.

Donatello, paranoico, miraba a todo el que pasaba a su lado.

—No apoyes a quien no debes, Salvatore— le advirtió Donatello, mientras entraba a la cafetería cubana. Las gotas de sudor le corrían por el rostro. Se asomó a través de la vidriera intentando precisar desde dónde lo vigilaba Salvatore.

—Demasiado me tardé para estar con quien debía –le respondió Salvatore seguro de sí mismo—. Encárgate de volver por donde viniste, Donatello, y dale el mensaje a mi padrastro. Si vuelves, la bala estará esperándote.

—¿Cuál es ése mensaje?— Preguntó Donatello detallando a la clientela dentro de la cafetería. Todos estaban ajenos a su conversación.

—Si él quiere matar a Marcello, tendrá que venir él mismo, y ahí veremos qué le toca a cada uno. Si lo quiere muerto, primero tendrá que enfrentarse a mi y, si me conoce, sabrá que todo aquello que me enseñó está ahora en su contra. No tendré la misma piedad que siempre le tuvo Marcello.

—Eso es traición.

—No, cabrón, te equivocas. Eso es lealtad a mi verdadero líder.

Salvatore colgó la llamada.

Donatello se secó el sudor con una servilleta mirando, con nerviosismo, a través de la vidriera de la cafetería que se encontraba, precisamente, frente al edificio del escuadrón de policías del condado *Miami Dade*. Tomó su celular con ansiedad, marcó un número y esperó.

SALVATORE

No cambia tu mundo, sólo cambia la forma cómo lo miras...

Con un martillo, Salvatore le daba golpes al celular sobre una piedra de coral. A sus espaldas, Charlie lo miraba en silencio. Salvatore le pasó el martillo cuando el aparato ya estaba hecho trizas.

—Seguramente Donatello pensó que lo estábamos vigilando —comentó volteando para encontrarse con Charlie quien le entregó un celular nuevo—. Si es inteligente, también romperá el suyo temiendo que lo rastreemos... ¿Ya está todo listo, Charlie? En una hora oscurece.

El joven asintió y se hizo a un lado para dejarlo pasar. Entraron a la casa vacía que Oliver le había cedido ese mismo día. En la sala, lo esperaban dos hombres vestidos con uniformes de enfermeros. Sudorosos, estaban parados como soldados ante su general. Salvatore los miró de arriba abajo, increpándolos.

—¿Ya armaron todo el circo? —preguntó y los hombres asintieron. Vio a Charlie de reojo quien, alerta, seguía a sus espaldas—. ¿No faltó ningún aparato por conectar?

Los hombres al instante negaron con la cabeza. Charlie contemplaba el escenario con rostro frío.

—Gracias entonces por su servicio —les dijo Salvatore al tiempo que Charlie, en un rápido movimiento, les propinó a cada uno un disparo en la cabeza. Salvatore bordeó los cuerpos para pasar hacia el otro lado de la casa—. Deshazte de todos, Charlie... y recuerda que no quiero ni testigos ni rastros de que estamos aquí. Sólo seremos nosotros dos y la doctora.

Salvatore le dio la espalda y se internó por uno de los pasillos hacia la última habitación del fondo. Era la principal de dos que habían en la casa. Apenas entró, se encontró con Layla junto a la camilla donde reposaba el cuerpo inerte de Marcello. La cabeza de ella estaba cubierta con un saco negro que le impedía ver lo que sucedía a su alrededor. Otro joven vestido de enfermero la vigilaba con arma en mano. Salvatore le hizo una seña y este se acercó a Layla para descubrirle la cara. Los ojos llorosos de Layla miraban todo a su alrededor; se sentía desorientada.

—Déjame solo con ella y ve a ayudar a Charlie con la basura que hay en la sala— le ordenó Salvatore al joven, quien salió al instante sin imaginar que caminaba para encontrarse con la muerte. Layla lo miró aterrada, temblando sin control. Salvatore bordeó la camilla por el lado contrario a ella. Tomó una toalla húmeda que sobresalía de una cajita en un mesón, y se limpió las manos en silencio. Sólo se escuchaban los monitores médicos que seguían sujetos al cuerpo de Marcello y la respiración agitada de Layla, quien siguió cada acción de Salvatore acariciando a su hermano

—¿Cómo está él?— Le preguntó a Layla.

Ella tartamudeó una frase ininteligible. Salvatore alzó la cabeza para verla a los ojos con frialdad. Ella, nerviosa, se abrazó a sí misma, tratando de controlar el terror que la invadía.

—Sigue... en coma— le respondió ella con voz débil.

—Eso ya lo sé, doctora —le dijo él sin quitarle la vista de encima—. Lo que quiero saber es cuándo despertará.

Ella miró fugazmente a Marcello, incapaz de decirle la verdad.

—En... unos días tal vez... —mintió Layla—, hay que... seguir el tratamiento... esperar que reaccione a él —tragó grueso y desvió la mirada hacia su paciente—. Haberlo sacado del hospital en esas condiciones fue un riesgo que.../

Sonó un disparo proveniente de la sala. Layla gritó aterrada, tapándose los oídos. Salvatore, como si nada hubiese escuchado, continuó la conversación:

—Riesgos y decisiones que tengo que tomar —dijo al arropar a Marcello con la sábana. Luego, se separó de la camilla para acercarse a ella, quien reaccionó asustada dando dos pasos hacia atrás—. Ahora, asegúrese de que los enfermeros hayan instalado todos los equipos correctamente. No quiero errores.

—El error estuvo... en sacarlo del hospital en esas condiciones... —insistió Layla con voz entrecortada por el llanto.

Salvatore soltó una risita burlona.

—Vamos a poner las cosas claras, doctora —le dijo borrando la sonrisa de su rostro—. Tiene todo el equipo y tendrá lo que necesite para hacer que él despierte. Ésa es la única razón por la cual usted está viva.

Layla tragó grueso; Salvatore se había aproximado tanto a ella que pudo sentir el calor corporal que emanaba.

—No es tan fácil— le dijo ella temblando.

Salvatore la miró fiero.

—Usted fue la que pasó años estudiando medicina y sabrá bien cómo hacer que él reaccione. No tengo que dejarle claro que de ello depende su vida, ¿o sí? —Layla dejó escapar un quejido, y rompió a llorar. Salvatore se alejó de ella para acercarse de nuevo hasta la camilla donde contempló el rostro de Marcello—. Si usted no lo consigue en una semana, me buscaré a otro médico, y luego a otro más, hasta que alguno pueda hacer bien su trabajo— le advirtió en una clara amenaza. Layla asintió intimidada.

Él sonrió complacido y agregó:

—Como le dije, me asesoré para que Marcello tuviese los mejores equipos médicos —señaló las cuatro paredes—, y todas las comodidades; pero si necesita algo más, sólo pídamelo. La otra habitación la ajustaré para que usted descanse cuando lo necesite. Eso sí —le advirtió— tengo ojos en todos lados, así que no intente ninguna estupidez... mientras más rápido haga despertar a mi hermano, más rápido terminará esta sucursal del infierno.

Layla captó la información de la hermandad entre ellos.

—Pensé que... Marcello estaba solo —Salvatore la miró extrañado y ella se apresuró a explicarse—. Estuve investigando después del accidente para avisarle a su familia. Según los registros, Marcello no tenía a nadie que velara por él.

Salvatore sonrió en negación

—Su inocencia me conmueve, doctora —le dijo—. ¿Ha escuchado alguna vez sobre *Della Croce*? –Layla reaccionó con sorpresa y Salvatore tomó aquel gesto como una respuesta afirmativa—. Para su mundo, los tipos como nosotros no existimos. A veces estamos allí respirándoles en la nuca, pero no quieren aceptarlo para no dañar su idea de vida perfecta. La mafia todavía existe, aunque se nieguen a lidiar con ello. Lamento darle esa mala noticia, doctora, pero la vida del líder de *Della Croce* está ahora en sus manos... y eso es como una bomba de tiempo a punto de estallar.

RAPHAEL

Tic. Tac. Tic. Tac.

La manecilla del reloj de pared se posó sobre el número siete. Elio tenía más de tres horas encerrado en una oficina sin que nadie le diera noticias de Layla. En ese momento, la puerta se abrió. Raphael y el oficial Páez entraron al lugar, acompañados de un jovencito que portaba una libreta negra y una docena de lápices. Al verlos, Elio se levantó de la silla.

—¿Se sabe algo de Layla?— preguntó angustiado.

—Hola de nuevo, señor Valdés —lo saludó Raphael, mostrándose comprensivo—. Disculpe que lo hemos hecho esperar tanto, pero entenderá que estos casos toman su tiempo... Y no, no hemos sabido nada de su compañera.

Elio volvió a sentarse decepcionado.

—¿Está seguro que ella estaba allí al momento del tiroteo?— intervino el oficial Páez.

—Claro que lo estoy —respondió Elio—. Ya le dije que nos separamos un instante antes de que todo sucediera.

—Pudo haber escapado cuando escuchó la balacera— dijo Raphael tomando asiento y pidiéndole a los otros que hicieran lo mismo, para formar un semicírculo alrededor de Elio.

Éste, negando con la cabeza, insistió:

—No lo creo —dijo—; ya Layla se hubiera comunicado conmigo. Ella sabía que yo estaba allí... —miró uno a uno hasta que se detuvo en Raphael—. Usted y yo hablamos hoy. Usted me pidió una lista con el nombre de los pacientes que estaban allí porque estaban buscando a alguien, ¿quién es ésa persona?

—Así es y, quizá, si nos hubiesen dado la información a tiempo esto no.../

—Un momento —lo cortó Elio—. Como le conté, el paciente llegó con los paramédicos que lo atendieron durante un accidente de auto y no a causa de un disparo, como usted estaba investigando... Ni siquiera tenía identificación y, para cuando usted fue al hospital, aún no habíamos recibido noticias de su identidad... Después de su visita, todo sucedió muy rápido.

Raphael cruzó una mirada con Páez al tiempo que Elio bajaba el rostro, afectado. El joven de los lápices se mantenía al margen de la conversación.

—El oficial tiene una teoría que quizá sea la verdadera —soltó Raphael dándole la palabra a su compañero—. Cuéntale, Páez, a ver qué piensa Elio.

Páez carraspeó y Elio alzó el rostro, curioso.

—Usted nos dijo que Marcello estaba en estado comatoso tras el accidente. Que su cráneo estaba demasiado inflamado y que, con tratamiento y buena asistencia médica, estaban viendo cómo evolucionaba,

¿no es así? —Elio asintió—. Su compañera desapareció junto con él, por eso creemos que ella... fue secuestrada.

Elio se llevó ambas manos a la boca, en shock.

—Su amiga es quizá la única garantía de vida que Marcello pueda tener, médicamente hablando —intervino Raphael. Elio volteó a verlo con las lágrimas floreciendo en sus ojos—. Lo bueno de esto es que su compañera debe estar viva, porque de ella depende que Marcello se recupere.

Elio se secó las lágrimas que comenzaban a correrle por las mejillas.

—Tiene sentido, oficial —dijo Elio con voz quebrada—. ¿Y qué pasará si Marcello despierta?

Páez miró a Raphael antes de intervenir.

—La respuesta es obvia... la matarán cuando ya no la necesiten —Elio cerró los ojos como si aquella acción lo liberase de enfrentarse a la realidad. Páez le puso la mano sobre el hombro, conciliador—. Sin embargo, no pierda las esperanzas. Todavía podemos evitar que eso suceda; pero necesitamos de su ayuda.

Elio abrió los ojos para mirarlo, casi como un cuerpo sin alma.

—Haré lo que sea, oficial, pero usted no permitan que esos desgraciados asesinen a Layla.

—El joven aquí —dijo Raphael señalando al muchacho de los lápices— dibujará la primera imagen de Marcello, y se guiará por los detalles que usted le dé. Su tipo de rostro, tamaño de ojos, nariz, color de cabello; todo cuanto recuerde es importante, Elio. Mientras más detallista sea, mejor.

Elio miró a Raphael sin entender lo que le pedía.

—¿No tienen un archivo de fotos? —preguntó él—. Quizá yo pueda ir viéndolas y.../

—No, Elio. El rostro de Marcello "Cash" es todo un misterio fuera de la organización. Siempre trabajó bajo las sombras, se disfrazaba, y se hacía pasar por alguien con un rango de jerarquía más pequeño para confundir a quienes lo conocían personalmente. Siempre evitaba exponerse y revelar su verdadera identidad frente a extraños. Él comanda a un ejército reducido de hombres, pero todos le son fieles. Algunos han muerto estos días, otros huyeron después de un operativo en los *Everglades*; pero creemos que un pequeño grupo preparó todo para sacarlo del hospital junto con Layla. Sea como sea, fuera de los límites de la organización, usted y Layla son los únicos que pueden decir cómo es el líder de *Della Croce*.

Elio observó al joven dibujante con sorpresa. Éste se dispuso a esparcir los lápices sobre la mesa y abrir su libreta, listo para la primera indicación que él le diera.

—Yo tengo una pregunta —intervino Páez, llamando la atención de todos—. ¿Usted, como médico, cree que Marcello despierte del coma?

Elio miró a Páez y luego a Raphael, antes de negar con la cabeza.

MARCELLO 1928

Los pasos siempre te llevarán a casa.

«*Era mi cumpleaños. Un círculo de hombres nos rodeaban a mi y a Salvatore. Todos tenían su atención sobre nosotros dos que no entendíamos muy bien lo que estaba sucediendo. Mi padre se acercó hasta Salvatore mostrándole en una mano una imagen de la Virgen Monte de Oropa y, en la otra, un revólver italiano. «Escoge una de las dos, hijo», le pidió a Salvatore –para ese entonces dos años menor que yo– quien lo miraba juguetón. Tras un instante, su pequeña mano se posó sobre el revólver. Mi padre mantuvo el rostro impasible y, luego, intercambió miradas con uno de los hombres que nos bordeaban. Sentí miedo. Quizá Salvatore había hecho la elección incorrecta, pensé. Así que, cuando llegó mi turno, tomé la imagen de la Virgen sin pensarlo. Luego entendí que ese había sido nuestro ritual de iniciación. Salvatore, sin saberlo, había escogido llevar las armas; y yo, la herencia. Había escogido ser el sucesor de mi padre*».

—Hey, ¿no escuchas lo que digo, idiota? —preguntó Lucky dándome un manotón por la cabeza—. Acompáñame al despacho que nos están esperando.

La gente aplaudía el cierre de la tercera canción que tocaba la banda. Randone, a mitad de la pista, intentaba mantener el ritmo con Bonnie en sus brazos quien danzaba como un ángel. Sabía que tendría que detallarle a Joe Cipriani cuáles eran mis consejos para proteger la economía de la organización. Me resultaría muy complicado explicárselo, pero no había otra alternativa; tuve que echar mano de ese ardid para no terminar con una bala en la frente. Maldije mi suerte. Nadie me creerá si digo que conozco el futuro. Lo único que podía generar era desconfianza; los códigos de la mafia eran prácticamente los mismos de mi época. Lo principal era cuidar cada palabra que fuese a pronunciar. Debía tener en cuenta que Giorgio Macerato pertenecía –al igual que Joe Cipriani– a las familias que dominaban todo el territorio norteamericano. Cada una de ellas controlaba un barrio o una zona específica de la ciudad. Yo sabía que el grado más básico para entrar en la organización era el de un soldado quien, junto a diez hombres más, debe someterse a la dirección del *Capodecina*, un tipo como Lucky encargado de mantener el control. Mi padre siempre contaba cómo funcionaba el sistema y, a medida que fui creciendo, lo fui viviendo personalmente.

Risas femeninas me sacaron de mi introspección cuando pasamos junto a la enorme escalera para cruzar al otro extremo de la casa, alejándonos del patio trasero. Lucky detuvo sus pasos y yo lo imité. Saludó a un joven que se apareció en nuestro camino. Su nombre era Constantino; pero, al estrechar mi mano, me pidió que lo llamara "Tinito". Era el hijo menor de Macerato y, por lo que entendí a mitad de la conversación, el joven —no mayor de 25 años—, trabajaba para la campaña política de *Smith*, el candidato a la Presidencia por el partido Demócrata. «Un aspirante político dentro de la organización; qué oportuno», pensé con sarcasmo. El joven se despidió de mi y se encaminó en sentido contrario al nuestro. Las risas femeninas del piso superior se fueron apagando a medida que nos adentrábamos al interior de la mansión. Lucky dio dos golpes cortos a una puerta, al final de un largo corredor iluminado con luz tenue. Me quité el sombrero y lo apreté contra mi pecho. Tras un instante la puerta se abrió. Cipriani nos hizo pasar. A primera vista, la habitación me recordó al despacho de mi padre donde pasé la mayor parte de mi encierro leyendo. Aquí habían al menos mil ejemplares forrando las paredes. Una pequeña ventana a medio abrir junto a un mesón y un par de poltronas completaban el lugar. Apenas di un paso al frente, Macerato –quien contemplaba en silencio las llamas rojizas que emanaban de la madera en la chimenea– se volteó para recibirnos.

—Conoce a Marcello... —me introdujo Cipriani, y Macerato extendió su mano para saludarme, mirándome serio. Yo trataba de contener la euforia de tenerlo frente a mi, dándole un fuerte apretón de mano. Cipriani llamó mi atención—... ¿Cuál es tu apellido, *ragazzo*?

—Brocchi, señor —le dije sin pensar—, Marcello Brocchi.

Los tres me observaron extrañados. Macerato intercambió miradas con Cipriani, quien parecía el más sorprendido.

—¿Brocchi, dijiste? —preguntó Lucky soltando un carcajada irónica— ¡Ja, otra casualidad, jefe, hasta lleva el mismo apellido que Gaetano!

«La cagué —pensé pasando saliva—, ¿cómo pude ser tan idiota?» me reproché a mi mismo.

—Por lo que me ha contado Cipriani, estás lleno de casualidades— dijo Macerato en tono áspero, clavando la vista sobre mi, suspicaz. Lucky acarició su arma en el cinto, alerta. Joe Cipriani se mantuvo al margen con discreción.

Desvié la vista hacia la parte superior de la chimenea donde reposaba un pequeño lienzo con la imagen de *Madonna dell' Annunziata*, la patrona de la mafia. La pintura realzaba el momento en que el arcángel Gabriel le anunció a María que sería la madre de Jesús.

—¿Te gusta la imagen?— Me preguntó Macerato al notar que mi atención se centró en el cuadro.

—Es la patrona de la mafia —le dije parco—. En el lugar de donde vengo, somos devotos de la *Virgen de Montes de Oropa*.

Giorgio Macerato sonrió sutilmente y, en ese instante, pensé que mi padre tenía razón: era toda una experiencia agridulce estar frente al gran capo de Chicago. Lo envolvía la fama de ser un arma mortal para los negocios y, a la vez, un ejemplar padre de familia. Las leyendas dicen que, en la historia de la mafia, no habían muchos como Macerato. Era un hombre de mente fría y corazón caliente; pero yo también conocía cuál iba a ser su destino final.

—Así que eres de Biella —siguió Macerato sin quitarme la mirada de encima—. Yo también conozco a tu patrona.

Escuché la puerta cerrarse a mis espaldas, pero no me moví para comprobar quién había entrado o salido; no quería transmitir que estaba nervioso. Macerato se despegó de la chimenea para pararse frente a mi. Era un hombre alto y robusto que, en ese momento, llevaba un traje adornado con una florecilla blanca en la solapa, junto al corazón. Tomó un cigarrillo que reposaba sobre el mesón, pero no lo encendió.

—Aquí Cipriani me ha estado hablando de ti y de esas casualidades que te rodean... que, a mi parecer, ya son muchas... —dijo jugueteando con el cigarrillo entre los dedos. Cipriani iba a intervenir, pero Macerato le pidió que lo dejara terminar—. Pero también me contó que te ofreciste a ayudarlo en los negocios, y me causa curiosidad saber qué tipo de "ayuda" es esa que le ofrece un chiquillo como tú... Sus negocios, también son los míos.

—Así es, don Macerato —dije serio—. Manejé los negocios de mi padre en Biella durante mucho tiempo...

durante los últimos años, he estado estudiando la economía de los sistemas más poderosos del mundo, y según mi teoría —miré por un instante a Cipriani quien parecía estar atento a cada una de mis palabras—... en dos o tres años habrá un colapso económico que arrasará con todo... Si las cosas siguen como están, será la recesión más grande de la historia de Estados Unidos.

Macerato y Cipriani se miraron preocupados por mis palabras.

—Suena como una premonición —dijo Cipriani incrédulo—. Aún no entiendo cómo puedes asegurar algo así.

Macerato esperaba una respuesta, y en ese instante noté que Lucky fue la persona que se marchó un rato antes.

—No es tan complicado como parece —dije tratando de sonar convincente—. La economía es como un gran globo de helio, como una burbuja que explota si se infla demasiado. La situación de Europa con *Mussolini* y la posibilidad de una guerra, más todo lo que se produce en el mercado paralelo por la Ley Seca, se convierten en una bomba de tiempo... a la que no le doy sino un año más para que explote. Mi propuesta es ayudarlos a estar preparados para cuando ése momento llegue —busqué apoyo en Cipriani, pero como él permaneció distanciado retomé—. Como le dije a don Cipriani, quiero ganarme su confianza y la de la organización; pero para eso, necesito una oportunidad.

De niño aprendí a no bajar la mirada, a no demostrar miedo sino respeto, y en ése momento traté de aplicarlo. Ambos guardaron silencio y noté en sus rostros un dejo de preocupación por mis palabras de advertencia. Para mi fue como una luz al final del túnel. Macerato buscó el mechero y lo colocó encendido sobre la punta de su cigarrillo.

—Tiene sentido lo que dices —dijo Macerato soltando una bocanada de humo grisáceo. Cipriani, pensativo, se sentó en una de las poltronas junto a la chimenea—. Ya lo habíamos hablado en la última reunión. Cada día parece que las paredes se fuesen haciendo más pequeñas, oprimiéndonos. La mayoría de los ingresos están siendo reinvertidos para poder mantener a salvo a la organización de la policía, de los jueces y, claro, de los políticos que se niegan a colaborar con nosotros. Este "pan y circo" es cada vez más costoso y las ganancias cada vez más bajas.

—Por ejemplo, ahora que habla de política, quisiera sugerirles a ambos que apoyen la candidatura de *Hoover* y no la de *Smith*.

Joe Cipriani, preocupado, buscó la reacción de Macerato. Este me miró con mala cara tras echar otra bocanada de humo.

—¿De qué carajo hablas? —me preguntó inconforme— ¡No pienso darle la espalda a mi hijo! La mayoría de los miembros dentro de la organización está de acuerdo con apoyar a *Smith*, ¿no es así, Cipriani? —le preguntó buscando apoyo a sus palabras, pero Cipriani se mantuvo callado. Macerato se devolvió hacia mi, a la defensiva—. Tú sabrás de números, pero no de política. Con *Smith* tenemos la mitad del camino hecho para seguir con las exportaciones desde Palermo. La gente que nos apoya está con él... con *Hoover* no tenemos nada, ¡su gente sólo busca extinguirnos!... Además, con Tinito dentro del partido, se nos hará más fácil mover las piezas...

—Pero será *Hoover* quien gane, señor— lo interrumpí no sólo porque sabía que era justamente lo que sucedería, sino porque quería ayudar a Joe Cipriani para que aquel apoyo político en el futuro, no le trajera la muerte. Macerato se me acercó fiero, y me tomó por la solapa enfurecido. Cipriani se levantó y lo atajó posando su mano sobre el hombro de este.

—Espérate, Giorgio —le pidió— Quiero escuchar qué es lo que propone, ¿por qué insistes en el apoyo a *Hoover*?

Yo miré a Macerato, tenso, y le respondí.

—Ya les dije, es él quien va a ganar. Lo dice su popularidad. Con él estarían del lado correcto de la historia. La economía no resistirá mucho más, como tampoco el sustento de la Ley Seca... y cuando eso pase, ustedes no tendrán otra opción que reinventarse con nuevos negocios... nueva mercancía. —Macerato me soltó bufando. Cipriani le hizo una seña para que se calmase y me dejara concluir—. Si no creen en mi teoría está bien, pero lo que sí les aconsejo es que la decisión sea tomada por ambos o por ninguno —miré hacia la puerta pendiente del regreso de Lucky—; cualquier cosa que decidan háganlo unidos. Ustedes son los cabecillas de ésta organización, pero divididos y enfrentados, perderán todo su poder... y ninguno de los dos vencerá.

Macerato buscó a Cipriani con la mirada y soltó una risita burlona, señalándome .

—¿Quién se cree que es para venir a hablarnos así? Tragué grueso.

—Lamento mi tono, señor —apresuré a decir en mi defensa, inclinando un poco la cabeza hacia él como señal de respeto. Cipriani nos observaba sin intervenir. Macerato asintió complacido, con su ego evidentemente inflado—. No quise faltarles el respeto. Por el contrario, mi consejo está lleno de humildad.

—¿Usted me llamó, don Cipriani?— Escuché la voz de mi padre interrumpiendo a mis espaldas, como un salvavidas. Por primera vez, una acción de él me beneficiaba en algo.

—Pasa, Gaetano —lo invitó Macerato—. ¿Conoces a Marcello, no es así? —Este asintió mirándome con mala cara. Lucky entró tras él de manera intimidante—, ¿Te contó que se llama Marcello Brocchi?

Mi padre me miró sorprendido

—¿Dónde naciste tu, Gaetano?— Le preguntó Cipriani viéndonos a ambos.

—En Boglona— respondí en mi interior junto con él. Sabía que Biella no era su ciudad natal. Mi padre llegaría allí años más tarde, hacia 1946, huyendo de la justicia norteamericana y del hombre que ahora tenía tras él: su gran amigo Lucky terminaría traicionándolo.

—Sólo quería estar seguro de que no son familia — dijo Macerato con sarcasmo, bordeándome como presa. Yo me reí a solas conmigo mismo por lo certero de sus palabras—. Ésa sí hubiese sido una casualidad encantadora, ¿se imaginan el drama? Dos hermanos que no se conocen y fueron separados al nacer —agregó en tono dramático como burla—. Aunque por tu apariencia física, Marcello, no parecen ni primos lejanos —Macerato buscó con la mirada a Cipriani, quien permanecía distante, aún hundido en la inquietud que mis palabras le habían generado. Macerato cedió—. Si mi amigo Cipriani confía en ti, yo también lo haré... unidos, y fortalecidos, como sugeriste que estemos ante la adversidad... como una familia—. Sentenció colocando sus manos sobre mis hombros para darme dos cortos besos en las mejillas.

Yo percibí aquellas últimas palabras con mucha carga de ironía. En ese momento, temí por Cipriani. Sus cartas estaban echadas y, si es verdad que el destino no cambia, yo no podría hacer nada para alterar la jugada. Lucky contrajo los músculos de su rostro mirándome con desprecio. Mi padre, aunque más relajado, se mostró sorprendido por la sentencia. Randone llegó rompiendo el incómodo silencio.

—Don Macerato estamos esperándolo para.../ —Se cortó al sentir la tirante situación. Yo estaba en medio de aquellos hombres, como cuando era un niño—. Disculpen, no quise interrumpir, no sabía que estaban... reunidos.

Macerato abrió el círculo y se encaminó hacia la puerta.

—No quiero hacer esperar a mi hija —se detuvo para agregar—. Ya terminaremos esta interesante conversación sobre... el futuro—. Y sin más, salió casi llevándose a Randone arrastrado, quien no me quitó la vista de encima hasta que traspasó el umbral de la habitación.

Lucky y Gaetano salieron a pasos apresurados luego de que Cipriani les hiciera una señal para que nos dejaran a solas. Hubo un corto silencio. De pronto, por primera vez, lo noté cansado.

—No tengo que explicarte cómo funciona esto, ¿o sí? —me preguntó y yo negué—. Bien. Serás parte de mis hombres, así que todo cuanto hagas o digas, recaerá sobre mi con todo el peso de la organización, Marcello;

así que cuida tus pasos... y tu boca. Aquí nadie pregunta ni contesta más de lo necesario.

Caminó hasta la ventana y la cerró, rodando las cortinas.

—Si tuvieses que elegir entre ése lienzo de *Madonna dell' Annunziata* –abrió la gaveta del mesón y sobre él colocó una *Smith & Wesson* calibre 38—, y esto, ¿qué eliges?— Me preguntó, sin quitarme la vista de encima. Observé el arma, luego voltee hacia la imagen de María con el arcángel Gabriel, y finalmente puse mi atención sobre Cipriani, quien seguía observándome expectante.

Ésta vez, yo no sentía miedo. Tampoco dudas. Muchas veces me ha tocado escapar de situaciones, pero nunca he podido huir de mi mismo. No sabía vivir de otro modo. Tomé la *Smith & Wesson* y salí del despacho.

Regresé a la celebración. La banda de *Louis Armstrong* tocaba ahora en compañía de *Ella Fitzgerald*. Me quedé agazapado en una esquina tomándome un trago doble. «Al final, los pasos siempre te regresan a casa», pensé paseando mis ojos de un extremo al otro. De pronto, sucedió algo que yo no tenía previsto. Ahí estaba mi madre, bailando *Makin' Whoopee* en los brazos de mi padre, entre besos y risas cómplices. Dios era bueno conmigo.

DONATELLO

Eres lo que ganas, pero también lo que pierdes.

Donatello hablaba desde el teléfono fijo que el dueño de la cafetería cubana le había prestado para hacer una corta llamada.

—No quise usar mi celular para llamarlo —decía a su interlocutor—. No sé si ese infeliz lo tenga intervenido... El mensaje de Salvatore fue claro, jefe. Me advirtió que si volvía por aquí, me mataría —El dueño de la cafetería le hizo una seña para que colgara el teléfono. Donatello le pidió un instante más—. ¿Qué hago ahora?— Le dijo angustiado.

—¿Qué pregunta es esa, idiota? —gritó Gaetano desde el otro lado del teléfono—. Tienes que acabar con él, averiguar dónde está. Tú mismo me dijiste que Salvatore te llevaría hasta Marcello, ¿o es que te cagaste en los pantalones?

Donatello, molesto, se apresuró a refutar.

—Hey, no diga eso, jefe. Yo mismo me ofrecí a terminar con esto y.../

—Bah, pendejadas —lo cortó Gaetano, inconforme—. Todos son unos inútiles. Salvatore tiene razón, ¡yo mismo voy a terminar lo que ninguno de ustedes puede! Y como dicen los mexicanos: que suene lo que tenga que sonar, pero ya estoy hasta la madre. Voy a recuperar lo que es mío, ¡y no me importa a quién me tenga que llevar por los pies!

El dueño de la cafetería seguía mirándolo incómodo al otro lado de la barra. Donatello continuó su conversación mientras sacaba cincuenta dólares de su billetera para dárselos al hombre, quien con mejor cara, lo guardó en su bolsillo sin refutar.

—No creo que sea prudente que usted regrese a este país, jefe —le dijo Donatello mirando al dueño de la cafetería alejarse complacido—. Si alguien se entera que usted está aquí, al instante le tiran las esposas.

—Estaré viejo, pero no soy pendejo. Toda precaución tiene un precio y yo tengo con qué pagarlo... —Suspiró, molesto—. Yo sé cómo hacer mis vueltas, Donatello, no me jodas ahora con tus cuidados que me tienes encabronado.

Donatello tragó grueso, nervioso.

—Para que vea que sí estoy haciendo mi trabajo, ya averigüé cómo encontrar la información de lo que sucedió en ése hospital— le dijo Donatello tratando de bajar la tensión.

Gaetano resopló del otro lado, pero Donatello siguió:

—En la radio dijeron que hay un doctor que sobrevivió, jefe. Ya mandé a investigar quién es — Donatello miró hacia la fachada del edificio de policías a través del ventanal—. Tengo un par de hombres recolectando datos dentro de la policía.

—Espero que sea útil —dijo Gaetano y, luego de un suspiro, agregó—: Quiero saber dónde vive, quién es su familia, qué come todos los días, de quién está enamorado o con quién folla... Cuando tengas todo, búscalo y sácale toda la información. De seguro sabe dónde vive la doctora que desapareció.

—Sí, yo me encargo —le aseguró—. Como usted mismo dice, todos tienen un precio. Esa es la principal debilidad de la humanidad. Hacen lo que sea por un par de billetes y un poco de lujo.

—Te equivocas, no todas las almas se dejan corromper, querido Donatello —le dijo Gaetano al otro lado del teléfono con cierto aire de solemnidad—, pero quienes no se doblegan por algo material, lo hacen por algo sentimental... Estaré allí en cinco horas y para entonces, quiero resultados... Si llegas a ver a mi hijo no le hagas nada, sólo retenlo hasta que yo llegue. Ese final nos lo debemos hace mucho.

Donatello iba a preguntarle si lo mismo debía hacer con Salvatore, pero Gaetano le colgó sin despedirse. Donatello resopló molesto al regresar el teléfono a su lugar y volvió a la mesa junto a la ventana. El café que había dejado allí, ya estaba frío. Desde su asiento, contempló la entrada principal de la estación de policías y el tráfico de personas entrando y saliendo. Unos minutos después, se levantó de golpe al ver que un pelirrojo con bata blanca y expresión cabizbaja salía del edificio. Un oficial lo escoltaba hacia la patrulla allí estacionada.

—Jaque mate— balbució Donatello con un brillo mortal en sus ojos.

SALVATORE

Todos tenemos por quién doblegarnos.

Layla revisaba los monitores de Marcello y tomaba nota en una pequeña libreta. Terminaba de comprobar que todos los equipos estaban bien conectados. Salvatore contemplaba en silencio el ir y venir de la doctora. Respiró hondo como para tomar aliento y se sentó en la silla de plástico dispuesta en una esquina de la habitación. Sacó su arma de la cintura y la colocó sobre su rodilla. Layla contempló tensa aquel movimiento con el rabillo del ojo.

—¿Puedo preguntarle algo? —dijo ella mientras colocaba el líquido de un frasco en una jeringa. Salvatore soltó un corto «ujum»—. ¿Qué pasó con el personal del hospital, los mataron a todos?

Ella volteó para observarlo en espera de una respuesta. Él se mantuvo con la mirada gacha.

—Todos los que estaban allí tenían que morir; así que lo lamento.

Ella bajó la cabeza. Apretó sus labios reprimiendo las ganas de llorar. Respiró profundo un par de veces, hasta que se recompuso y se acercó de nuevo a la camilla sujetando la jeringa con mano temblorosa. Salvatore saltó de la silla para frenar la intención de Layla de introducir la aguja por la vía que sobresalía del brazo derecho de Marcello.

—¿Qué es eso?— La paró.

—La dosis para desinflamar su cerebro. Hasta que no regrese a su estado natural, es difícil saber los daños —Él la miró un instante y, cediendo, retiró la mano de su hombro. A ella le sorprendió que a un tipo como él le importara el bienestar de otra persona. Segundos después, mientras deslizaba poco a poco el líquido por el tubo delgado, Layla se atrevió a decir—: Veo cuánto te preocupa tu hermano... Si todos en el hospital murieron, seguramente mataste a la única persona a la que yo consideraba mi hermano —balbuceó, tratando de contener el llanto— Mataste a Elio...a mi mejor amigo—. Y dejó escapar sus lágrimas sin control.

Salvatore alzó la vista alarmado.

—¿Elio, dijiste?— Le preguntó con voz temblorosa, como si temiese la respuesta.

Ella secó las lágrimas que corrían por su cara, y terminó la faena con la jeringa.

—Sí, era el otro médico que estaba cuidando de Marcello —respondió ella de mala gana, controlando su dolor—. Era el mejor cardiólogo de ésta ciudad y, además, era como un hermano para mi.

Salvatore la obligó a mirarlo, tomándola con brusquedad por el brazo.

—¿Cómo es Elio? —le preguntó tenso. Y, al ver el rostro congelado de Layla por el espanto, la zarandeó—. ¡Habla!

Layla soltó un quejido asustada.

—Es... pe... pelirrojo— soltó ella en un tartamudeo lloroso.

Salvatore la soltó de golpe haciéndola tropezar contra la mesa.

—¡Maldita sea! —gruñó caminando de un lado a otro, desesperado—. ¿Cuál es su apellido? —Layla, incapaz de exponer a su amigo, se negó a responder. Salvatore sacó su arma y la apuntó, fiero—. Da-me-su-apellido.

—¡Qué más da cómo se llame! ¡Me lo mataste! —gritó cubriéndose el rostro con sus manos temblorosas—. Y si me matas a mi, Marcello también morirá...

Salvatore bajó el arma con la respiración agitada. Desesperado, decidió cambiar de estrategia. Dio dos pasos hacia atrás, bajando la guardia.

—Tu amigo está vivo —le dijo, y Layla se descubrió la cara para mirarlo. La alegría de saber a Elio vivo se reflejó en su rostro lloroso. Salvatore fingió calma— Había un hombre que parecía más bien un enfermero al que yo mismo le disparé. No era pelirrojo. El resto de la gente que estaba en esa planta, eran mujeres...— le dio la espalda y volvió a su silla.

Layla se quedó agazapada junto a la mesa.

—Por favor, no vayas a hacerle daño... —le suplicó ella—, si no estaba allí cuando ustedes llegaron, no pudo ver nada. No tendrá información para darle a la policía.

Salvatore volvió a poner su arma sobre la rodilla.

—Es cierto lo que dices —comentó él con tono pasivo—; el único problema aquí es que tu amigo sí vio a Marcello.

—¿Y eso qué?— Preguntó ella sin entender.

—Te dije que todos los que estaban allí debían morir. No sólo porque yo debía proteger mi identidad sino también la de Marcello. Nadie sabe cómo es el rostro de mi hermano, ¿entiendes? Marcello es como un fantasma hecho leyenda... Pero si Elio lo vio, las cosas cambian porque la policía sí sabrá a quién buscar.

—Quizá él no quiere hablar con la policía —dijo ella tratando de intervenir a favor de Elio—. A él nunca le ha gustado.../

—Eso es lo que me toca averiguar— la cortó poniéndose en pie para salir.

—Pero yo también vi su rostro —intervino ella cerrándole el paso para no dejarlo ir—. Lo estoy haciendo ahora —le dijo señalando a Marcello—. ¿Qué me quieres decir con todo esto? ¿Que si logro hacerlo despertar, igual estoy condenada a muerte?

Salvatore la empujó a un lado y salió de la habitación. Ella quedó consternada, sintiendo que quien calla, otorga.

MARCELLO 1928

Vacíos que nunca se llenan.

En ese instante, Tinito tomó el micrófono para decir unas palabras sobre su hermana Bonnie. Los invitados centraron toda su atención sobre él, quien –en medio de bromas–, le advirtió a Randone que si no cuidaba de ella como debía, le quebraría toda la contextura ósea. Todos rieron menos Randone, porque entendía claramente el mensaje. Gaetano volteó y nuestros ojos se encontraron por un instante; pero yo seguía anonadado, mirando a mi madre, como si el tiempo se hubiese detenido a mi alrededor. Ella estaba riendo de nuevo, y pensé que era más hermosa que todos los retratos que pinté. Sus cabellos rubios caían sobre sus pequeñas orejas. Sus ojos café brillaban al ver a mi padre como si en él se centrara toda la magia del mundo. Ella estaba viva y yo no podía perder la oportunidad de decirle cuánto la extrañaba. Caminé dos pasos decidido en mi locura, pero una fuerte punzada en la cabeza hizo que me encorvara. Apreté los dientes para no aullar de dolor. Me apoyé de una pared cercana y maldije aquel estúpido cuerpo. Palpé mi nariz, pero no había rastro de sangre. Busqué de nuevo a mi madre entre los invitados que seguían atentos a las palabras de Tinito; pero el lugar que ella habitaba hacía un instante, ahora estaba vacío.

—Estás un poco pálido— dijo mi padre tomándome por sorpresa. Traté de enderezar mi espalda fingiendo normalidad.

—Estoy bien. Estaba... amarrando los cordones de mi zapato... —mentí—. ¿No has visto a Lucky? Estoy buscándolo para.../

—¿Y ahora Lucky luce cómo mi mujer?— me preguntó sarcástico.

—¿Perdón?— reaccioné extrañado.

—Mucho cuidado, novato, que tengo rato viendo cómo miras a mi chica. Por si no sabes los códigos, las mujeres de los otros se respetan y los que se han atrevido a quebrantar ésa norma... —me miró con fiereza, tocándose los testículos—... terminan con estos entre los dientes.

Se marchó tras escupirme a los pies. Lo vi alejarse entre la multitud de invitados que habían vuelto a la pista de baile, y pensé que habían sido muchas las veces en las que había sentido desprecio por mi padre. Esta vez no había sido la excepción. Lo seguí con la mirada hasta que se reencontró de nuevo con mi madre quien, ahora, estaba sentada junto a los novios. La abrazó por la espalda y le dio un corto beso en la mejilla. Ella volvía a reír llena de vida, enamorada. Yo sonreí con ella en la distancia. No sabía si el haber despertado en aquel cuerpo y en aquella época tenía algún sentido; pero ahora que la veía a ella frente a mi, con vida, sentía que esa era la única razón de estar aquí. Quería estar con ella. Quería abrazarla. Recuperar su olor perdido entre los recuerdos de mi infancia. Gaetano volvió a mirarme notando que mi ojos seguían clavados sobre ella y, con su mano en forma de pistola, fingió dispararme en señal de advertencia; pero no me importó. Desde que mi madre murió aprendí a enfrentarlo. Luché contra la ausencia de ella y el maltrato de él, quien me decía constantemente que ella subió en aquella avioneta porque iba a abandonarnos. Aún escucho el eco de su voz argumentando que la Virgen la castigó con la muerte. Nunca le creí y aún cuando él quiso eliminar toda huella, el tiempo me dio la razón.

Cuando desapareció todas las fotografías de mi madre me causó pánico imaginar que podía olvidar su rostro... fue por eso que comencé a retratarla frenéticamente, en cada hoja en blanco que conseguía. ¡Me negaba a perderla dos veces!... Y un día, Gaetano descubrió la caja de madera que tenía escondida en mi clóset. En ella ocultaba mis pinturas y los recortes de periódicos que hablaban del accidente... ese día, mi padre los quemó todos.

Mi nona, me sostenía en el umbral de la puerta que daba al jardín. Estaba colérico e intentaba zafarme de sus brazos lanzando patadas al aire con la cara bañada en lágrimas. Gaetano encendió su pipa con un fósforo, antes de echarlo encendido dentro de la caja de madera.

Hizo arder en la mitad del jardín lo único que yo tenía de mi madre. Me solté de la abuela y me abalancé sobre él para golpearlo con todas las fuerzas que un joven puede tener. No le hice ningún daño y eso me frustró más. Me devolvió el golpe y caí de espaldas sobre la grama.

—Sus recuerdos nunca se harán cenizas —le grité desde el suelo sintiéndome herido de muerte. Él, ignorándome, se encaminó de regreso al interior de la casa—. No toda la vida seré un niño... y ése día, dejarás de ser un cazador y serás cazado —Gaetano se detuvo junto a la puerta de espaldas a mi. Mi abuela lo contuvo. Las llamas que cubrían con voracidad cada línea que había trazado me dieron fuerzas para mirarlo lleno de coraje y advertirle—: Nunca olvides que su recuerdo irá conmigo más allá de la vida y de la muerte... ¡Tú la mataste, pero ella nunca morirá en mi!

Mi padre volteó feroz, y desenvainó su arma apuntándome. La nona soltó un grito de terror. Por la puerta apareció Salvatore, quien corrió a protegerme con su propia vida.

Salí de mi recuerdo y descubrí que tenía la cara húmeda de lágrimas. Me palpé las mejillas sorprendido por el llanto que, durante años, había reprimido.

—Salvatore...— masculé mirando a mi alrededor aturdido. Sus padres debían estar vivos y quizá estaban también allí, entre los invitados. No sabía cómo lo iba a hacer, pero debía salvarlos a ellos y a mi madre de la muerte. El destino y yo, estábamos en guerra.

RAPHAEL

Como el agua en el desierto.

Raphael sostenía el retrato hablado que habían hecho de Marcello. Lo contemplaba en silencio junto al detective Hernández. Los dos, como sumidos en un ensueño, detallaban cada línea trazada por el lápiz.

—¿Alguna vez te lo imaginaste así? — Le preguntó Hernández, sin separar la vista del folio.

—No... la verdad es que siempre pensé que tendría más cara de criminal...pero, parece un tipo cualquiera— respondió Raphael entregándole la hoja para alejarse de él y tomar asiento.

—Me pasó lo mismo... parece increíble que, de pronto, el legendario Marcello "Cash" tenga un rostro. Tantos años buscando a un fantasma que se materializa de buenas a primeras —Separó la vista del folio, lo dejó sobre su mesa y se sentó mostrando una sonrisa—. Es un avance para este operativo. Ya mismo haremos público ese rostro. Que toda Miami lo aceche... Se acabaron sus días de suerte, ¡se acabaron los Marcellos ficticios! Ya no podrá seguir burlándose de la ley.

Raphael suspiró mirando a su jefe sin mucho convencimiento.

—Me agrada que veas el vaso medio lleno, Hernández; pero la verdad es que, por ahora, a Marcello se lo volvió a tragar la tierra.

A Hernández eso pareció darle gracia.

—Ni siquiera en coma ese desgraciado se queda en el mismo lugar por más de doce horas, ¿no es increíble?— Dijo en medio de una risa nerviosa.

Raphael asintió pensativo.

—Extrañamente, parece que no fueron sus hombres quienes lo sacaron del hospital —comentó Raphael, y Hernández agudizó su atención—. Nuestro infiltrado dice que *Della Croce* no sabe nada de Marcello después del galpón. Todos están escondidos como ratas y ni siquiera sabían que Marcello estaba moribundo en ése hospital. Internamente, la organización está en alerta roja porque a su líder se lo llevó alguien más.

—¿Habrá sido algún enemigo? —Preguntó Hernández lleno de curiosidad—. Ese hombre es amado y odiado con la misma intensidad. Si no fue *Della Croce* quien lo salvó, entonces fueron sus enemigos que lo secuestraron...

Raphael salió de su estado analítico para mirar a su jefe, quien se mostraba ansioso, y decirle:

—Su único enemigo real es su propio padre...

Hernández endureció el rostro.

—¿Crees que Gaetano regresó a Estados Unidos? —bufó, incrédulo— ¡Qué va! ¡Sería un idiota si lo intentara! Ese infeliz no se arriesgaría a entrar; él sabe que, apenas ponga un pie en suelo estadounidense, lo aplastamos.

Raphael masajeó sus cienes con la punta de los dedos, cansado de desdibujar teorías difusas.

—No creo que eso lo detenga... —dijo moviendo su cuello de un lado al otro, agotado—. Por lo pronto envié al doctor Elio Valdés a su casa junto con una patrulla que lo custodiará hasta que todo pase... Voy por café —dijo levantándose de la silla para salir—. Presiento que será una noche larga.

Cuando Raphael lo dejó a solas, Hernández tomó el folio con el dibujo de Marcello y con una sonrisa, lo clavó en la parte superior de la pizarra, en la cima de la pirámide que conformaba a toda la organización *Della Croce*.

MARCELLO 1928

Vivir una vida prestada.

De no ser porque sentía los músculos agarrotados, al día siguiente hubiese pensado que estaba muerto. Desperté siendo un ovillo en el sofá de la sala. Sobre la mesa central, reposaba el cuaderno rojo en el que había escrito todos los recuerdos que, poco a poco, iba recuperando y cada detalle de lo que estaba viviendo. Temía que algún día, de pronto, volviera a abrir los ojos sin saber quién era o dónde estaba. El cuaderno permanecía abierto donde lo había dejado casi al amanecer. Había dibujado el rostro de mi madre tal y como la vi el día anterior, en la boda de Bonnie. Sus cabellos. Su vestido rosa. Su sonrisa viva. Contemplé el retrato y sonreí complacido. Era la primera vez que la dibujaba diferente. El timbre del teléfono hizo que me levantara como un resorte, asustado. Tomé el pesado auricular y lo alcé. Era la asistente del editor del periódico, cambiando la hora de la reunión. Miré el reloj en la pared. Lo había olvidado por completo. Agradecí la llamada y colgué suspirando. Tenía tres horas para decidir si me presentaría o no pero, después de meditarlo un instante, decidí que iría a ver de qué se trataba; por ahora necesitaba algún otro empleo que me generara ingresos, o moriría de hambre. Volví a desayunar lo mismo del día anterior y me di un baño largo. Tomé la mejor pinta que hallé en aquel armario y salí, en posesión de aquella vida prestada.

La sala de redacción era enorme. Decenas de mesas se distribuían por todo el área. Los empleados se hallaban en un transitar enloquecido. Los teléfonos no dejaban de sonar. Una mujer gritaba eufórica: «¡Tengo la exclusiva, tengo la exclusiva!». Un par de compañeros aplaudieron el anuncio sin mucho ánimo. Mientras, una capa de humo de cigarrillo flotaba en el aire, al ras del techo, como smog.

–Tú debes ser Jordi Franco, ¿no es así? –me habló una mujer de tez morena que se me acercó llevando una torre de papeles entre las manos. Yo asentí–. Soy Marie Jane; hablamos ésta mañana. El señor Trevon lo está esperando en su oficina, sígame por favor.

Traspasamos el caos de la sala de redacción y, por uno de los pasillos, nos adentramos hacia la calma. Intempestivamente, una joven salió de una oficina sosteniendo una bandeja llena de tazas de café que estuvo a punto de caer sobre mi ropa. Ella se disculpó nerviosa. Marie Jane le lanzó una mirada de reproche, antes de seguir hasta el final del corredor donde llamó a una puerta que sostenía un cartel de letras blancas que decía: *Mark Trevon, Editor.* Éste nos ordenó pasar y, tan pronto la puerta se abrió, la asistente nos dejó a solas. Detrás de la mesa, rodeado de hojas de papel y colillas de cigarrillos, estaba sentado un hombre cincuentón, canoso y de apariencia desaliñada, quien mantuvo la atención sobre la hoja que tenía frente a él. Sostenía una pluma en su mano a la que mordisqueaba de tanto en tanto. No alzó la vista hasta que carraspeé, impaciente.

—Un momento, ¿acaso no ve que estoy en medio de algo? —me dijo sin despegar sus ojos del papel, leyendo de un lado a otro a toda velocidad. Yo me quedé de pie junto a la puerta, esperando que terminase. Tras un instante, chasqueó la lengua molesto e hizo una bola con el papel para lanzarla contra la pared, frustrado. La hoja hecha bola cayó sobre una montaña de ellas.

—¡Joshua! —gritó y, al instante, un joven atravesó la puerta a la carrera—. ¿Qué clase de basura escribiste, eh? ¡¿No has aprendido nada?! —Le preguntó golpeando la mesa con su puño, colérico—. Te doy quince minutos para que escribas algo decente, ¡quince-malditos-minutos!

Y sin más, el joven volvió a abandonar la oficina con la misma velocidad que llegó. Hasta entonces, yo permanecí invisible ante ellos.

—Me molesta la mediocridad —dijo Trevon finalmente, dirigiendo su vista hacia mi con la respiración agitada—. Si cada quien hiciese su trabajo como debe ser, éste país estuviese mejor, ¡pero no! Sólo les gusta venir aquí y escribir como si esto fuese un panfleto de mierda. ¿Es que no ven lo importante y decisivo que puede ser una sola frase puesta en un papel? ¡La palabra es el arma más poderosa del mundo!

Estaba de acuerdo, pero no lo expresé. Lo dejé hacer catarsis hasta que me invitó a sentarme frente a su mesa. En ese momento, dieron dos toques a la puerta y se asomó la misma chica que me tropezó con la bandeja de café, trayendo una taza para él. Sin verla, Trevon le indicó que se acercara. Pensé que aquel sujeto era un gran cabrón. Ella entró intimidada, y colocó la taza sobre la mesa.

—Discúlpeme que lo interrumpa un segundo, señor Trevon. Ya hice lo que me pidió en los archivos —le dijo con la mirada gacha—. ¿Será que puedo ir con Patrick a cubrir el incendio de la 5ª Avenida?

—No— dijo tajante, usando su pluma para trazar sobre otra hoja una caligrafía difícil de leer.

—Pero.../— ella trató de refutar.

Mark Trevon alzó la vista, furioso, para mirarla por primera vez. Ella desistió y salió de allí frustrada. Yo me atreví a preguntarle a Trevon.

—¿Por qué no la dejó ir?

Él me miró un tanto sorprendido por mi pregunta.

—¿Viniste aquí a hablar de ella o de ti?— repreguntó.

Lo observé serio, inconforme. Tras mi silencio, soltó aire comprimido.

—Escúchame, muchacho, tengo mucho qué hacer. Te pagaré por crónica terminada. —yo no sabía de qué me hablaba, pero tampoco quise indagar—. Me las traerás todos los lunes a primera hora. Saldrá cada martes; pero si me gusta lo que escribes, te daré más días. Así funciona. Son 500 palabras por columna, ni más ni menos. ¿Está claro? —Seguí en silencio y él continuó, a pesar de yo no haberle dado una respuesta a su pregunta—. Bien, Marie Jane te dirá dónde te sentarás por hoy. Necesito ése artículo antes de las seis. Adiós. Me invitó a salir y regresó su atención a la hoja, empuñando su pluma. Yo seguía mirándolo, inmóvil.

—¿Qué coño quieres?— Preguntó al notar que yo seguía en el mismo lugar y sin intenciones de moverme.

—Le pregunté porqué usted no dejó que la chica fuera a cubrir el incendio— insistí, y Trevon, harto de mi intromisión, me respondió de mala gana.

—Porque aquí escribe el que puede, no el que quiere —soltó señalándome con la pluma. En ese instante, pensé si a él le gustaría ser señalado con mi *Smith & Wesson* calibre 38—. Así que tú deberías sentirte afortunado de tener una oportunidad. De no ser así, estarías haciendo café junto con ella ahora mismo. Sin noticias buenas no hay anunciantes y tú lo sabes. Éste negocio es una piscina llena de tiburones y, ¿adivina qué? ¡Todos están hambrientos! Eres tú o el resto... Ahora, si me lo permites, necesito seguir en lo mío.

Salí de aquella oficina sin saber sobre qué debía escribir en menos de tres horas, y mucho menos cómo hacer una crónica. Tomé un vaso de agua en la pequeña oficina que hacía las veces de cocina y que olía a mercadillo hindú. La joven del café entró y me sonrió levemente. La detallé por primera vez. Su larga cabellera negra le llegaba casi hasta las caderas. Sus rasgos latinos resaltaban en cada una de sus curvas.

—¿Cómo te llamas?— Le pregunté mirándole el trasero mientras ella, de espaldas a mi, preparaba una nueva jarra de café.

—Emiliana— respondió siguiendo en lo suyo.

Hubo un silencio incómodo.

—Yo soy Jordi Franco. Hoy empecé a trabajar aquí — insistí en la conversa. La chica me sonrió de medio lado, por compromiso. Me posé junto a ella y, vigilando que nadie entrara al lugar, agregué—. Ya vi que el jefe es un miserable. ¿Qué te parece si tú me ayudas en mi primer día y yo... te ayudo para que dejes de hacer café todo el maldito día?

Ella detuvo la cuchara llena de azúcar a mitad de camino sorprendida por mis palabras. Le guiñé un ojo, cómplice.

—¿Y cómo se supone que harás eso?— Me preguntó curiosa.

Sonreí manipulador y le pedí que se acercara para hablarle por lo bajo. Olía a jazmín.

—Tengo mis fuentes —mentí inhalando con disimulo su olor como un adicto—. Y sé que hoy, a medianoche, se desarrollará una noticia bomba cerca de aquí... ¿Y qué crees? Te la daré a ti para que, así, le demuestres al infeliz de Trevon de qué estás hecha. ¿Qué dices?

Como respuesta, ella sonrió dejándome ver su perfecta dentadura.

Salí al anochecer de aquel edificio silbando una canción de *Tommy Dorsey*. Emiliana me había explicado qué era una crónica y cómo debía hacerla. Si quería seducir a Trevon, debía escribir sobre cosas que estaban sucediendo en la ciudad. «Si ves con atención —me había aconsejado ella—, te darás cuenta que las calles de New York están llenas de historias que esperan ser contadas». Le hice varías preguntas y —por las expresiones de su cara— ella supo que yo no tenía idea de lo que iba a hacer. Tres horas en su compañía me hicieron comprobar que Trevon era un hijo de perra. Emiliana, además de hermosa, era muy inteligente.

De pronto, mi silbido y yo nos detuvimos. Viré para mirar hacia atrás. Una pareja caminaba en sentido contrario tomados de la mano. Por un momento sentí que alguien me seguía. Tras un instante emprendí de nuevo la marcha hacia el apartamento. Dos calles más abajo, regresó aquella sensación, ahora más fuerte. Alguien estaba vigilándome pero, por más que volteaba de tanto en tanto, no había logrado atraparlo in fragante. Apresuré el paso y agudicé los sentidos. Tomé otra calle diferente y me mantuve alerta. Justo a unos veinte pasos antes de llegar a la puerta del edificio, un joven de unos 14 años apareció de la nada cerrándome el paso.

—Hey, bro— me dijo con mala cara, al momento en que otro muchacho de la misma edad surgió por el costado. Y, luego, otro más. Y otro. Hasta que cuatro adolecentes me rodearon en un círculo con aire amenazante. Jamás había visto a ninguno de ellos, hasta que divisé al chiquillo Leonardo Cipriani acercándose por el callejón lateral, navaja en mano.

—Hasta que nos volvemos a ver —me dijo blandeando su arma cerca de mi cara—. Creo que tú y yo tenemos una deuda pendiente y ahora sí que vamos a resolverlo como a mi me gusta.

Yo miraba a sus compinches con el rabillo del ojo, alerta, al tiempo que trataba de no perder de vista la filosa navaja.

—A tu papá no le gustará nada éste encuentro pandillero, Leonardo– le advertí tratando de intimidarlo; pero el muchacho rió sarcástico y sus amigos lo imitaron en un comportamiento infantil.

—¿Y quién te dijo que se va a enterar?— Me preguntó solapado, borrando la risa de su rostro.

Pensé en usar el arma que traía atrás, en la espalda, pero me contuve. El hijo de Joe Cipriani era, por ahora, intocable.

—¡Los que se meten con nosotros no quedan vivos pa' contarlo!– intervino uno de los jóvenes con actitud de pandillero.

El brillo de la navaja bajo el farol me alertó que venía directo hacia mi pero, en un rápido movimiento, logré atajar el brazo de Leonardo en el aire. Lo golpeé con fuerza chocando mi cabeza contra la suya. Sentí que algo traqueó. Sus piernas se tambalearon, aturdido por el impacto. El sonido de una sirena aproximándose por la avenida alertó al resto de la pandilla que, en cuanto la escucharon, se dispersaron como ratas en la oscuridad de las calles. Leonardo, con el rostro lleno de sangre, huyó dando tumbos y jurando que volvería. La navaja abierta quedó a mis pies y, al escuchar la cercanía de la sirena, sólo se me ocurrió patearla en dirección al agujero de una alcantarilla al borde de la acera.

—Por poco y quedas como Giorgio Macerato, con la cara cortada —dijo una voz masculina. Yo giré a la defensiva, con los puños cerrados. Randone salió de las sombras, con expresión seria—. Tenemos que hablar, Jordi Franco.

Me llamó por aquel nombre ajeno, intuyendo que estaba en sus manos. Dos patrullas policiales pasaron frente a nosotros sin detenerse.

ELIO

Lo que fue y no pudo ser...

Ya había oscurecido cuando la patrulla policial se estacionó frente a la fachada de la casa de Elio, en la ciudad de *Coral Gables*. Él se percató de la mancha de sangre que tenía en el borde de su bata blanca. Se secó las lágrimas al notar que el oficial lo miraba a través del espejo retrovisor.

—Estaré aquí toda la noche, por si necesita algo— le dijo el hombre cuando Elio se dispuso a bajarse de la patrulla.

—Gracias— balbuceó sin ánimos, y cerró la puerta del auto. El oficial, enseguida, apagó el motor para quedarse ahí, vigilante.

Elio arrastró los pies hasta la puerta de una pequeña casa rodeada de muchas otras construidas en réplicas. Revisó por un instante sus bolsillos hasta que encontró el juego de llaves para abrir. Se despidió del oficial con un gesto, antes de entrar, y cerró la puerta con seguro. La casa estaba en penumbras. Se quitó la bata y la colgó del perchero. Lanzó las llaves sobre la mesa del comedor y fue directo hasta la nevera para tomar una lata de cerveza. De pronto, la luz de la cocina se encendió sola y Elio brincó asustado. Desde el umbral de la puerta, junto al interruptor, estaba Salvatore de pie, mirándolo impasible.

—Hola, Elio... —le dijo alzando una lata de cerveza, que ya traía a medio tomar, en señal de brindis—. Por los reencuentros no planeados...

MARCELLO 1928

Somos hoy, por lo que fuimos ayer.

—Entonces eras tú y no Leonardo, quien venía siguiéndome —le dije a Randone cuando entramos al apartamento. Cerré la puerta y fui a servirme un vaso con agua para pasar el trago amargo que me dejó el enfrentamiento con el hijo de Joe Cipriani—... Pensé que estarías en tu luna de miel con Bonnie. ¿Acaso viniste a defenderme de Leonardo?

—No fue por él —dijo negándose a tomar el vaso con agua que yo le ofrecía—. No tenía idea que tuvieras problemas con él... Pero te advierto que ése chiquillo no se quedará tranquilo hasta que no le pagues lo que sea que le debes. Ni él, ni la pandilla que lidera —suspiró como superado por la realidad—. El pobre chico no conoce otra forma de arreglar las cosas.

—No lo culpo. Me recuerda un poco a mi mismo cuando tenía su edad. Si le dice a Cipriani que le partí la cara, tendrá que decirle también por qué lo hice, y dudo que quiera darle explicaciones— le dije invitándolo a sentarse en el sofá; pero él se negó quedándose de pie.

—No vine aquí a hacerte la visita —dijo. Yo me encogí de hombros y, en silencio, me apoyé de la pared dejándole la palabra. Él lo notó y retomó—. ¿Por qué le mentiste a todos diciendo que te llamabas Marcello

Brocchi, cuando realmente tu nombre es Jordi Franco? ¿Quién eres en realidad y qué quieres con *Della Croce*? Yo lo miré serio, incapaz de explicarle aquello.

—¿Cómo lo supiste?— Lo tanteé.

Finalmente, Randone se sentó en el sofá contrariado. También era incapaz de explicarme lo suyo.

—Tengo contactos —me dijo tratando de sonar convincente—. Después de la boda, me ordenaron ver tus registros... y eso hice—. Luego, entre molesto y curioso, agregó—: ¿Creíste que entrarías a una organización como ésta sin ser investigado?... ¿A quién se le ocurre la estúpida idea de dar un nombre falso? –Se levantó inquieto, pasó junto a la mesa central, bordeándola. Yo divisé el cuaderno rojo que había quedado allí olvidado—. Dime porqué lo hiciste... no creo que seas tan idiota, ¿o sí?

Yo despegué la vista del cuaderno y lo miré.

—Mejor dime tú. ¿Por qué no me delataste? —Le pregunté midiéndolo. Él se mantuvo en silencio, tenso—. Venir hasta aquí para darme la oportunidad de explicarme... ¡Qué mafioso tan extraño y condescendiente eres tú!... Debes tener una buena razón para quebrantar los códigos, ¿o me equivoco?

—Tengo curiosidad— dijo dándome la espalda, para evitarme. Caminó por la sala manteniendo sus manos metidas en los bolsillos del pantalón.

—¿La curiosidad también te llevó a proteger a Estela, no es así?– le lancé, y el giró sorprendido.

—¿De qué diablos.../?

—Me di cuenta del cruce de miradas que tenías con ella en el casino —lo corté—, la manera indirecta en que querías protegerla —Randone, con ojos desorbitados, no sabía cómo defenderse. Yo sonreí con cinismo—. No soy el único aquí que debe cuidarse... tú también. Si Joe Cipriani te descubre, te diluirá la existencia en un contenedor lleno de ácido. La traición no se perdona en éste negocio.

—¡No sé de qué hablas! —me cortó conteniendo su nerviosismo—. Yo soy el que hace las preguntas aquí y, si no me dices ahora mismo quién eres y por qué quieres entrar en *Della Croce*, diré en la organización que Joe Cipriani ingresó a un falso italiano llamado Jordi Franco; y no sólo morirás tú, sino él también por ponernos a todos en riesgo.

—¿Cómo dijiste? —solté en shock. Sus palabras cayeron sobre mí como un balde de agua fría—. ¡Oh mierda, yo soy ese italiano!

Randone, al ver mi reacción, siguió en su amenaza creyendo que sus palabras me habían intimidado; pero no era del todo cierto. Lo que él había dicho sobre Joe Cipriani y el falso italiano me hizo recordar lo que generó la famosa "Maldición Cipriani": La historia estaba escrita. Joe Cipriani filtraría a un falso italiano que haría caer como un castillo de naipes a la organización... y ése hombre terminaría siendo yo. El destino estaba cumpliéndose. Randone dejó de hablar al darse cuenta que yo sangraba por la nariz.

—Estás... sangrando por la.../— balbuceó desconcertado, señalando su propia cara.

—Tú no vas a delatarme— lo corté y saqué un pañuelo del bolsillo trasero de mi pantalón para limpiarme. Él, creyendo que sacaría mi arma, sacó la suya con rapidez y me apuntó.

—Creo que no has entendido aquí cómo son las cosas, Jordi Franco– me dijo amenazante. Yo sonreí con ironía mostrándole el pañuelo manchado—. Pon tu arma sobre la mesa– me ordenó desconfiado.

—Morirás, pero de paranoia... Baja tu arma, Luigi... — le pedí colocando la mía, con lentitud, sobre la mesa que nos separaba. Yo proseguí calmo, seguro del *As* que traía bajo la manga—. Tú no dirás nada, ni harás nada en mi contra; porque si tú me delatas, yo le diré a la organización que Bonnie, la hija de Giorgio Macerato, acaba de casarse con un policía encubierto.

Él bajó su revólver, pálido y desarmado.

ELIO

Las cárceles están llenas de inocentes...

A Elio se le iluminaron los ojos cuando se encontró de frente con Salvatore, pero la sorpresa le impidió moverse.

—¿Cómo entraste? —le preguntó tratando de controlar sus emociones. Aún sostenía la lata de cerveza sin abrir—. Pensé que más nunca volveríamos a.../

—Necesitamos hablar de lo que pasó hoy en el hospital— lo cortó con voz fría.

Elio sonrió con ternura creyendo que su actitud hacia él era de preocupación.

—¿Viniste a ver si estaba bien? ¿Es eso?— Le preguntó entusiasta.

Salvatore suspiró intentando controlar sus propias emociones. Elio notó su inquietud y trató de acercarse a él, conmovido; pero, a la vez, Salvatore dio dos pasos hacia atrás y salió de la cocina en dirección a la sala. Elio abrió la lata de cerveza y lo siguió sin entender su actitud. Salvatore se asomó por entre la ranura de la cortina y divisó a la patrulla de policía estacionada en la fachada.

—Oye, no me pasó nada —insistió Elio, ante el silencio del otro—. La última vez que nos vimos, te fuiste sin despedirte... te fuiste sin decirme a dónde o por qué. Y hoy.../

—Este mundo es una maldita semilla —soltó Salvatore separándose de la ventana para enfrentarlo—. ¿Qué le dijiste a la policía, Elio?

Éste le restó importancia.

—No mucho. Lo mismo que seguramente ya escuchaste en las noticias. Yo estaba allí, fui al baño porque.../ —se cortó omitiendo que la razón que lo salvó de morir fue su intención de coquetear con Miguel, el enfermero—... fui al baño porque necesitaba ir. Punto. Y luego empezaron los disparos. Cuando salí de allí, todos estaban muertos y...

Elio volvió a enmudecer y bajó su rostro entristecido.

—Y tu amiga Layla desapareció —completó Salvatore—. ¿No es así?

Elio reaccionó impresionado.

—¿Cómo sabes que.../? —desistió de preguntar respondiéndose, de inmediato, a sí mismo—. Ah claro, qué tonto soy. La noticia está en todos...

—Escúchame, Elio —lo interrumpió. Este lo miró expectante, tratando de disimular lo que él le producía. Salvatore, incómodo, huyó de aquel gesto dándole la espalda, y le dijo—: Necesito saber con exactitud si le informaste a la policía cómo es Marcello... y me refiero a su físico.

Elio reaccionó como si despertara de un sueño. Salvatore seguía de espaldas, viendo hacia la salida.

—¿Por qué me preguntas eso tan... raro?

—Respóndeme: sí o no.

—Sí, les dije pero, ¿qué tiene que ver eso contigo?

Salvatore, tras comprobar sus sospechas, cerró los ojos afectado.

—Marcello es mi medio hermano, y fui yo quien lo sacó del hospital... Yo los maté a todos.

Elio sintió que su corazón dejó de latir.

MARCELLO 1928

Todo propósito es impulso.

Después que Randone bajó su arma, volvió a sentarse en el sofá con expresión de cansancio. Sentí pena por él y me sorprendió que así fuera. El sangramiento había cesado, pero las punzadas en la cabeza eran cada vez más seguidas.

—Primera vez —le confesé con una risa irónica en el rostro— que un policía me despierta compasión —Sus hombros caídos y su cabeza gacha daban la imagen de un hombre derrotado. Yo permanecí de pie recostado de la pared quitándome un rastro de sangre de la nariz—. Es la verdad. Nunca he tenido buenas relaciones con los policías por obvias razones. Me parece que la mayoría son delincuentes con chapas, amparadas por la ley. Son pocos los policías honestos... te lo digo yo, que les he puesto un precio a muchos.

Él continuaba incapaz de darme la cara, incómodo por mis palabras.

—Yo podría preguntarme de qué lado estas tú, Luigi Randone; pero ya lo sé —agregué, y ésta vez sí levantó su rostro con curiosidad—. Estoy dispuesto a hacer una excepción contigo y darte un voto de confianza... o mejor, ¿qué tal una alianza? Podemos cuidarnos las espaldas. Una mano lava a la otra y las dos lavan la cara. ¿Qué dices?

Él se negó a la defensiva.

—Te equivocas conmigo... no soy lo que tú.../

—Te dije que yo sí tengo claro de qué lado estás —lo corté—. No he dicho que sea del lado malo, al contrario, sé que eres un gran policía dentro del reducido porcentaje que hace un rato mencioné.

Él arqueó ambas cejas, sorprendido por lo que acababa de escuchar.

—¿Quién demonios eres? —me preguntó achinando sus ojos, como si quisiera enfocar bien la vista y hallar la respuesta—. Si no me lo dices, igual lo voy a averiguar.

Me quedé en silencio. Frustrado, se levantó del sofá para encaminarse hacia la salida.

—Espera, Luigi —le pedí, y él volteó a unos pasos de la puerta—. Sé que la orden es que vayamos al puerto a la media noche, pero te recomiendo que no vayas... Hice una llamada anónima... tus amigos policías caerán ahí llevándose todo a su paso.

Él, confundido, se regresó hacia mi señalándome con el dedo en señal de advertencia.

—No he dicho que tu teoría de que yo soy policía sea cierta —me reprochó—. No pongas palabras en mi boca que yo no he dicho, ¿está claro? —Yo blanqueé los ojos y alcé las manos al aire dándolo por entendido—. Bien, ahora dime: ¿Por qué llamaste a la policía?

Me parecía ridículo aquel juego de "ser o no ser". Suspiré llenándome de paciencia.

—Mejor dime algo, ¿por qué no lo haces tú, si se supone que eres el hombre bueno?

Él chasqueó la lengua abrumado.

—Vas a seguir con eso... —comenzó a caminar de un lado a otro, ansioso. Lo presioné quedándome callado. Y ésta vez, él suspiró cediendo a mis palabras—. Ok, no es tan sencillo, ¿de acuerdo? Hay mucha gente involucrada en esto. Personas inocentes a la que no pienso poner en riesgo.

Al fin lo aceptó, pensé, pero no se lo dije.

—¿Como Estela, por ejemplo?— Le pregunté.

—Como Estela —aceptó sin ánimos a defenderse—, pero si alguien se entera.../

Lo silencié alzando la mano.

—No diré nada sobre tu relación con ella, si es lo que te preocupa... en cuanto a la llamada anónima, en un par de horas le caerá un operativo completo a los contenedores del puerto. Yo que tú, aprovecho tu luna de miel y me escabullo... finalmente habrá algo de esa justicia que tanto esperas.

—Voy a averiguar quién eres— me advirtió de nuevo, pero esta vez noté que en su voz ya no había amenaza, sino curiosidad.

—Si aceptas hacer alianzas conmigo —le propuse sonriendo con malicia—, lo podrás ir descubriendo tú mismo... cúbreme con Lucky esta noche para librarme de ir al puerto. Estoy seguro que algo bueno le inventarás.

Él me miró indiferente y se marchó sin darme respuesta.

SALVATORE

Todos vivimos engañados o engañando.

Elio estaba en shock, con la mirada fija en un punto de la pared. La cerveza permanecía intacta entre sus manos. Salvatore le dio un último sorbo a la suya, mientras caminaba de un lado a otro de la sala narrando lo que había sucedido aquella tarde en el hospital. Cuando concluyó, hubo un silencio largo hasta que Elio logró balbucear palabra.

—Eres el asesino más buscando de la ciudad... —le dijo con un hilo de voz a punto de quebrarse—. Y lo dices así, tan tranquilo, como cuando me dijiste que eras profesor de italiano.

Contrariado, Salvatore frenó su andar y tomó aire.

—Y lo soy. En eso no te mentí; me gusta dar clases... –volvió a retomar su caminata a pasos lentos. Elio estaba incrédulo ante su frialdad. Lo creas o no, trato de llevar una vida normal —se detuvo y bufó inconforme—... Yo no escogí ser lo que soy; pero da igual lo que yo te diga ahora... después de todo, no me conoces.

Elio rió sarcástico.

—Esto tiene que ser una broma de muy mal gusto

—No lo es...

De pronto, Elio pasó de la risa a un llanto infantil. Salvatore lo miró conmovido y recordó que, muchas lunas atrás, lo había conocido en uno de los bares que poseía en Miami Beach. Tenía al menos ocho locales en Florida y los usaba como fachadas para lavar dinero de sus negocios con Gaetano en México. Aquella noche, Elio no era el prestigioso cardiólogo del hospital sino un hombre común y corriente que disfrutaba escuchando *jazz* mientras tomaba su trago. Salvatore lo ubicó entre la multitud, esbozando una amplia sonrisa. Elio tenía la vista fija en los dedos del guitarrista que se movían con agilidad sobre las cuerdas. Salvatore se acercó a él con la excusa de conocer su opinión sobre la música y el servicio del local. En medio de la conversación, Salvatore le contó que trabajaba cuatro noches por semana en ese local, y que el resto de sus ingresos, se lo ganaba dando clases de italiano a nivel corporativo. Cuando Elio le mencionó que era médico cardiólogo, se sorprendió gratamente. No le dijo en qué hospital trabajaba, pero Salvatore tampoco le dio importancia. «Las noches bien vividas no duran demasiado», le expresó Elio en aquél acercamiento. Un corto romance que murió cuando el sol se asomó por el horizonte. Salvatore nunca se despidió; y, desde entonces, había evitado regresar a aquel bar por miedo a un reencuentro. Sus historias de amor eran así. Breves. Fugaces. No podía darse el lujo de aceptar su sexualidad cuando era portador de una fama como la suya. Desde que era niño, conocía muy bien sus sentimientos, pero siempre inspiró otra cosa. Gaetano hizo de él una máquina para matar. Impasible. Maquiavélico.

Despiadado. Certero. Y dentro de esa lista de cualidades aprendidas, la homosexualidad no tenía cabida. No puedes convertirte en un capo de la mafia sin ser feroz. Era demasiado tarde para reparar los daños.

—Tu amiga está bien —le dijo al salir de sus pensamientos. Elio mantuvo la cabeza gacha, evitando mirarlo—. Ella está preocupada por ti... Cuando me dijo tu nombre, y que eras un cardiólogo de cabellos rojos como el fuego, supe que no podían haber dos Elio como tú en esta ciudad. Y aquí estoy.

Elio se limpió las lágrimas y buscó apoyarse de la pared para no desvanecer.

—No le hagas daño, por favor —le pidió él con voz débil—. Si quieres cóbratelo conmigo, pero no le hagas nada a Layla.

—No voy a hacerte daño, Elio —le dijo Salvatore asomándose de nuevo a través de las cortinas. La patrulla seguía allí. Dentro, el oficial veía algo en la computadora, ajeno a lo que sucedía. Salvatore continuó alejándose de la ventana—: Tampoco mataré a tu amiga, porque de ella depende la vida de mi hermano. Necesito que ella lo haga volver, que lo despierte del coma... Y podrá hacerlo, ¿no es así?

Elio midió su respuesta, no quería que sus palabras comprometieran la vida de su amiga.

—No puedo asegurarte nada. Un 70% de su recuperación será posible con buena atención médica. El resto sólo dependerá del mismo Marcello —Salvatore lo miró preocupado—. Lo que sí puedo afirmar es que está en manos de la mejor neurocirujana de éste país y que, gracias a ella, tu hermano está vivo ahora.

—¿Cómo es eso?— Le preguntó él lleno de curiosidad.

—Marcello llegó en estado crítico al hospital. Francamente, cuando lo vi ingresar pensé que no resistiría. Layla no dudó un instante y le hizo una operación cerebral fantástica... Marcello estuvo clínicamente muerto durante varios minutos y ella lo revivió —Salvatore se mostró sorprendido por la información—. Inclusive, después de eso movió cielo y tierra para averiguar su identidad, y si había algún familiar que se hiciese cargo de él. Cuando supimos, por un análisis de sangre y otras peripecias, que él era un italiano y que no tenía familia, Layla estuvo dispuesta a tomar la responsabilidad de cuidarlo ella misma... Yo discutí con ella por esa idea, pero el corazón de mi amiga es más grande que su cuerpo. Así que una vez más, te pido que no le hagas daño porque, si se lo pides de buena fe, ella te ayudará.

La sala quedó en silencio un instante hasta que Salvatore reaccionó, saliendo de su sorpresa.

—El padre de Marcello me adoptó cuando mis padres murieron en un asalto —comenzó a contarle como si estuviese exponiendo sus propios pensamientos en voz alta—. Yo era muy niño y Marcello me aceptó como su hermano sin esperar nada a cambio. Fuimos inseparables. Nos cuidábamos uno al otro sin titubear. Él también perdió a su madre en un accidente, y creo que esas pérdidas nos unieron. Ambos, hijos de mafiosos, estábamos condenados a seguir la dinastía familiar – Salvatore se sentó en el sofá, decaído. Elio lo escuchaba con atención–. No era opcional. Era el destino... De niños sólo soñábamos con tener una vida normal. Ir a una escuela tradicional en vez de tener tutoras. Compartir con otros niños. Jugar al fútbol. Pero no. Nuestra infancia fue como habitar un mundo paralelo en el que estábamos presos... —Salvatore sonrió con nostálgica—. Marcello siempre se resistió a eso, inútilmente. Discutía mucho con Gaetano por la vida que teníamos... por la ausencia de su madre. Sobraron las veces en las que fui un muro de contención, junto con la abuela, para evitar que Marcello y mi padre se mataran.

—¿Por qué se odiaban tanto?

—Gaetano nunca fue un buen padre —le respondió, mientras Elio observaba sus ojos entristecidos—. Es un tipo frío. Cree que el amor reside en la obediencia. Nos daba cantidad, y no calidad. Yo sólo sentía agradecimiento con él. A fin de cuentas, me dio un hogar cuando perdí el mío. Me había dado a un hermano. Una familia. Le debía mi lealtad. Para nosotros, el génesis de la familia va más allá de la vida y de la muerte. Es la base donde reposan todos los demás amores —Salvatore suspiró afectado, pero continuó su evocación—. Marcello siempre sospechó que el accidente de su madre había sido intencional, y muchos años después lo confirmó un *pentiti*. Uno de los hombres de Gaetano fue capturado por la policía y entre los crímenes que confesó, estaba ese... Gaetano mató a la madre de Marcello –Elio lo escuchaba boquiabierto. Salvatore siguió en su desahogo con la vista fija, pero ido de allí–. Tres días después de aquella confesión, el famoso *pentiti* apareció muerto por envenenamiento en su celda... Gaetano decía que cada decisión que se tomaba dentro de la mafia era por el bienestar de la familia y que *"Tutti colpevoli, nessuno colpevole"*

—¿Y eso qué significa?

—Eso quiere decir algo como: "si todo el mundo es culpable, entonces nadie lo es" —Salvatore sonrió de medio lado, con sarcasmo—. Una manera de hacer que las responsabilidades individuales sean colectivas.

—Será de lavarse las manos... como Judas... —comentó Elio molesto— ¿Y qué pasó después? ¿Qué hizo Marcello cuando descubrió que su padre había matado a su madre?

—¿Y tu qué crees? ¡Con eso solo dan ganas de llenarle la cabeza de plomo!

A Elio se le transfiguró de miedo. Era la primera vez que lo escuchaba hablar de ese modo tan ligero. El

Salvatore que él había conocido aquella noche en el bar era un tipo encantador y risueño, con el que tuvo intensas conversaciones hasta el amanecer. Elio se preguntó cómo era posible que una misma persona pudiese llevar en su interior dos personalidades tan diferentes la una de la otra. El bien y el mal convivían en un solo cuerpo y parecían llevarse muy bien.

—¿Lo mató?— Preguntó Elio, nervioso.

Salvatore se levantó del sofá para vigilar de nuevo al oficial estacionado frente a la fachada.

—No. Mi abuela evitó que se mataran entre ellos; pero Marcello le juró que, cuando ella falleciera, él cumpliría su sentencia de muerte —Salvatore regresó de nuevo al sofá y apoyó el arma sobre su rodilla. Elio tragó grueso—. Marcello se fue de la casa, y yo me quedé con Gaetano, como te dije, sólo por lealtad. Mi hermano y yo no volvimos a vernos, hasta hoy. Él pasó todos estos años destruyendo el imperio que había construido nuestro padre. Lo desplazó de todos los negocios. Lo obligó a huir de Estados Unidos. Dividió a sus hombres. Generó guerras internas que, poco a poco, lo fueron debilitando... su legado quedó en el pasado y Marcello terminó convirtiéndose en eso que tanto odiaba... es el Gaetano de su generación. El líder de *Della Croce.*

Elio tomó aire sobrepasado por tanta información. Salvatore lo contempló un instante. Elio miró de reojo el arma que reposaba en su rodilla y preguntó tímidamente:

—¿Tu abuela aún vive?

—No; ella murió hace unos años, pero Gaetano ya estaba fuera del alcance de Marcello. Ahora, mi padrastro está viejo, cansado. Y solo. Un pequeño porcentaje de hombres seguimos manteniendo lo poco que le queda... Si yo puedo transitar con libertad por Miami, es porque Marcello lo ha permitido —sonrió débil, nostálgico—. Y también un poco por cumplir un pacto que nos hicimos en nuestra despedida: el de que nunca nos haríamos daño...

—¿Tú también estás cumpliendo ese pacto, no es así? Por eso lo sacaste del hospital.

Salvatore endureció el rostro.

—Si no lo sacaba de allí, mi padre iba a mandar a sus hombres a rematarlo.

Elio se abrazó a sí mismo en un escalofrío fugaz.

—Lo lamento... — susurró Elio.

Salvatore entró en un estado taciturno memorando algún otro recuerdo del pasado. Cuando volvió en sí, fijó sus ojos en Elio y éste sintió como si la muerte misma lo estaba contemplando directo a la cara.

—Haré lo que Marcello no fue capaz de hacer. Mataré al infeliz de Gaetano.

MARCELLO 1928

Hilos rojos.

Al día siguiente, la noticia sobre el contenedor figuraba en la primera plana de *The New York Times*, firmada con el nombre de Emiliana Mendoza. Sonreí terminándome el último sorbo de café. Hubo tres arrestados, pero ninguno era Lucky, o mi padre y mucho menos Randone, aunque sí figuraba la mafia entre los principales sospechosos del tráfico de whisky en cajas de alcachofas con doble fondo, traídas desde el sur de Italia. Tocaron a la puerta. Cuando abrí, me sorprendió ver a Emiliana del otro lado un tanto apenada. La hice pasar.

—Qué sorpresa —le dije sonriendo—. Ya vi que eres noticia de primera plana.

Ella volvió a mostrarme su dentadura perfecta y los hoyuelos que se le hacían en cada mejilla al sonreír.

—Vine a darte las gracias —me extendió una bolsa de papel que yo miré sin entender de qué se trataba—. Son panecillos para desayunar. Deben estar calientes todavía.

—Muchas gracias— le dije adentrándome a la cocina para servir más café, y colocar los panecillos en dos platos. Ella, curiosa, detallaba todo alrededor.

—¿Vives solo? —Me preguntó; y ante mi sorpresa, se apresuró a disculparse—. Uy, qué tonta soy; lo siento, no quise ser imprudente... me presenté aquí sin avisar y no sé si.../

—Hey, tranquila —calmé su ansiedad extendiéndole una taza de café humeante—. Si viviese con alguien ya te lo hubiese dicho... o tal vez no.

Ella rió.

—En el periódico me dieron tu dirección, pero no puedo develar la fuente. Es secreto profesional.

Y volvió a sonreír con picardía. Yo la miré sintiéndome atraído por ella.

—Cuéntame cómo te recibieron en el periódico tras la noticia— Le pregunté, disimulando lo que ella despertaba en mi.

—¡Wao, fue increíble! —me dijo entusiasmada—. No puedes imaginar la cara de idiota que puso Trevon al enterarse que yo tenía la exclusiva. Creo que fue como haberle dado un golpe en la nariz.

Yo sonreí complacido.

—Entonces se alcanzó el objetivo. Te has ganado el respeto de todos, y ya nunca más se burlarán de ti... —en complicidad, le hablé en susurros, medio en broma, medio en serio—, y si alguien lo hace, me avisas para echarle cianuro en el café.

Ella río con inocencia mientras yo rememoraba a cuántos hijos de perra maté con cianuro en el pasado; pero no se lo dije.

—¿Por qué lo hiciste? —me preguntó—. ¿Cómo supiste que ése cargamento estaría en el puerto?

Le di la espalda para regresar a la cocina y tener control sobre su curiosidad.

—Yo también tengo mis fuentes, señorita Mendoza – le dije fingiendo desinterés mientras servía un vaso con leche. Ella sonrió—. No lo hice por nada especial. Tú me ayudaste en mi primer día y yo te devolví el favor —Volví a ella con los panecillos y noté su decepción por mi respuesta—. ¿Quieres acompañarme a desayunar?

Ella asintió con una forzada sonrisa. Comimos en silencio. No recordaba cuándo había sido la última vez que estuve con una mujer sintiéndome cómodo. Había algo en ella que me halaba como una grúa. Tenerla cerca se sentía como estar en casa.

—¿Hace mucho que vives en New York?— Me preguntó rompiendo el silencio.

Yo aterricé de golpe a la realidad; sonreí nervioso.

—Unos meses nada más— mentí.

—Oh vaya, ¿y dónde vivías anteriormente?— Preguntó antes de darle otro mordisco a su panecillo.

—En Italia.

Eso pareció tomarla por sorpresa.

—¿Eres italiano?

Yo asentí y le dije una frase en italiano. Ella sonrió.

—¿Y eso qué significa?

—Dije "me gusta la forma en que ríes"

Ella bajó la mirada, sonrojada.

—Gracias— susurró jugando con la servilleta de tela sobre la mesa, incapaz de mirarme.

—¿Tú no naciste en Norteamérica, o si?— Le pregunté.

Ella asintió tomando un sorbo de café.

—Sí, nací aquí en New York, pero mis padres son de México...

Pensé en mi madre lleno de nostalgia.

—¿Están vivos tus padres?— Pregunté sin meditar mis palabras, sumido en mis propios pensamientos.

Pareció que mi pregunta la tomó por sorpresa y su rostro se entristeció. Me apresuré a ofrecerle disculpas.

—No te preocupes —me aseguró ella con una leve sonrisa—. Ya no me duele hablar de ello... —Tomó fuerza en un suspiro—. Mi madre murió hace dos años durante un viaje de trabajo en Alemania. Al parecer un demente abrió fuego contra los pasajeros dentro del tren en el que viajaba. Ella recibió dos disparos y... murió antes de que el tren llegara a su destino.

Emiliana me despertaba el extraño sentimiento de la compasión. Deslicé mi mano por sobre la mesa y sujeté la suya.

—Lo lamento— le dije.

Si ella supiese que estaba desayunando con un hombre al que muchas veces le tocó accionar el gatillo de su arma, la perdería para siempre. Ella sonrió triste y separó su mano de la mía como si, por un instante, escuchara mis pensamientos.

—Mi padre es quien peor la pasa sin ella —dijo, tras saborear su café. Yo la imité—. Eran tan unidos, tan sólidos, que en algún momento temí que él no fuese capaz de superar su pérdida... pero con el tiempo se aferró a la teoría de que volverían a reencontrarse en otra vida, en otra época y en otras circunstancias.

Me ahogué con el café. Ella se apresuró a preguntar si me encontraba bien. Cuando me recuperé de la tos, le pedí que me contara más sobre la teoría de su padre. Ella pareció desinteresada en el tema; pero aún así, me explicó.

—Mi padre es un extraordinario psiquiatra; él está convencido que existe la vida después de la muerte y que nuestras almas tardan 49 días, según sus estudios, en tomar otro cuerpo y reencarnar.

Yo escuchaba aquello atónito. Me confesó que ella no creía en la reencarnación, pero no compartía ese pensamiento con su padre para no decepcionarlo.

—Al principio pensé que se metió eso en la cabeza para sobrellevar la muerte de mi madre, hasta que.../

—¿De dónde sacó esa idea? —La corté con un balbuceo nervioso—. ¿Ha visto algo que lo compruebe?

Ella se dio cuenta de mi ansiedad, y continuó.

—Sí, con varios de sus pacientes. La primera fue con una chica que le tenía pánico al agua, al mar... y, por medio de la hipnosis, mi padre descubrió que ese patrón venía de una vida pasada... la mujer había muerto ahogada en el río Orinoco, en 1830 —Yo la miré aturdido. Ella rió pensando que yo mostraba incredulidad—. Al principio yo también lo encontré sin sentido —agregó—, pero la verdad es que vi cómo la chica fue mejorando con cada sesión de hipnosis y con los tratamientos. Desde entonces, mi padre no deja de investigar y estudiar otros posibles casos de reencarnación.

Yo la miraba boquiabierto, encandilado por la luz de esperanza que sus palabras me daban.

—Necesito conocerlo —le pedí al salir de mi estado catatónico. Ella iba a refutar, pero yo insistí poniéndome de pie—: Por favor, Emiliana, llévame ahora mismo con él.

SALVATORE

Con Dios y con el Diablo, estoy a mano.

Salvatore se levantó del sofá y se guardó el arma en su espalda con un rápido movimiento. Elio lo evadió cuando pasó junto él de camino a la puerta principal. Salvatore sintió su rechazo, pero no le demostró que le afectaba. Antes de partir, le hizo entender a Elio que debía ayudarlo a salir de allí distrayendo al policía, si quería que Layla siguiera con vida.

—Ahora no sólo la vida mía y la de Marcello están en peligro. La de Layla también.

Elio se envalentonó e intentó cerrarle el paso.

—Déjame ir contigo.

—Estás loco— soltó Salvatore riéndose.

—No te rías —le dijo intentando convencerlo—. Estoy hablando en serio. Llévame con Layla y yo... la ayudaré como cardiólogo.

Salvatore lo meditó un instante, pero terminó abriendo él mismo la puerta para que Elio saliera de la casa.

—Llévale algo de tomar al oficial que está en la patrulla. Habla con él. Haz cualquier cosa para distraerlo, Elio.

—Pero.../

—¡Haz lo que te digo, maldita sea! —gritó, haciendo que Elio temblara de pies a cabeza—. No vas a ir conmigo a ningún lado y no pienso discutirlo contigo.

Elio apretó sus labios lleno de impotencia.

—¿Cómo sabes que no llegaré hasta el oficial y le diré que estás aquí adentro?

Salvatore quiso sonreír por la valentía de Elio al retarlo; pero se contuvo. Sabía que Elio no sería capaz de hacer algo así en su contra. Podía inducir lo que aún provocaba en él. «Para bien o para mal, el amor nos hace vulnerables», pensó.

—Ya te lo dije, Elio. Si me entregas a la policía, tu amiga morirá —le advirtió—. Quedará desprotegida. Los hombres de mi padre los encontrarán y los matarán a ambos. Te guste o no, ahora la vida de ella depende de mi libertad. Cuando mi hermano despierte y mi padre esté muerto, ya veremos qué pasa.

Elio bajó los hombros cabizbajo. Lo que Salvatore le decía tenía sentido. En silencio, fue a la cocina, tomó un vaso de leche y un paquete de galletas Oreo, y regresó hacia la puerta entreabierta. Salvatore la terminó de abrir para cubrirse tras ella. Ambos cruzaron una última mirada antes de que Elio se encaminara hacia la patrulla.

ELIO

El cazador un día será cazado.

Con el rabillo del ojo, Elio miró a Salvatore huyendo por una de las ventanas laterales de la casa, para internarse en el jardín que compartía con el vecino. Elio se despidió rápidamente del oficial, y regresó a pasos apresurados hacia el interior. Ya dentro de la casa, se dirigió al baño, abrió el gabinete, y tomó un frasco pequeño de vidrio junto con una jeringa, guardándolos en el bolsillo de su pantalón. De inmediato, salió hacia el jardín por la puerta trasera. Justamente en ese momento, su vecino –quien llegó al jardín para fumarse un cigarrillo– se encontró con un agitado Elio. Éste trató de disimular, pero le fue imposible.

—¿Sucede algo, vecino?— Le preguntó el hombre llevándose el cigarrillo de nuevo a los labios para aspirar.

—Sí, es que me quedé sin el auto y necesito llegar al hospital cuanto antes —mintió Elio con nerviosismo—. ¿Me prestas tu motocicleta?

El hombre no hizo preguntas; sacó las llaves de su bolsillo y se las colocó en las manos a Elio, asegurándole que el garaje estaba abierto. Elio se marchó a la carrera, sin siquiera darle las gracias. El vecino, un tanto desconcertado, lo vio alejarse presuroso; y, segundos después, escuchó el motor de su moto al ponerse en marcha.

A bordo de la motocicleta y con un apretado casco en su cabeza, Elio salió velozmente del garaje. En pocos minutos, reconoció el auto negro de Salvatore que, lentamente, tomaba la calle 41 hacia el sur en una congestionada intersección.

—Dios bendiga el tráfico en Miami— dijo Elio hundiendo el acelerador.

DONATELLO

Te encontré cuando me sentía perdido.

Donatello tenía al menos una hora en la calle próxima a la casa de Elio, sentado dentro de una camioneta blanca. Tomaba una soda *Dr. Pepper* mientras fingía leer una revista de farándula, para ocultar su rostro entre las hojas. Desde su ángulo, podía ver la fachada de una casa que estaba siendo custodiada por una patrulla policial. La dirección que le habían dado sus informantes dentro de la policía coincidían con ése lugar. Sus sentidos se reactivaron cuando vio que el hombre pelirrojo salió de la casa y se acercó a la patrulla para ofrecerle algo al oficial. Notó que, de tanto en tanto, el doctor miraba hacia su casa con ansiedad. Donatello entrecerró los ojos, alerta ante aquel misterioso comportamiento. El pelirrojo se despidió del oficial y caminó casi al trote de regreso a su casa. Donatello le dio otro sorbo a su soda y cerró la revista para dejarla en el asiento del copiloto. El fuerte rugido de un motor lo hizo virar hacia su espejo retrovisor. Las luces blancas de un auto se encendieron e iluminaron la calle a sus espaldas. Aquel ruido era tan particular como el efecto metalizado que hace un *Ferrari* al acelerarlo. Un *Hellcat* negro pasó junto a la camioneta de Donatello, y éste rápidamente se ocultó en su asiento como un ovillo. Era Salvatore en su gato negro. Los ojos de Donatello brillaron.

ELIO

Héroes anónimos.

Elio estacionó la motocicleta a una distancia prudencial, y apagó las luces. El *Hellcat* de Salvatore frenó frente a un portón de rejas altas que se abrieron con lentitud. La casa hacia esquina entre dos calles iluminadas por un farol de luz débil. Con cautela el auto traspasó las rejas y esperó que éstas volvieran a cerrarse antes de avanzar mucho más adentro. Salvatore apagó las luces al estacionarse en el porche de aquella casa rural. Una camioneta blanca pasó junto a Elio a mínima velocidad y este, alerta, se ocultó detrás de una palmera. La camioneta dejó atrás la casa, cruzó en la esquina, y se detuvo a veinte pasos bajo un tupido árbol de aguacates. Las luces se apagaron, pero nadie bajó del vehículo. Por la actitud del conductor, Elio dedujo que ese auto pertenecía a los hombres de Salvatore. Se internó sigiloso entre las palmeras vecinas, hasta llegar a un muro que bordeaba toda la casa. Siguió el camino alejándose de la fachada principal. Si tenía suerte, conseguiría algún árbol que le permitiera treparse por uno de los laterales. Caminó pegado al muro, como una lagartija, por aquel terreno de al menos cinco acres. En la parte trasera de la casa había una ventana iluminada. Podía asegurar que la silueta de Layla, o de otra mujer de cabello largo, desfilaba de un lado a otro por la habitación. El corazón se le aceleró producto de la adrenalina. Registró el bolsillo del pantalón y sacó el frasco pequeño de vidrio y la jeringa. Vertió el líquido con agilidad en la inyectadora y, tras asegurarla, la regresó a su bolsillo lista para ser usada. De inmediato, palmeó las piedras de coral con las que estaba construido el muro. «Es como la muralla china», pensó midiendo la altura con pocas esperanzas de poder traspasarlo sin tener un punto de apoyo. En medio de aquella oscuridad, un fuerte relincho muy cerca de él lo hizo casi hundirse en la tierra como un avestruz. De pronto, un caballo blanco y grisáceo se fue abriendo paso en la penumbra como una luciérnaga. Elio miró con fascinación cómo el animal se le acercaba con curiosidad. Cayó en cuenta que en la zona de *Horse Country* sobraban las escuelas de equitación y de preparación física para aquellos poderosos animales. Elio le acarició el hocico con suavidad y, cuando sintió confianza, pasó la mano por la cabeza del animal hasta descender por su lomo. El caballo movía la cola satisfecho. Elio se atrevió a hablarle al oído.

—¿Me dejas montarte? Necesito trepar ese condenado muro— le susurró.

El caballo lo bordeó. Elio se congeló intimidado ante el enorme cuerpo del animal, pero éste se le arrimó muy cerca. Elio tomó aquello como un permiso concedido, y volvió a darle una corta caricia antes de iniciar su primer intento de montar el animal sin una silla. Luego del tercer impulso, lo logró. Cuando estuvo sobre el caballo, controló sus ganas de lanzar un alarido de euforia. Le acarició la cabeza agradecido, y lo fue acercando hasta el borde del muro donde, con solo un pequeño impulso, pudo ascender. Elio tomó aire antes de saltar al jardín de la casa y caer de clavado al otro lado, al igual que un avión de papel. Se quedó un instante boca abajo, adolorido. El olor a grama y tierra húmeda le penetró la nariz. Al levantarse sacudió los excesos de tierra en su ropa y avanzó hacia la casa, colándose entre los árboles de frutas plantados allí. A unos cuarenta pasos, se ocultó tras lo que parecía un gallinero hecho con retazos de madera. Las gallinas comenzaron a revolotear alborotadas por su presencia. Elio sintió un fuerte golpe en la cabeza. De pronto, las gallinas ya no cacareaban. El caballo blanco relinchó con fuerza al otro lado del muro. Elio se desconectó, como quien se apaga de golpe.

MARCELLO 1928

¿Cómo creer en un Dios que nunca has visto?

Emiliana y yo caminábamos en absoluto silencio en dirección a su casa. Yo iba con la mirada sobre mis pies, maquinando. Ella dirigía mis pasos y, de tanto en tanto, yo sentía que me observaba con el rabillo del ojo, esperando que le contara sobre mi urgencia de conocer a su padre. Después de unos diez minutos andando, llegamos hasta la fachada de una casa pequeña cubierta por frondosas enredaderas. Subimos dos escalones cortos que conducían al porche. Emiliana jugueteó un instante con las llaves antes de abrir la puerta.

—Espérame aquí —me pidió—. No sé si mi padre ya despertó y, en todo caso, quiero decirle que he venido contigo.

Yo asentí y la invité a que hiciera lo debido. Ella entró cerrando la puerta tras sí y una pequeña cuerda con cascabeles de metal –que colgada de la cerradura– rechinó como campanillas. Caminé inquieto de un lado al otro del porche hasta que noté que la vecina —una anciana de tez morena sentada frente a su puerta— me miraba con curiosidad. Entre sus manos tenía un diario local que en primera plana reseñaba: *"Golpe a la Mafia"*, seguramente haciendo referencia al allanamiento de los contenedores en el puerto. Los cascabeles volvieron a sonar y, entonces, viré hacia la puerta de la casa donde un hombre de barba blanca, pantaloncillos y tirantes, me miraba sereno. Más atrás apareció Emiliana quien, después de darle un corto beso en la mejilla a su padre, se despidió de nosotros.

—Debo estar en la oficina en menos de quince minutos —nos dijo a modo de disculpa—. Ya le expliqué a mi papá que eres un buen amigo. Los dejo solos.

Y sin más, se marchó lanzándonos una última mirada tensa. Noté que al padre le divertía el nerviosismo de su hija e intuí que la conocía lo suficiente como para saber el porqué. Eso me hizo sentir incómodo. El padre, sin decir una palabra, me invitó a entrar. La vecina no nos quitó los ojos de encima hasta que salimos de su ángulo.

—Así que eres un nuevo amigo de mi hija —dijo al tiempo que echaba agua caliente de una tetera en una taza de porcelana blanca—. Me llamo Alfredo Mendoza, por si mi chamaca olvidó mencionártelo.

—Mucho gusto... yo soy Jordi Franco; y gracias por recibirme así de improvisto y tan temprano.

Él me miró un instante en mitad de su psicoanálisis y me sentí aún más incómodo. El hombre sirvió las tazas de té antes de conducirme hasta una habitación pequeña, con luz tenue. Luego me invitó a tomar asiento en un largo sofá.

—Acuéstate si quieres— dijo sentándose detrás de su escritorio. Yo me negué y me senté con la espalda recta detallando lo que parecía ser su consultorio médico. Un solitario girasol reposaba en un diminuto florero sobre la mesa. Del otro lado del escritorio había una taza repleta de lápices con las puntas afiladas, listos para ser usados. Divisé, entre sus libros de psicología, la fotografía de una hermosa mujer con hoyuelos en las mejillas moldeados por su amplia sonrisa.

—Es la madre de mi hija —me dijo al notar mi atención sobre la imagen—. Mi querida Teresa tiene la mismita sonrisa de mi Emiliana, ¿a poco no?

Yo asentí nervioso.

— 'Ora pues, muchacho, cuéntame —me dijo con voz calma—. Mi hija me platicó que quisiste verme en cuanto supiste que soy un psiquiatra que cree en la reencarnación. Dime pa' qué soy bueno.

El doctor Alfredo tenía una mirada serena, como la tienen aquellos con el don de ser pacientes ante los escenarios más tensos de la vida. Él se recostó en el respaldar de su silla dejando claro que esperaría todo el tiempo necesario hasta que yo me sintiera dispuesto a iniciar la conversación. La media luz que se filtraba por las cortinas cerradas dejaba ver el humo que emanaba de la taza con agua caliente. Tras un silencio corto, intenté que fuese él quien me proporcionara más información.

—Sí, ella me contó que usted cree que existe la vida después de la muerte.

—Eso de que "creo" suena muy etéreo. Yo no lo creo, yo tengo la certeza absoluta de que es así. Ésta no es la única vida que nuestras almas han experimentando... ni van a experimentar más adelante.

—¿Hay alguna razón para... volver a vivir?— Le pregunté con la esperanza de encontrar respuestas.

Él despegó su espalda del respaldar y apoyando los codos sobre el escritorio.

—No soy Dios, muchacho... Pero de lo que sí no tengo la menor duda, es que estamos aquí con alguna misión y con muchas lecciones por aprender —el doctor dejó de hablar como buscando las palabras adecuadas—. El alma regresa porque aún no aprende lo que se supone que vino a aprender. Cada vida y cada experiencia es una lección; y sólo cuando estamos preparados, el alma trasciende a otro nivel superior a éste... a otra frecuencia.

Por primera vez desde que desperté en ese apartamento neoyorquino, estaba sintiendo miedo. Miedo a que el doctor tuviese razón. Miedo a descubrir que había muerto en aquel accidente de auto y que ahora estaba aquí, de regreso, para aprender algo; y que, luego, sólo desaparecería desvaneciéndome en la nada.

—Parece que has visto a la huesuda, ¡qué cara pálida traes! —dijo levantándose de su silla para bordear el escritorio y sentarse sobre él, estudiándome—. Suelta lo que te trajo aquí con tanta ansiedad... Por lo general, los chamacos tan jóvenes como tú no piensan en la muerte. En la juventud uno se cree eterno... —me miró frunciendo el ceño, meditabundo—. Si un jovencito como tú ya está pensando en éste tipo de cosas es porque ha tenido alguna experiencia... —Yo asentí, nervioso. Él esperó un instante dándome la oportunidad de expresarme pero, al notar mi silencio, insistió—. ¿Por qué ése interés en saber si hay vida después de la muerte? ¿Se te fue algún familiar?

Me levanté del sofá, inquieto.

—El único que ha muerto soy yo –solté de golpe aunque intuí que él no entendería el significado real de mis palabras—... Y pienso que usted puede ayudarme.

—Y lo quiero hacer, Jordi; sin embargo, necesito que me cuentes exactamente lo que sucede, ¿cómo es eso de que has muerto?

—Creo que yo puedo ser una de ésas almas que regresó por algo pendiente —le dije sintiéndome cada vez más desesperado. Necesitaba ser comprendido—. Sólo eso podría darle sentido a todo lo que estoy viviendo ahora.

Él me miró parco, sin sorpresa, lo que terminó por detonar mi ansiedad. Me abalancé sobre él tomándolo por los hombros.

—¡Tiene que ayudarme! Estoy atrapado en éste cuerpo inútil que no es el mío y no sé cómo salir de él

—Tienes que calmarte —me pidió con serenidad, aún cuando lo estrujé como un muñeco de trapo. Yo seguía con la respiración agitada, incapaz de controlarme—. Necesito que me expliques con detalles todo eso que estás experimentando... de lo contrario, no podré ayudarte. Lo siento mucho.

Lo solté lentamente llevándome ambas manos a la cara, abrumado.

—Mi carnet de identificación dice que me llamo Jordi Franco y que nací hace veinte años en éste país —le dije, descubriendo mi rostro para mirarlo. Por primera vez, entendí que compartíamos la misma ansiedad. Continué mi confesión con voz temblorosa—; pero eso no es verdad, doc. La realidad es que nací en Biella, Italia, bajo el nombre de Marcello Brocchi... en 1972.

Concluí espichándome como un globo sobre el sofá.

El doctor permaneció inmóvil sentado en el escritorio; luego, en voz baja susurró: «Híjole»

Alcé la vista y descubrí el brillo en sus ojos al mirarme como si yo fuera la más pura revelación de su propia fe.

Le conté al doctor Alfredo mi historia. Todo lo que recordaba y lo que creía que había sucedido. Él me escuchó con atención. De momentos tomaba nota en una pequeña libreta que abrazaba entre sus dedos, inquieto. Otras veces me interrumpía para obtener más detalles sobre mi narración; elementos específicos o emociones que me habían generado al recordarlas. Se paseaba por el consultorio cabizbajo, como afinando el oído. Yo intenté darle toda la información que creí relevante, pero no fui capaz de confesarle que era un capo de la mafia italiana. No por él, sino porque temí que tal verdad llegara a oídos de Emiliana. Cuando terminé, esperé que él tuviese alguna reacción; pero permaneció en silencio, mirando al solitario girasol, ido en sus pensamientos. Temí que no creyera en mi testimonio. Deseaba con todas mis fuerzas que él tuviese alguna salida para mi. De pronto, viró para verme y, después de hacerme una corta seña, salió de la habitación sin decir una sola palabra. Bufé frustrado, pero al instante regresó trayendo unos papeles entre las manos que dejó caer sobre la mesa junto a la pequeña libreta.

—¿Qué es eso?— Le pregunté.

—Es el material que he estado escribiendo tras mis estudios de parapsicología y las sesiones de hipnosis — pasó hoja por hoja mostrándome trazos a lápiz como jeroglíficos que iban de un extremo al otro, en una caligrafía cursiva y diminuta. Me señaló un borde del papel pero no comprendí qué decía, aunque él parecía estar preparado para ello—. Esto lo escribí hace unos meses, dice: Carla López, 43 vidas registradas en veinte sesiones de hipnosis. Patrones sanados: Claustrofobia, vértigo y sentimiento de culpa por la muerte de su hermana pequeña —alzó el rostro para mirarme—. La pequeña murió ahogada en una playa, estando bajo su custodia —regresó su atención a la hoja deslizando sus dedos hasta que los posó más abajo en el nombre de Giuseppe Mazzini—. Éste fue un paciente que, durante una de las regresiones, descubrió haber sido un patriota italiano que vivió los años 1800 y.../

Coloqué mi mano sobre las hojas frenando su entusiasmo.

—No tengo tiempo para hablar sobre la vida de otros.

Él suspiró un tanto molesto y, con voz calma, me explicó:

—Lo único que pretendo enseñarte es que mi experiencia fue real y que, además, mis pacientes fueron.../

—Yo le creo, doc –lo interrumpí de nuevo—. No tiene que demostrar nada. Yo mismo acabo de decirle que estoy viviéndolo. Que me veo al espejo y soy otra persona... literalmente.

—Está bien —cedió dejando a un lado el montón de hojas—. ¿Sabes qué es la hipnosis? —Yo negué y él volvió a apoyarse de su escritorio con aspecto relajado—.

La hipnosis en una herramienta que hace que el paciente recuerde instantes olvidados en el tiempo. No es brujería ni nada por el estilo. Lo que sucede es que el cuerpo llega a un estado de calma y concentración tan profundo, que permite agudizar la memoria... no son muchos los pacientes que he tratado con hipnosis. La parapsicología fue algo que comencé a estudiar tras la muerte de mi esposa Teresa; Y cuando traté a mi primer paciente, me cambió para siempre mi perspectiva sobre la psicología tradicional. Por más que mi mente científica se negaba a aceptarlo, esa experiencia me demostró que sí existe la reencarnación... y aún más interesante fue descubrir que las almas van arrastrando o acumulando recuerdos, emociones y hasta posiciones inconscientes sobre un tema que ya hemos experimentado en otras vidas. Después de la experiencia con esa paciente, pasé varios meses dedicado a estudiar profundamente el tema y, cuando me sentí más preparado, comencé a ver a otros pacientes con quienes también viví cosas asombrosas. Logré calmar ansiedades, eliminar fobias, malos hábitos, e incluso los ayudé a mejorar la forma como se relacionaban con los demás —me miró y sonrió—. Por eso confío en que la hipnosis podría ayudarte a ti también, sólo que contigo será diferente...

Se silenció y yo lo miré expectante por un instante, hasta que intuí a qué se refería.

—Creo entender el porqué —dije después de un instante—. Conmigo no sería una regresión o viaje al pasado como con sus otros pacientes. Mi caso es diferente, porque vengo del futuro... ¿Cómo vamos a buscar algo que aún no existe en el tiempo presente?

Él se separó de la mesa y la bordeó para sentarse en su silla.

—Quizá sí existe —dijo tajante—. Como me platicaste, hay memorias que has ido recuperando con el paso de las horas. Ése futuro no existe pa' mi, pero sí está disponible pa' ti, en tu mente. Lo que debemos hacer es tratar de recuperar todos tus recuerdos, hasta encontrar qué fue lo que te sucedió y por qué estás aquí.

Yo me tensé.

—¿Quiere meterse en mi cabeza para averiguar por qué llegué aquí?

Él arqueó una ceja.

—Pos, ¿acaso no es eso lo que quieres averiguar? —me preguntó extrañado—. La neta es que no puedo meterme en tu cabeza, así como así, muchacho. Tú sólo me narrarás todo lo que ves, y yo, nomás te guiaré en el camino —Bajé la vista nervioso, y él volvió a preguntarme suspicaz—. O es que... ¿Hay algo que no me hayas platicado?

Negué rápido, mintiéndole.

—No, ya le dicho todo lo que sé... —apreté los labios nervioso. Por la reacción desconfiada del doctor, supe que no me había creído. Intenté ir al grano—. Quiero saber una cosa antes de empezar: ¿Existe alguna posibilidad de que en ese futuro... yo haya muerto?

Él bajó los hombros mirándome compasivo y, tras un instante que se me hizo eterno, asintió.

El doctor insistió en que me acostara en el sofá con los ojos cerrados. Me hizo concentrar en el ritmo de mi respiración; inhalando y exhalando profunda y calmadamente.

—Libera la tensión de tus músculos —me pidió con voz serena—. Visualízalos a todos relajándose uno a uno. Comienza por los dedos de los pies, luego tus piernas, tu estómago... Cada vértebra de la columna se va suavizando, pasando por tus hombros, cuello... incluso siente cómo los músculos de tu rostro ceden y se relajan.

Poco a poco, me dejé llevar y sentí como si mi cuerpo se derritiera como mantequilla sobre el sofá.

—Ahora, una luz blanca entra por la parte superior de tu cabeza y toma tu cuerpo —decía con voz suave y pausada—. La luz es muy intensa e irá invadiendo todo hasta extenderse en él. Tomará tus músculos. Tus órganos y cada vena por la que tu sangre circula hacia tu corazón.

Una paz que jamás había experimentado me invadió por completo. Un estado de plenitud en el que sólo podía sentir mis pulmones llenándose y vaciándose de aire con lentitud. Segundos después, el doctor inició un conteo de atrás hacia delante —al compás de mi respiración— comenzando por el número 10. Cuando pronunció el número uno, yo apenas podía oír su voz en medio de aquel trance. Me pidió rememorar el primer momento que viví en el apartamento de *Bronx*. Lo recordaba todo nítidamente, como si estuviese viviendo de nuevo cada segundo. Sólo contesté a sus preguntas. Mencioné que mis tatuajes ya no estaban cuando me miraba al espejo. Quiso que le describiera cómo eran esos dibujos y así lo hice, uno por uno. Cuando dejé aquel recuerdo a un lado, intentamos ir un poco más atrás, hasta el accidente en el auto. Le describí que conducía a alta velocidad. Pareció sorprenderle que iba sobre las 120 millas por hora. Divisé la herida similar a un raspón junto al tatuaje de mi brazo.

Luego, le narré cómo un camión se atravesó en mi camino —sin haberlo notado debido a la fuerte lluvia— y cómo atiné a cruzar el volante hacia un costado, saliéndome de la carretera hasta ser atajado por un enorme árbol de ramas frondosas. Le detallé todo lo que me pidió y, cuando concluí mi relato, él insistió en saber si había sucedido algo más después del impacto contra el árbol. Negué con la cabeza. «¿No te ves a ti mismo dentro del auto?», me preguntó. Yo volví a negar. Después de ese momento, mi memoria era como un gran hoyo negro.

Me despertó casi del mismo modo como me hizo entrar en el trance. Poco a poco fui recuperando el poder sobre mi cuerpo y me impresionó recordar todo cuanto había dicho. Noté que el doctor releía las notas que había escrito en su libreta. Divisé que también había hecho un boceto de los tatuajes que le describí. Me preguntó qué significaban aquellas imágenes, pero le mentí diciéndole que no lo recordaba. No podía revelarle que eran símbolos de jerarquía dentro de la organización *Della Croce*; generaría más preguntas que yo no quería responder. Pasamos el resto de la mañana analizando ése recuerdo hasta que miró su reloj de bolsillo y se levantó de la silla.

—Creo que podemos seguir mañana, chamaco— me dijo.

—¿Cómo? —le dije boquiabierto—. Pero... si no hemos descubierto nada nuevo. ¡Lo del accidente yo mismo se lo conté!

—Debes ser paciente si quieres avanzar —me interrumpió—. Esto tomará tiempo y muchas sesiones. Tu cerebro debe descansar por hoy, ¿está bien?

Yo lo miré frustrado e insistí en continuar:

—No estoy cansado, podemos seguir.../

—Dije que mejor le seguimos mañana —se impuso abriéndome la puerta de su consultorio. Yo me levanté sin ánimos—. Quiero estudiar un poco lo que vivimos hoy. Esta experiencia futurista es nueva para mi —se masajeó la cabeza—. Es todo un descubrimiento saber que la memoria es como una liga que se estira y encoge... Que puede ir hacia atrás, pero también hacia adelante... Necesito algo de tiempo para analizar todo esto porque... al final de tu recuerdo en el accidente, pasó algo que no había visto antes.

Yo quedé expectante bajo el umbral de la puerta. Él pareció dudar por un instante si contarme o no, pero finalmente lo soltó:

—Ya no estoy tan seguro que hayas muerto, como te aseguré antes de hacer la hipnosis.

Yo lo miré entre sorprendido y esperanzado.

—Es decir que podré regresar si.../

—Ya te dije que no lo sé, chamaco —me cortó dándome la espalda—. Por regla general, todos mis pacientes han experimentado la muerte casi de la misma manera: sus almas flotan por sobre su cuerpo, se miran a sí mismos ahí, en su lecho de muerte, hasta que ven una luz intensa que los hace trascender a la calma... Pero tú... —viró para mirarme lleno de curiosidad—... tú me has dicho que no experimentaste eso después del accidente. Como si, de pronto, la película se fuese a negro.

Yo asentí entendiendo lo que intentaba decirme.

—¿Entonces qué cree que sucedió?

Él se encogió de hombros.

—Pos, ahora no puedo decirte nada con certeza. Déjame investigar un poco más, y mañana intentamos ir más allá... Pero ahora la única posibilidad que se me ocurre es que tu cuerpo puede estar en estado de coma tras el accidente, y que tú alma lo abandonó para venir hasta aquí... la pregunta es: ¿por qué volver a 1928?, ¿qué te faltó por aprender aquí, en tu vida pasada?

Yo lo miré con la piel erizada incapaz de emitir una palabra.

ELIO

Cuando el pasado se hace pesado.

Cuando Elio abrió los ojos, todo a su alrededor giraba. Se encontró con una habitación vacía y de paredes corroídas por la humedad y el tiempo. Divisó la silueta borrosa de Layla entrando por la puerta con un frasco y una bola de algodón. Elio trató de focalizar la vista en el rostro de su amiga quien se agachó hasta él, mirándolo conmovida.

—Te he cosido un par de puntos —le dijo colocándole el algodón húmedo en la parte trasera de la cabeza. Layla se le acercó, aún más, para hablarle por la bajo—. ¿Cómo me encontraste, eh? Pudiste haber muerto, Elio; lo que hiciste fue una estupidez.

Elio lanzó un quejido cuando el algodón hizo contacto con la herida.

—¡Auch!... Esperaba algo como: Qué alegría verte, Elio —refunfuñó con ironía—. Sí, gracias a Dios que estás bien, yo también te extrañé mucho.

Layla iba a refutarle con una sonrisa pero en esas entró Salvatore. Elio, luciendo un aspecto deplorable, estaba en el suelo, recostado de una pared junto con Layla. Más atrás llegó Charlie mostrando mala cara. Layla se levantó para plantarse frente a Salvatore en una acción protectora hacia Elio. Salvatore rió con sarcasmo de su reacción.

—Tranquila, doctora —le dijo—, no se ponga agresiva que me intimida —Y volvió a reír burlón. Charlie se unió a la risa. Layla, ofendida, se mantuvo firme. Elio, detrás de ella, intentaba ponerse en pie por si solo, palpándose la herida. Salvatore dejó de reír para hablarle a Elio—. Cuando te conocí nunca imaginé que fueses tan testarudo, doctor Valdés.

Layla frunció el ceño y volteó para ver a su amigo quien, a duras penas, se mantuvo en pie sosteniéndose del hombro de ella como un bastón.

—¿Ustedes dos ya se...conocían?— Preguntó ella incapaz de dirigir aquella idea. Elio miró a Salvatore dolido.

—Por desgracia, sí... — balbuceó Elio.

Layla, entre la sorpresa y la duda, preguntó:

—Pero, ¿cómo es posible que.../?

Salvatore la cortó empujándola a un lado para pararse frente a Elio.

—Si estás vivo es gracias a mi, Elio —le dijo con mirada asesina. Este lo veía henchido de una hombría que perturbó por un instante a Salvatore—. Por poco y te ganas una rifa de bala directo al corazón, señor cardiólogo.

Elio miró a Charlie de reojo suponiendo que había sido él quien lo golpeó en la cabeza.

—Quiero saber de dónde o porqué ustedes dos se conocen— insistió Layla interponiéndose entre los dos.

—Eso es lo de menos —le respondió Elio tratando de tranquilizarla, pero sin quitarle la vista de encima a Salvatore—... Una casualidad sin importancia. No sabía que el señor era un criminal; pero ya ves, por eso dicen que uno nunca termina de conocer a la gente, ni aún cuando duermes con ella.

Layla abrió los ojos impactada ante el mensaje superficial que Elio le lanzó. Salvatore, tenso, miró de reojo a Charlie; pero éste no pareció captar el verdadero significado al comentario.

—Charlie te trajo hasta acá para saber qué hacia contigo —dijo Salvatore tratando de desviar la línea de la conversación—. Le pedí que te dejara vivo porque eres útil para el cuidado médico de mi hermano... al menos por ahora... —Se alejó para hablar con Charlie, quien seguía rígido junto a la puerta. Layla captó todo aquel ir y venir de emociones, pero se mantuvo distante—. Vigila los alrededores, Charlie. A partir de éste momento solo nosotros cuatro sabemos lo que está sucediendo en esta casa y así lo vamos a mantener...

—¿Nosotros cuatro nada más? —intervino Elio soltando una risa sarcástica—. Ya párale a las mentiras, Salvatore.

Salvatore giró para mirarlo de mala manera.

—Y tú deja de meterte en lo que no te importa —le gruñó—. Si alguien ajeno a nosotros llega a esta casa fue porque alguien aquí soltó la sopa. Nadie más lo sabe, ¿fui claro? —insistió—. Así que, si en la facultad de medicina les enseñaron a ser inteligentes, entenderán que lo mejor para todos es mantener esto en secreto.

Elio lo miró molesto.

—Si es verdad lo que dices, ¿entonces quién es el hombre de la camioneta blanca que está allá afuera?— Preguntó desafiante.

Salvatore cruzó una rápida mirada con Charlie y se abalanzó sobre Elio, tomándolo por la camisa. Layla ahogó un grito. Elio, asustado, comenzaba a conocer de cerca el lado oscuro de Salvatore y no le gustaba para nada.

—¿De qué camioneta hablas? —le gritó muy cerca de su cara, fuera de sí—. ¡Habla, Elio!

Elio tartamudeó.

—Hay... hay una camioneta blanca... se estacionó a veinte pasos de aquí...llegó después que yo... debe estar afuera escondida bajo un árbol —Salvatore lo zarandeó para soltarlo tomado por los nervios. Charlie salió de inmediato sin esperar la orden. Layla temblaba de pies a cabeza—. Te juro que no sé quién es, Salvatore— le aseguró Elio con voz quebrada.

—¡Mi nombre es *Oneshot!* —Volvió a gritarle—. *¡Oneshot!* Y haré honor a mi nombre si alguno de ustedes se atreve a traicionarme.

Y sin más, salió como una fiera de la habitación. Layla se apresuró a abrazarse a Elio quien, al instante, se espichó como un globo, a punto del desmayo.

MARCELLO 1928

Hay guerras que se pierden de antemano.

Después de mi conversación con el doctor Alfredo regresé a casa y no volví a salir más. Recibí una carta de Randone en la que decía que no saliera de allí hasta que él mismo fuese por mi. Tras el allanamiento, las cosas estaban revueltas dentro de la organización. Creían que algún miembro había fallado al juramento *omertá*[1] y estaba colaborando con la policía. *«Lucky sacó tu nombre a relucir frente a G.M.* –decía la carta de Randone refiriéndose a Giorgio Macerato–, *dijo que le parecía sospechoso la forma como llegaste a nosotros; pero J.C.* –refiriéndose a Joe Cipriani– *te defendió afirmando que él se hacía responsable de ti. Yo sostuve sus palabras al decir que la investigación que ordenaron dio resultados positivos, pero ya sabes que los perjuicios siempre están. Te buscaré cuando las cosas se calmen un poco. No te conviene desaparecer.»*

Me senté en la mesa del comedor a escribir en el cuaderno rojo todo lo que había experimentado aquella mañana con el doctor Alfredo. Pensé en Emiliana y sonreí a solas. Comencé a hacer trazos de su rostro, inspirado a dibujar de nuevo por primera vez en mucho tiempo. Había

---

[1] *"Es el código de honor siciliano que prohíbe informar sobre los delitos considerados asuntos que incumben a las personas implicadas. Esta práctica es muy difundida en casos de delitos graves o en los casos de mafia donde un testimonio o una de las personas incriminadas prefieren permanecer en silencio por miedo de represalias o por proteger a otros culpables. En la cultura de la Mafia, romper el juramento de omertà es punible con la muerte". Wikipedia*

abandonado ese don artístico junto con la infancia que quería dejar atrás. Cuando terminé el retrato me sentí complacido con el resultado. Me pregunté si el doctor le contaría a Emiliana todo lo que había sucedido en aquel consultorio, y eso me generó ansiedad. Decidí llamarlo, así que marqué los números que él me había anotado en un trozo de papel. Cuando me atendió del otro lado del teléfono pareció sorprendido. Le pregunté si todo lo que habíamos conversado lo mantendría en secreto al igual que mi verdadero nombre. Pareció que mi preocupación le divirtió porque soltó una carcajada antes de asegurarme que podía estar tranquilo. «Soy como un cura bajo secreto de confesión —me aseguró—. Tus recuerdos están seguros conmigo, no te preocupes. Te veo mañana». Y colgó.

Después de un rato meditándolo pensé que, ciertamente, no tenía de qué preocuparme. Así como no le conté que padecía un tumor cerebral y que podía morir de un momento a otro, durante el proceso de hipnosis omití algunas cosas y él no se dio cuenta. Mis secretos estaban a salvo conmigo.

Apenas cayó el sol, Randone se apareció en el apartamento. Entró en tromba sin siquiera saludar. Me alargó un papel verde de identificación, pero éste era diferente al que hallé en la billetera de Jordi Franco. Esta no era una licencia de conducir, más bien parecía ser una visa bajo el nombre de Marcello Brocchi, pero con la fotografía de Jordi Franco. Él se desabrochó los botones de su saco y se sentó en el sofá, encendiendo un cigarrillo. Yo dejé el papel de identificación sobre la mesa del centro, y encendí uno para mi.

—Ahora dime, ¿cómo hiciste para conseguir una identificación falsa?

Randone me miró como si estuviese preguntándole algo demasiado tonto, y tal vez tenía razón.

—¿Ya se te olvidó quién soy? —me dijo—. Puedo conseguir este tipo de cosas, legal o ilegalmente, como lo quieras. Ésta tarjeta —la señaló golpeándola con su dedo sobre la mesa— es más que legal. Mañana me dan la licencia de conducir. Pedí permiso dentro de la policía para protegerte de las investigaciones internas de la organización. Si *Della Croce* te rastreara de nuevo, al menos para ellos ya no te llamarás Jordi Franco... ¡Ah!, y como lees ahí —agregó volviendo a señalar la tarjeta sobre las letras escritas a máquina—, dice que naciste en Italia.

Yo asentí sonriendo con ironía. La ceniza de su cigarrillo permanecía suspendida en el aire.

—Eres un jodido policía...

—Cierra la boca, Brocchi —me cortó levantándose para señalarme con su *Camel* a medio fumar. La ceniza cayó al vacío—. No vuelvas a mencionar eso, ¿está claro? Es la regla número uno, si quieres que tú y yo lleguemos vivos a diciembre... —volvió a sentarse, más calmo, hundiendo la colilla del cigarrillo en el cenicero de cristal—. Al igual que Estela, estás conmigo en esto. Si yo caigo, caemos todos.

Yo lo miré sin intimidarme.

—¿Esa es tu relación con Estela? ¿Laboral? —pregunté y él asintió—. Caray, y yo que pensé que te gustaba la chica.

Desestimó mi comentario.

—Nah, nada qué ver con eso. La historia de ésa muchacha es muy dura —dijo recostándose del espaldar del sofá—. Llegó a éste país creyendo en el sueño americano y tuvo la mala suerte de cruzarse con los hombres de Cipriani. Le ofrecieron hacerle el camino más fácil para conseguirle la residencia, y lo único que logró fue que la prostituyeran en uno de sus tantos casinos clandestinos de la ciudad... —Se acercó a mi en complicidad y susurró—: La única diferencia entre ella y el resto de las chicas, es que Estela supo conquistar el corazón del viejo Joe Cipriani.

No me sorprendió aquella información. Había visto el trato de Cipriani hacia ella el día que la conocí y lo mucho que le molestó que Lucky la golpeara.

—Ahora dime algo —cambié el tema y a él pareció sorprenderle mi indiferencia ante la revelación—. ¿Por qué me buscas hoy? Entendí que esperarías que las cosas se calmarán un poco.

Él volvió a recostarse del sofá.

—Es verdad, las cosas están muy tensas después del allanamiento. Las aguas están muy revueltas, pero si desapareces vas alimentar la desconfianza de Lucky y no nos conviene. Si sabías desde un principio quién era yo y no me delataste, creo que puedo confiar en ti... eso sí, necesito saber cuál es tu interés en todo esto. ¿por qué un estadounidense como tú, finge ser un italiano llamado Marcello Brocchi?

Yo estaba preparado para esa pregunta. Así que ya tenía una respuesta: Le diría que la mafia destruyó a mi familia —en este caso la Jordi Franco—, y que yo, el único nieto varón, quería lo mismo que él: Justicia.

—Perdí a mis padres en un coche bomba cuando era niño —mentí con frialdad—. Así que crecí alimentando mi deseo de venganza y aprendí todo sobre los italianos, sus costumbres, su idioma... me preparé durante años para ser uno de ellos y acabar con los responsables... La única manera de llegar hasta el corazón de *Della Croce* era infiltrándome, como tú...

Me tomé un momento para fingir que me afectaba hablar de ello. Randone me miraba boquiabierto. Cuando terminé mi actuación aparenté secarme una lágrima en el borde de los ojos. Él susurró un «lo siento» que yo acepté con una sonrisa forzada. A la gente hay que decirle lo que quiere escuchar. Y en este caso, lo único que un policía honrado como Luigi Randone quiere escuchar, es que cuenta con un aliado a favor de la justicia. Si quería tenerlo de mi lado, debía hacerle sentir que mi lucha era su lucha.

—Te ayudaré en todo lo que necesites para hacer caer a *Della Croce* —concluí—, y me ofrezco para hacer el trabajo sucio si tú no quieres mancharte las manos.

Él se rascó la cabeza digiriendo la información.

—Wao, jamás pensé oír algo así —me dijo—, pero confieso que por alguna razón oírlo me tranquiliza —estiró la mano—, ¿Aliados?

Yo sonreí complacido estrechando su mano con fuerza.

—Como padre, hijo y espíritu santo.

Sellamos el pacto y Randone me pidió que lo acompañara a un restaurante en la Tercera Avenida donde recogería un cargamento, entre cajas de anchoas y limones, para llevarlo a otro lugar. Anchoas con grados de alcohol, deduje.

—Como te dije —siguió Randone—, no quiero que tome fuerza la sospecha de Lucky de que fuiste tú quien hizo la llamada anónima para que la policía cayera en el puerto. Es mejor que te vean conmigo trabajando, tanto como sea posible.

Desestimé el comentario sobre Lucky.

—¡Bah! Él no tiene cómo probar que he sido yo quien llamó a la policía —dije apagando el cigarrillo—. Pero no entiendo cuál es su maldito problema conmigo; qué peligro puedo ser yo para ese infeliz.

—Cuando aparece un buen contrincante uno como luchador lo reconoce —dijo, tomándome por sorpresa su comentario halagador—. Él teme tu ingreso a la organización. Teme que lo desplaces. Nadie se preocupa por algo que no tiene valor y todos los grandes lo han reconocido en ti. ¿O qué crees? ¡No todos los días el temido Joe Cipriani le perdona la vida a alguien del modo como lo hizo contigo! Sea lo que sea que Lucky vio en ti, Cipriani y Macerato, también lo vieron.

—Teme que sus planes se vengan abajo— agregué como si de pronto dejara escapar mis pensamientos. Randone me miró con curiosidad.

—¿De qué planes hablas?

—De ninguno en particular —mentí dándole la espalda para echar agua en un vaso desde el grifo—. Solo sigo tu idea. Si él cree que yo podría desplazarlo, debe temer que acabe con sus planes de crecimiento dentro de las filas. Todo *Capodecina* siempre quiere ser algo más —lo miré por sobre el tope de la cocina para tirarle un mensaje entre líneas—. Tú como consejero de Cipriani y él mismo, son quienes deben cuidarse de las ambiciones de sus hombres.

Ahora fue Randone quien desestimó mi comentario con una señal de manos.

—Ese Lucky sólo sirve para recibir órdenes y matar a sangre fría. Es incapaz de mantener una organización como ésta; no tiene cerebro.

Yo sonreí con ironía

—Error. Jamás subestimes a un hombre con ambiciones —le dije al regresar a la sala—. No hay nada más peligroso que un pendejo con iniciativa. Tú mismo lo has dicho, no le temblaría el pulso para acabar con todo a su paso —Me miró midiendo mis palabras. Quizá el mensaje entre líneas había sido recibido. Yo volví a sonreír y, al pasar junto a él para sentarme en el sofá, le palmeé la espalda—. Creo que conmigo aprenderás muchas cosas, Luigi Randone.

SALVATORE

"Estos ojos que ya no se miran..."

En voz baja, Eli le contaba a Layla cómo conoció a Salvatore unos meses atrás. Ella, nerviosa, miraba de tanto en tanto hacia la puerta. Estaban en la habitación donde reposaba Marcello, atado a la vida por los monitores como si hubiese un hilo invisible.

—Lo conocí en un bar de Miami Beach y me dejó atolondrado desde el primer momento en que me habló — recordaba Elio entristecido—. Pasé semanas yendo al mismo bar con la esperanza de tropezarme con él, solo para preguntarle porqué se había ido al amanecer sin despedirse de mi... Salvatore era otra persona, diferente a la que ves ahora; te lo juro, Layla... Aquella noche, vivimos un cuento corto que me hubiese gustado leer mil veces. Y tú te preguntarás cómo quedé impregnado de él en tan solo una noche —suspiró—, me atrapó su pasión al hablar sobre las cosas más sencillas. Conversamos largamente sobre sus gustos, sus alegrías y los pequeños detalles que despertaban su alma; Hubo una conexión maravillosa, amiga. Pero, viendo a Salvatore ahora, me pregunto si me mintió descaradamente, o si aquella noche él estaba fantaseando con el hombre que soñaba ser. Quizá hablaba de la vida que él hubiese querido tener... o quizá encontró en mi a alguien en quien confiar sus más íntimos deseos. Cuánto extraño a ese Salvatore...

Layla lo escuchó entre sorprendida y desconcertada, con los ojos nublados por las lágrimas.

Elio, como siempre, intentó calmarla haciéndola sonreír:

—¿Ves a qué me refiero cuando te digo que mi vida amorosa es una mierda? ¿No me podía haber enamorado de *Clark Kent*, por ejemplo?

Ella sonrió limpiando sus lágrimas y lo abrazó fuertemente, susurrándole:

—Eres un ser maravilloso, amigo.

Segundos después, Layla se volteó para contemplar a Marcello destilando ira. Elio percibió su reacción, un tanto sorprendido.

—¿Ahora cambió a una relación de amor y odio?— le preguntó.

—Fuimos formados para salvar vidas sin discriminación, pero... éste tipo es un criminal y por su culpa estamos nosotros en peligro... Es obvio que eso cambia un poco la perspectiva de mi ética.

Elio le acarició la mejilla.

—Las apariencias engañan, y no tenemos culpa de eso. Mírame a mi; creí enredarme con un apuesto profesor de italiano y terminó siendo la reencarnación de *Al Capone* —Layla volvió a sonreír—. ¿Cómo sigue él? — le preguntó señalando a Marcello—. ¿Alguna mejoría?

Layla no sabía la respuesta.

—Ya los medicamentos le tenían que haber hecho efecto; pero sin una radiografía no podemos comprobarlo.

Elio miró a Marcello con sentimientos encontrados.

—¿Recuerdas que te comenté en el cafetín del hospital, que me parecía haber visto aquel dibujo del árbol? —Layla asintió—. Pues, tenía que ver con Salvatore. Él lleva uno igual en su pantorrilla; pero no lo recordé hasta hoy. Supongo que el alcohol y su abandono me hizo exiliar las memorias que él dejó...

Layla lo observó preocupada por el tono nostálgico en su voz, que surgía cuando hablaba de Salvatore.

—No me digas que, además de los recuerdos, también se te avivó el amor que sentiste por él.

Elio se alejó, esquivo, y cambió de tema:

—También mató a Miguel, el enfermero de pediatría.

Layla suspiró notando que Elio desvió la conversación adrede para no lidiar con las emociones que le generaba volver a ver a Salvatore. Luego, asintió sin intenciones de presionar a Elio.

—Muchas personas murieron hoy —dijo ella cerrando los ojos y evitando que le brotaran de nuevo las lágrimas—. La verdad es que todo pasó tan rápido; sólo recuerdo que alguien tapó mi boca con un paño y me desmayé. Cuando abrí los ojos estaba en la habitación de al lado y bajo llave.

En ese instante, se escuchó un estruendo en la sala de la casa. Ambos se miraron aterrados e inmóviles, oyendo voces masculinas que discutían a gritos, en italiano. Layla corrió a cerrar la puerta de la habitación, pero una bota se interpuso evitándolo.

Un hombre corpulento y grandulón entró dándole un empujón tan fuerte a Layla que casi la tumba al piso. Portaba un arma larga y lucía una gorra de la liga italiana de fútbol. Les ordenó algo en su idioma que ambos no entendieron. Elio se interpuso entre él y Layla para protegerla, pero el hombre lo apuntó dispuesto a halar el gatillo. La voz de Salvatore retumbó en la habitación.

—¡Baja el arma, cabrón!—, ordenó fiero.

Elio lo vio aparecer por la puerta. Otro hombre, de espaldas a Salvatore, empujó a éste hacia el interior de la habitación también apuntándolo con un arma corta. Era Donatello.

—Ambos son los médicos de Marcello —dijo Salvatore con la vista clavada sobre Elio, como pidiéndole que le siguiera el juego de palabras—. Si los matas, Marcello también morirá; y creo que la orden, por ahora, es mantenerlo con vida, ¿no es así, lame culo?

Donatello lo golpeó con la cacha de su arma, haciendo que Salvatore doblara un pocos las rodillas.

—Arggg —Salvatore soltó un quejido, pero no se intimidó—. Por tu bien que yo no salga vivo de aquí, Donatello, porque no tendré piedad contigo.

Elio tragó grueso y cruzó una rápida mirada con Layla, quien se abrazó a su amigo sintiéndose vulnerable.

—¿Cómo sabes que la orden no es matarlos a los cuatro?— Le preguntó Donatello ignorando las amenazas de Salvatore, quien miraba con odio contenido al grandulón que seguía apuntando con su arma larga a ambos médicos.

—Porque conozco muy bien a mi padrastro —le dijo seguro de sí—. Él no se perderá un momento tan crucial como este.

Donatello sonrió con cinismo.

—Y yo que siempre subestimé tu inteligencia creyendo que tenías más instinto que cerebro —le dijo Donatello, antes de buscar la atención del grandulón para darle una orden—. Rastrea los alrededores que éste infeliz nunca está con las espaldas tan descubiertas... algún otro mandril tendrá por ahí.

—Es más peligroso que te quedes aquí con nosotros tres, Donatello— le advirtió Salvatore.

Donatello soltó una carcajada burlona.

—Este par sólo sabe salvar vidas, no quitarlas... —miró a Elio, a quien le lanzó una mirada de desprecio—. Y si son dos niñas, mucho menos.

Salvatore apretó los puños como si sujetara allí toda su ira. Layla miró a Elio de reojo, atenta a su reacción. Él parecía tener todos los músculos de su cara contraídos y, poco a poco, su rostro se fue tiñendo de rojo por la rabia.

—Vamos, todos afuera —les ordenó Donatello—. Tú, Salvatore, deja tu arma sobre la cama donde yo la vea —lo empujó—. Con calma que te tengo en la mirilla, eh.

Salvatore obedeció y caminó arrastrando los pies hasta la cama donde Marcello reposaba ajeno a todo lo que sucedía a su alrededor. Salvatore contempló a su hermano un instante como si añorara tenerlo —como tantas veces lo tuvo— peleando hombro a hombro con él. Depositó su arma sobre el pecho de Marcello con cierto aire de despedida, como el boxeador que cuelga los guantes en símbolo de retiro. Donatello río a sus espaldas con sarcasmo.

—No creo que necesite un arma en el infierno, Salvatore —le dijo Donatello yendo hasta él para empujarlo de nuevo hacia la puerta y salir de la habitación—. No sabía que un hombre tan rudo como tú terminaría siendo tan cursi. ¡Vamos, todos a la sala!

Donatello dio la espalda siguiéndole los pasos a Salvatore, quien ahora iba adelante inmovilizado por el arma. Layla avanzó para seguirlos, pero Elio la frenó adelantándose él; y en un rápido movimiento sacó la jeringa que traía en el bolsillo de su pantalón. Se abalanzó sobre Donatello y le clavó la aguja directamente en la yugular. Éste, tomado por sorpresa, ahogó un grito de dolor. Salvatore giró para descubrir lo que había pasado, y se encontró con el rostro descompuesto de Donatello, quien soltó el arma incapaz de moverse. Salvatore vio a

Elio aferrado al cuello de Donatello como si fuera un vampiro. Donatello cayó de rodillas y, luego, se desvaneció en el piso como una marioneta cuando le cortan las cuerdas.

MARCELLO 1928

Del pasado no puedes huir... es como la sombra que te pisa los talones.

Golpeé con los nudillos la puerta del doctor Alfredo. Venía de dos días de estar con Randone, de un lado a otro de la ciudad, distribuyendo mercancía camuflada en las cajas de vegetales para abastecer los restaurantes. El doctor había prometido contactarme al siguiente día de la primera hipnosis, pero eso no sucedió. Tampoco contestaba mis llamadas, evadiéndome. Aquella mañana pasé por el periódico buscando a Emiliana intentando saber lo que sucedía; pero al no encontrarla, tomé la decisión de ir hasta su casa y averiguarlo por mi propia cuenta. Volví a tocar la puerta un par de veces más, insistente. La vecina de Alfredo estaba sentada en el mismo lugar que la vi la primera vez, mirándome con el rabillo del ojo mientras tejía un suéter de lana. De pronto, la puerta de la casa se abrió haciendo sonar el cascabel, y el doctor apareció a medio vestir.

—Ya han pasado dos días y no atiende mis llamadas. Emiliana tampoco —le dije controlando mi ansiedad—. ¿Qué sucede?

—Me vale madre. Vete y no vuelvas— me pidió.

Cuando iba a refutar, me cerró la puerta en las narices. Volví a golpear con más fuerza al tiempo que gritaba hacia el interior.

—¡Doctor, abra la maldita puerta o le juro que.../!

El doctor abrió de nuevo, silenciándome. Lo miré agitado, bajando la guardia. La vecina ya se había puesto de pie junto a la pequeña cerca que separaba una casa de la otra, mirándonos con preocupación. Le preguntó al doctor si quería que llamase a la policía, pero él se negó alzando su mano.

—Gracias, Pam, pero no es necesario —le dijo, luego, sin quitarme la vista de encima y, de manera significativa, agregó—: el muchacho sabe que no le conviene insistir.

—No iré a ningún lado —le dije sin intimidarme ante su advertencia—. Al menos no hasta que usted escuche lo que he venido a decirle.

Él miró a la vecina de reojo, quien seguía atenta al otro lado de la cerca. Tras un instante, Alfredo cedió abriendo la puerta para darme paso hacia el interior. Nos quedamos largo rato en un silencio incómodo, en el recibidor que unía la sala con la cocina.

—¿Cuál es su problema? —le pregunté—. Me echa de su casa como si fuese un delincuente.

Él permaneció en el mismo lugar, marcando distancia.

—¿Y no lo eres? —preguntó mientras yo lo miraba sorprendido por su acusación. Al notar mi espasmo, siguió—. ¿O me vas a decir que has sido del todo sincero conmigo? Te abrí las puertas de mi casa y te ofrecí mi ayuda.

—No entiendo —le dije—. Tengo dos días esperando que se ponga en contacto conmigo y, evidentemente, me perdí de algo porque no entiendo de qué carajo me habla, doc.

Él sacó una hoja del bolsillo de su pantalón y, tras desdoblarla, me la entregó. Yo la tomé, aturdido.

—Luego de que terminamos la sesión de hipnosis me puse a leer lo que habíamos conversado y a investigar sobre el tema, consultando algunos textos. Entre ellos, hallé eso —me dijo señalando la hoja que yo leía tenso. La imagen del árbol frondoso con la espada y la llave entrecruzada estaba perfectamente explicada ahí—. Es un símbolo de origen italiano con más de 200 años. Sólo los miembros de alta jerarquía tienen derecho de llevarlo. Eras el líder de una poderosa organización de la mafia italiana, pinche pendejo, ¡y creías que no lo iba a descubrir!

Alcé la vista para mirarlo, pero sólo hallé el rostro de Emiliana a sus espaldas, quien nos miraba boquiabierta desde las escaleras que conducían hacia las habitaciones.

—¿Eres un mafioso? —preguntó ella cuando nuestras miradas se cruzaron. El doctor Alfredo también viró nervioso al encuentro con su hija—. ¿Por eso sabías lo del tráfico de botellas de whisky en los contenedores?

El doctor Alfredo regresó su vista sobre mi, inquisidor.

—¡Ahora sí ya te cargó la huesuda, cabrón!

Y se me lanzó encima a puño cerrado.

—Tengo una explicación para eso —le grité al doctor Alfredo cuando logré inmovilizarlo en el suelo de la sala. Emiliana, en medio de gritos, suplicaba que parásemos de pelear. El doctor me miraba agitado, pero incapaz de moverse bajo mi cuerpo. Insistí evitando pegarle—. Necesito que se calme y me escuche: usted tenía razón, comprobé que después del accidente, quedé en estado de coma...

Emiliana miró a su padre sin entender de qué se trataba.

—¿Qué está pasando aquí, pá?— Le preguntó ella.

—Luego te explico, mija —le dijo él. Me empujó—. Y tú, quítate de encima mío, hijo de la chingada.

—¿Se quedará quieto? —le pregunté—. No quiero pelearme con usted, doc.

El doctor miró a Emiliana, llorosa e intranquila, y por ella, cedió.

—Órale, suéltame ya —me ordenó y yo obedecí dudoso. Luego miró a Emiliana—. Déjame a solas con él, mija. Después tú y yo platicaremos de esto.

Emiliana, también insegura, dio la espalda y se marchó escaleras arriba sin siquiera mirarme. Yo hice el ademán de ir tras ella, pero el doctor me detuvo como una pared.

—Si quieres que te ayude, te quiero lejos de mi hija.

Yo desistí y me señaló el pasillo en dirección a su consultorio.

—Si no le dije lo del tatuaje fue por temor a que se negara a seguir ayudándome —le expliqué sentándome en el sofá. Él se sentó en la silla del escritorio molesto. Yo intenté convencerlo—. No le mentí cuando le dije que tengo pocos recuerdos de mi vida; pero aún así tiene razón, allá era el líder de una organización que usted debe haber escuchado: *Della Croce*... y aquel accidente que le conté se produjo huyendo de la policía.

El doctor se recostó de la silla como superado por la situación.

—Al chile, Marcello, dime cómo comprobaste que tu cuerpo en aquella vida está en coma.

Sollocé contrariado por su trato; pero retomé mi relato contándole que la noche anterior, después de cenar con Randone, un amigo, regresé a casa caminando solo y que de pronto, sentí como si alguien me hablara al oído, en un susurro débil e ininteligible. Cuando volteé el rostro, asustado, comprobé que la calle estaba desolada. Volví a escuchar la voz, débil como el zumbido de un mosquito. Intenté mantener la calma para entender qué decía y descubrí que esa voz ya la había escuchado días antes.

—Esa misma voz de mujer la había escuchado anteriormente, en mi apartamento... es muy extraño— concluí.

—¿Qué decía la voz?

—Me llamó por mi nombre... —aseguré, y el doctor frunció el ceño—. La voz dijo: «Marcello, reacciona, por favor... o yo moriré junto contigo...» —Alfredo se levantó y comenzó a caminar lentamente con los brazos entrecruzados, taciturno. Yo continúe—: La voz se fue haciendo cada vez más fuerte, al igual que sus súplicas. Podría asegurar que hasta la escuché llorar bajito... pude percibir el miedo en su voz.

El doctor Alfredo detuvo su andar para mirarme lleno de curiosidad.

—¿Reconociste su voz? ¿Era tu madre, tu hermana, tu esposa...?

—Pienso que puede ser una doctora o... tal vez una enfermera. Tiene que ser alguien que está cuidándome, porque no existen otras mujeres en mi vida —le confesé—. Amantes sí, tuve muchas, pero con ninguna llegué a casarme... cualquier compromiso que una mujer adquiera conmigo, significaría también su sentencia a muerte. Los hombres como yo, doc, no nacimos para darle amor a nadie, porque todo aquello que tocamos se marchita.

El doctor echó una mirada hacia la puerta y noté que su mente se fue con Emiliana, temiendo por ella.

—Tranquilo, doc —le dije—, cumpliré lo que me pidió: me alejaré de ella porque yo tampoco quiero ponerla en peligro. Su hija... significa mucho para mi.

Él despegó la vista de la puerta para mirarme, pero seguía intranquilo.

—¿Es verdad lo que dijo Emiliana? ¿Tuviste algo que ver con ésa noticia del puerto? —Yo desvié la mirada, y él se abalanzó sobre mi tomándome por la camisa—. Dime de una vez si éstas enredado otra vez con la mafia, cabrón. No quiero a un delincuente cerca de mi chamaca, ni de mi casa... ¡por culpa de infelices como tú, mi Teresa está muerta! Y me empujó de vuelta al sofá. Yo lo dejé expresar su rabia contenida. Golpeó la mesa con el puño y se quedó allí, con la cabeza gacha, muy afectado.

—Lamento lo de su esposa —le dije tras un instante silencioso, durante el cual él permaneció en la misma posición—. Ya le di mi palabra: no pondré a su hija en peligro. Sólo le di la noticia que ella necesitaba para catapultarse profesionalmente... nada más —Él me echó una rápida mirada no muy convencido. Yo agregué—: Lo que no puedo prometerle es que me alejaré de la organización.

El doctor Alfredo suspiró contrariado y se recompuso para mirarme.

—¿Crees que estando con ellos te hará regresar a donde perteneces?— Preguntó.

—Lo primero que se me ocurrió cuando todo esto comenzó —dije—, fue buscarlos a ellos y a mis antepasados. No me juzgue, es lo único que conozco. No sé ser otra persona, doc.

—Si existe un modo de hacerte volver, no creo que sea enredándote de nuevo con la mafia.

Yo lo miré en silencio un instante, meditando sus palabras.

—¿Se acuerda cuando me dijo que el alma regresa porque dejó algo pendiente? —le pregunté, y él asintió—. Pues creo que tiene razón en eso y, para su información, no estoy con esta gente porque pienso que me harán volver... al contrario, he decidido que si es verdad que estoy en coma, no quiero despertar.

Él me miró como si de pronto yo hubiese perdido la cordura.

—¿Qué dices? —me preguntó indignado—... Si es verdad que una mujer está cuidándote, ¡quizá su vida sí depende de que tú despiertes!

—Su vida no es asunto mío —le dije, y Alfredo me miró aturdido por mi frialdad—. No me mire así, doc. Tengo mis razones para no querer regresar.

—¿Qué puede ser más importante que la vida de una persona y, más aún, que la tuya propia?

—Aquí me reencontré con mi madre y voy a evitar que ella muera en ese accidente, aunque eso cueste la vida de unos cuantos.

Alfredo se dejó caer en su silla, perplejo.

ELIO

La vida no cambia. Cambiamos nosotros.

Elio observaba el cuerpo inerte de Donatello tirado en el suelo boca abajo. La jeringa, aún en su mano, temblaba ligeramente.

—¿Lo... mataste?— Le preguntó Layla con voz entrecortada.

Elio no contestó. Estaba en shock, como asimilando con sorpresa lo que él mismo había hecho. Salvatore, por su parte más frío, tomó el arma de Donatello y pasó por sobre el cuerpo de éste para agarrar a Elio por los hombros obligándolo a verlo a los ojos.

—Tengo que salir por el grandulón —dijo Salvatore—. Estoy seguro que no tenemos mucho tiempo. Gaetano no debe tardar en llegar. Tenemos que salir de aquí cuánto antes.

Salvatore se dispuso a abandonar la habitación, pero Elio lo detuvo balbuceando unas palabras.

—Éste también volverá —le dijo señalando a Donatello. Salvatore esbozó una sonrisa, como si supiera de antemano que no estaba muerto. Layla soltó aire aliviada y se agachó para comprobar el pulso—. Sólo está... anestesiado —Elio se apresuró a explicarles—. Le inyecté una fuerte dosis... legal...

—Eso pensé... Gracias por reaccionar...nos has salvado a todos —le dijo Salvatore sin dureza en su rostro, lo que sorprendió a Layla y al mismo Elio—. En el clóset hay cuerdas suficientes. Ustedes amárrenlo para ocultarlo en la otra habitación mientras salimos de aquí.

Y sin más, Salvatore se alejó por el pasillo hacia la sala.

—No dejas de sorprenderme, Elio Valdés— dijo ella viendo el cuerpo de Donatello.

—Era nuestra vida o la de él, Layla. Si voy a morir no será como un cobarde.

Ella lo miró orgullosa y se dispuso a sacar las cuerdas del clóset, cuando Elio agregó:

—Hay algo que Salvatore no sabe... y es que la policía podría llegar en cualquier momento —Layla reaccionó con sorpresa sin saber qué decir—... cuando descubrí dónde estabas, pedí que le dijeran al detective Randone... sólo espero que el mensaje le haya sido entregado.

—Si Salvatore se entera... nos matará.

Elio terminó por sacar las cuerdas del clóset sin decir nada más. Ella, comprendiendo que ya era demasiado tarde para evitar los daños, lo siguió en su acción hasta que amarraron a Donatello de manos y pies. El cuerpo pesaba el doble de lo natural, lo que hacía difícil la tarea. Una vez inmovilizado, le colocaron una gaza con cinta adhesiva en la boca; y lo arrastraron hasta la otra habitación para encerrarlo en el clóset. Estando ahí, escucharon una detonación en el exterior. Ambos se miraron agitados, previendo tal vez que había llegado el momento.

—¿Será la policía?— Le preguntó Layla esperanzada.

Se oyeron dos disparos más y la puerta de la casa se abrió con brusquedad. Elio colocó su dedo índice sobre los labios de ella, pidiéndole silencio. Ambos, precavidos, corrieron a esconderse tras la puerta entreabierta de la habitación. Unos pasos fuertes y sonoros se fueron aproximando por el pasillo, con tal calma que parecían ir haciendo un camino al andar, cauteloso y mortal. Elio le hizo una seña a Layla para que mantuviese la calma y ésta, con los ojos desorbitados por el miedo, contenía la respiración. A través de la ranura entre la puerta y la pared, pudieron ver a un hombre de traje elegante y cabello canoso que se detuvo, precisamente, frente a la habitación donde estaban escondidos. Layla cerró los ojos como si aquella acción los hiciera invisible. El hombre contempló por un instante el cuarto vacío, y siguió hasta el fondo del pasillo en dirección a la habitación de Marcello.

—Debe ser el padrastro— susurró Layla.

Elio, también temblando de miedo, la apretó fuerte contra él, protegiéndola. Ninguno de los dos volvió a abrir la boca. Las palabras sobran cuando la muerte asecha.

MARCELLO 1928

¿Y si pudieses reescribir el pasado?

—¿Me estás insinuando que quieres cambiar el destino, Marcello?— Me preguntó el doctor Alfredo desde su silla ya más sereno.

Yo me levanté del sofá para caminar inquieto.

—Entienda mi posición, doc. Mi madre murió en un accidente de avioneta cuando yo era apenas un bebé —le contaba—... y de pronto la veo... aquí... viva.

El doctor Alfredo sacó un pañuelo mal doblado del bolsillo de su pantalón y se secó el sudor de la frente.

—Lo que aspiras hacer no tiene ningún sentido —dijo volviendo a guardar el pañuelo. Noté que me veía compasivo—. No eres Dios, chamaco. No puedes cambiar el rumbo de las cosas así nomás —escuchar aquello me molestó. Él se levantó de su silla para posar su mano sobre mi hombro—. No me mires así. Lo que pretendes hacer es imposible... Además, faltan muchos años para ése accidente, ¿cómo harás para evitar que eso suceda? O en todo caso, ¿qué garantías tienes de que estarás vivo para ése momento? Si eras un bebé cuando eso sucedió, significa que tu alma debe abandonar éste cuerpo que llevas ahora para poder nacer en 1972.

Yo lo miré pensativo. Recordé por un instante el tumor que está creciendo en mi cabeza, pero no se lo dije.

—Debe haber una manera en que yo pueda evitarlo... — susurré, queriendo tener la razón.

—No puedes cambiar el destino, Marcello— insistió él.

—¡Cómo puede estar tan seguro! —Grité irritado— Acaso si tuviera una mínima posibilidad de salvar a su esposa Teresa, ¿no lo intentaría? —Él enmudeció. Yo insistí, furioso—. ¡Respóndame, maldita sea!

Al instante me sentí pésimo.

—Lamento haber dicho eso, doc— logré afirmar, y él regresó a su silla, derrotado.

—No, mijo, tienes razón —dijo en un hilo de voz con los ojos llenos de lágrimas—. Si yo tuviese una sola oportunidad para evitar que Teresa fuese a ese viaje a Alemania y abordara ése chingado tren, la tomaría... Como dicen en mi tierra: hay que rifársela... ¿Tienes algún plan?

Yo le sonreí agradecido.

—La verdad no —le confesé— pero, primero quiero probar si esto es posible con alguien más —él arrugó el rostro al no entender a qué me refería. Tomé aire e intenté explicarme—. Sé que uno de los hombres de la mafia morirá asesinado en cualquier momento, pero no sé qué día.../

—¿Cómo sabes que lo matarán?— Me cortó curioso.

—Cuando era niño, mi padre siempre me contaba sobre los grandes capos de la mafia. Eran como lecciones que yo debía aprender; y lo que él no me contó, lo fui aprendiendo yo solo con los años... Tenemos que cazar los recuerdos que andan como náufragos en mi mente... allí están las respuestas.

Él asintió con expresión insegura.

—Entiendo... Y si descubrimos qué día lo asesinan, ¿qué harás?

—Evitar que suceda —dije seguro de mis palabras—, y así comprobaremos si puedo o no, cambiar el destino de alguien que ya está condenado a muerte.

El doctor y yo tuvimos una intensa jornada de análisis sobre la mafia. Luego, estuvimos en la cocina mientras él calentaba unos tamales para el almuerzo. De tanto en tanto, yo miraba hacia la escalera con la esperanza de que Emiliana emergiera de ella; pero eso no sucedió y no la volví a ver mientras estuve allí. Cuando retomamos la charla en el consultorio decidí no ocultarle ningún otro detalle al doctor Alfredo. Aunque sí, omití sólo uno: que padecía un tumor cerebral que, de un momento a otro, me llevaría a la muerte. Me pareció que esa información ahora era irrelevante. No quería desviar su atención hacia otra cosa que no fuese averiguar la fecha exacta en que estaba previsto el asesinato de Joe Cipriani. Si lograba evitar su muerte, sería una prueba irrevocable de que el destino es manipulable y, con ello, tendría la esperanza de salvar a mi madre de aquel accidente.

Así que le conté todo lo que recordaba sobre *Della Croce* y cómo funcionaba la organización; la pirámide de jerarquía y la función de cada uno dentro de ésa estructura. Él me escuchaba con atención y, de tanto en tanto, asentía comprendiendo los detalles y preguntando algún otro.

—Todo lo que me cuentas es increíble y espantoso a la vez. ¿Cómo puedes vivir de ese modo?

Yo me encogí de hombros.

—Es un sistema de poder como cualquier otro, doc. Así funcionan los Gobiernos, pero los ciudadanos nunca se enteran de todas las muertes y el horror que produce mantenerse en la cúspide. Los sistemas de Gobierno son como un sólo cuerpo conformado por políticos, policías y mafia... "padre, hijo y espíritu santo". Ahora —le dije sincero—, yo nunca escogí ser el hijo de un mafioso. Hay pesos que la vida te otorga sin derecho a réplica... hay personas que no sólo heredan un apellido o un bien material sino también, como yo, heredan los odios. Y no queda otra opción más que sobrevivir o morir. Yo escogí sobrevivir.

El doctor Alfredo suspiró contrariado.

—En ese punto tienes razón, pero... ¿no pueden simplemente desertar, tomar otro camino y hacer la diferencia?

—El compromiso adquirido sólo se termina el día de tu muerte y, aún así, las responsabilidades caen sobre alguno de los hijos, hermanos, sobrinos... el elegido. Es una cadena sin fin. La mafia no olvida. —Me recosté del sofá cruzando las manos sobre mi pecho—. Si hay algo que usted debe aprender sobre la mafia italiana es que ésta se maneja por códigos y su columna vertebral es la familia. Así nos vemos unos a otros, por eso es tan grave cuando algún miembro comete una traición.

—Pero he sabido de mafiosos que se matan entre ellos.

—Claro, nunca falta algún ambicioso que desate una guerra de poder; pero cuando eso sucede se parece más a un exterminio. Ninguno dejará a la familia del otro con vida. Y el único que llegue a sobrevivir hará la generación de relevo. Eso pasa cada diez o quince años... –le advertí–. Ahora, si salvamos a Joe Cipriani, se salvará una generación entera.

—¿Habrá una guerra entre ustedes?

—Sí. La muerte de Joe Cipriani desatará una purgación de esas, doc. Su muerte será planificada por su mano derecha, Lucky Costello. Ése infeliz jugará a la táctica de Napoleón: Divide y reinarás. Y, si sucede lo que está destinado, esa estrategia funcionará y el reino será suyo; pero correrá mucha sangre por estas calles. —Viré el rostro para mirar al doctor Alfredo que me contemplaba nervioso—. Para nosotros la verdad constituye un bien precioso. Cuando alguien se inicia en esto, jura que no mentirá a ningún otro mafioso, pertenezca o no a su misma familia; por eso, cuando esa premisa no se cumple, se toma como traición y se cobra con la muerte.

El doctor se recostó en la silla masajeando sus sienes, abrumado por tanta información. Nos quedamos en un silencio espeso.

—¿Y si algo sale mal? —dejó escapar, de pronto, en un susurro débil—. Si de pronto salvas al tal Joe Cipriani y las consecuencias son aún peores... ¿Qué sería de éste país si *Abraham Lincoln* no hubiese sido asesinado?... ¿O si el atentando de *Sarajevo* no sucede, habría estallado igual la *Gran Guerra*?

—¿*La Primera Guerra Mundial*, dices?

Él abrió los ojos como un búho.

—¿La Primera? ¡Qué onda, Marcello, cómo está eso de que la primera! ¿Es que hay otra?

Cerré los ojos y suspiré, paciente.

—Si, doc, habrá una *Segunda Guerra Mundial* y será más sangrienta que la Primera.

—¡Híjole! —le escuché decir lleno de espanto—. ¡¿Y cuándo sucederá eso?!

—1939 —le dije. Él se llevó ambas manos a la cabeza, temiendo el futuro. Yo intenté traerlo de nuevo a lo que me interesaba de momento—. Escuche, doc. No hay manera de saber cómo sería Estados Unidos si *Lincoln* estuviese vivo ahora. No podemos imaginar si sería o no, un mejor lugar para vivir... Es probable que usted tenga razón y que sí se produzcan consecuencias por querer cambiarle el destino a alguien. Todo acto conlleva algún otro, pero estoy dispuesto a todo por mi familia... Si lo hacemos y funciona, quizá hasta me planteé luego la idea de viajar a Alemania con otro propósito más ambicioso.

Él parecía no entender aún cuál era mi propósito. Yo volví a cerrar los ojos, casi listo para otra sesión de hipnosis.

—En el país donde murió su esposa se está gestando el genocida más grande de la historia del mundo... él será quien genere el segundo enfrentamiento mundial. Se llama *Adolf Hitler.*

El doctor me abordó, sorprendido por tal ambición mía.

—¿Y qué? ¿Irás a matarlo? —Preguntó soltando una risa nerviosa—. Estás demente, cabrón.

Yo abrí de nuevo los ojos y me reí con sarcasmo.

—¿Ésa es una opinión emocional o clínica?— Le pregunté.

Ambos reímos un instante y volvimos a quedarnos en silencio, pensativos.

—Desde que comencé a tratar pacientes — retomó el diálogo—, a conversar con colegas de la Universidad de Virginia, y a leer mucho sobre la reencarnación, mi idea sobre la psicología ha cambiado de forma radical —me confesó—. Jamás pensé que escucharía historias como ésta sin pensar que estaba frente a alguien con un cuadro patológico de clara demencia o algo similar...

—Es probable que yo no sea el único que tiene algo que aprender aquí, doc...

Él asintió.

—¿Alguna idea de cómo arrancar? —me preguntó—. ¿Alguna edad por la que podamos empezar?

—No, pero conocí a la familia Cipriani por mi padre –le dije—, y con él viví hasta la mayoría de edad.

—¿También murió tu padre?— Indagó.

—No... yo me fui de casa.

—¿Por qué tan joven? ¿Estabas estudiando?

—No precisamente. Mi padre fue quien planeó la muerte de mi madre, doc —le dije. El doctor contuvo el aliento, sorprendido—, ya irá descubriendo usted mismo los detalles. Pero le advierto que si no logro evitar que mi madre suba a ésa avioneta, entonces lo haré matando a mi propio padre.

Alfredo palideció.

—Veo a Salvatore llegar a la casa en brazos de mi papá— le contaba al doctor en medio de la hipnosis.

—¿Quién es Salvatore?

—Un niño al que mi padre crió como a un hijo, y al que yo aprendí a querer como un hermano...

—¿Qué más ves?

—Salvatore no deja de llorar, está asustado. Apenas tiene cinco años y hay manchas de sangre en su ropa, al igual que en la de mi padre. Noemí sale de la cocina a la carrera. Es la empleada doméstica y carga a Salvatore para llevárselo con ella.

—¿Y tú, dónde estás?

—Yo estoy mirando todo desde la mitad de la escalera. Le pregunto a mi padre quién es el niño y él mira sus manos llenas de sangre. No me responde. Insisto y le pregunto si ése niño ahora vivirá con nosotros. Él sólo me mira con gesto descompuesto y asiente, alejándose hacia el interior de la casa sin decir nada más.

—¿Qué edad tenías ahí?

—Siete...

—Busquemos la primera vez que escuchaste de la familia Cipriani, ¿a qué edad fue eso?

—A los 10 años.

—¿Recuerdas el momento exacto en que sucedió?

—Sí. Mi abuela está con mi padre hablando sobre la maldición de la familia Cipriani. Mi padre toma su saco y se despide de ella. Cuando escucho rugir el motor de su

Alfa Romeo, corro hacia su despacho. Deslizo mis dedos por sus libros buscando si hay alguno que hable de ésa maldición familiar; pero no hay nada... —¡Espere! —dije sobresaltado—. Encontré un folder con recortes de periódicos. Son muchas hojas. Escucho ruidos en el exterior y, nervioso, me oculto bajo la mesa conteniendo el aliento. Los pasos se alejan y vuelvo a respirar aliviado. Reviso el folder. Hay un recorte que habla del asesinato de Joe Cipriani... fue asesinado de un disparo en la nuca mientras comía en un restaurante de Little Italy, en New York. Se declara que fue un ajuste de cuentas, pero aún no hallan pistas de su asesino.

—¿De qué fecha es el periódico, Marcello? ¿La llegas a ver?

—*11 de noviembre de 1928.*

—Debió morir el día antes, ¿no? ¡Estamos cerca de esa fecha!

—*Sí. Dice «días atrás, cuando murió el conocido empresario Joe Cipriani», pero no especifica con exactitud cuál fue el día en que murió.*

Hubo silencio. Empecé a respirar agitado. Las lágrimas comenzaron a correr por mis mejillas. El doctor Alfredo me preguntó qué estaba sucediendo.

—*Hay recortes sobre el accidente de mi madre. Tienen su foto junto a la avioneta echa trizas... sigo buscando más y encuentro otros dos recortes que reseñan el incidente. Se abre la puerta del despacho y yo me hago un ovillo bajo la mesa, asustado. Salvatore se asoma y me descubre. Dice que le dirá a mi padre que yo estaba revisando sus cosas. Le pido que calle. Discutimos. Me quita los recortes. Lo golpeo con el puño cerrado. Un hilo de sangre le brota del labio inferior. Sale de la habitación llorando. Corro a recoger los recortes que quedaron arrugados en el piso, y los guardo en el bolsillo de mi pantalón... regreso el folder a su lugar y salgo de allí muy asustado.*

—¿Qué hiciste luego con los recortes?

—*Los oculto en una caja de madera junto con mis pinturas, en la parte superior del clóset de mi habitación y me encierro en él, muy asustado... ¡Sácame de aquí, doc!*

Alfredo me hizo reaccionar de la hipnosis. La cabeza me iba a estallar. Nos quedamos largo rato en silencio con la mirada perdida en un punto nulo de la habitación. Hasta ese momento, no recordaba cómo obtuve aquellos recortes que luego, tiempo después, mi padre quemaría haciendo una hoguera en el jardín con mi caja de madera. Había recuperado aquel instante y había hallado la fecha aproximada del asesinato.

—Joe Cipriani podría morir en cualquier momento —dijo el doctor Alfredo rompiendo el silencio—. Debes estar alerta.

Yo asentí sobrecargado por los recuerdos. Él seguía tomando notas en su libreta.

—Entiendo que la relación que tienes con tu padre es pésima, pero ¿y tu relación con Salvatore?— Me preguntó mientras escribía.

—Mi padre fue amoldando a Salvatore a su imagen y semejanza, hasta hacer de él, su obra maestra —Alfredo despegó la vista de la libreta para mirarme con atención. Yo acaricié mis sienes con la yema de los dedos—. Nunca nos enemistamos porque hicimos un pacto de hermandad. Cuando me fui de casa nos distanciamos, pero nunca lo culpé por eso. Salvatore encontró en mi padre un salvavidas para rellenar el vacío que dejó la ausencia de su mamá y su papá. Salvatore se siente en deuda con él, y mi padre sabe cómo cobrárselo. No lo adoptó como un hijo, sino como un esclavo.

—¿Por qué tu padre tenía sangre en sus manos el día que llegó con Salvatore? ¿Lo recuerdas?

Yo asentí.

—Los padres de Salvatore murieron aquel mismo día en un asalto; pero el mío sobrevivió. Eso nunca se esclareció del todo así que mi padre, como buen amigo del suyo, decidió adoptar a Salvatore.

—¿Y estás seguro de eso? —me preguntó. Yo lo miré sin entender a dónde quería llegar, y él se dio cuenta de mi perplejidad—. Quiero decir, tu padre planeó la muerte de tu madre... ¿Pero, cómo estás tan seguro que él no asesinó también a los padres de Salvatore?

Sentí como si un edificio de treinta pisos me cayese encima.

El doctor Alfredo tenía razón. Existía la posibilidad de que Gaetano también hubiese asesinado a los padres de Salvatore. Recordé con nitidez el rostro descompuesto de mi padre aquel día mirando sus manos llenas de sangre. «¿Le había afectado tanto por su amistad con ellos, o por remordimiento?», me pregunté a mi mismo, de camino al casino clandestino de siempre. Necesitaba hablar cuanto antes con Randone. Si mi padre era ahora tan amigo de Lucky, quizá él también tenga algo que ver con la muerte de Joe Cipriani. Llegué frente a la puerta del antro y di la nueva clave de acceso.

—Tulipanes amarillos— dije tras dar dos golpecitos a la puerta de madera.

Abrió un hombre fornido con rostro rígido. Le pregunté por Luigi Randone y señaló hacia un costado de la barra. Randone estaba sentado con la vista clavada en el fondo de su vaso de whisky seco, como si allí estuviesen escondidos todos los secretos de la humanidad. Dio un brinco nervioso cuando lo palmeé por la espalda. Saludé a Estela y ella me correspondió con una sonrisa, mientras atendía a un par de clientes al otro costado de la barra.

—¿Qué haces aquí?— Me preguntó Randone.

—Necesitamos hablar— le respondí haciéndole señas a Estela para que me sirviera un trago igual al de Randone—. ¿Conoces a alguien de apellido Regio?— Le pregunté por lo bajo.

Estela llegó con el vaso lleno de whisky y lo dispuso frente a mi, echándole una mirada significativa a Randone. Cuando se alejó, él respondió a mi pregunta.

—No, no conozco a ningún Regio, ¿por qué? — Yo le di un sorbo a mi trago, decepcionado—. ¡Oh espera, claro sí!

Casi escupo el whisky, ahogándome con él.

—¿Dónde está él?— Le pregunté en medio de una tos débil.

Se me acercó para hablar en voz muy baja.

—Es uno de los hombres de Macerato; es *Capodecina* en Chicago.

—¿Pero está aquí en New York?

Él asintió.

—Siguen en la casa de Cipriani —dijo y volvió a mirar hacia los lados, alerta—. Es por eso que estoy preocupado. A Macerato se le ha metido en la cabeza mudarse a Palm Beach, en Florida. Si eso pasa, Bonnie querrá irse con él; y yo no puedo salir de New York, ¿entiendes?

Yo asentí analizando sus palabras. Su misión lo amarra a permanecer en New York, el epicentro de la mafia italiana.

—¿Qué pasaría contigo si eso sucede?— Le pregunté curioso.

—No lo sé. No lo he hablado con mis superiores. Estoy esperando que sea del todo seguro... —dijo, dándose un trago—. Y a ti, ¿por qué te interesa el tal Regio?

Debía encontrar la manera de saber si se trataba del padre de Salvatore; pero no podía darle esa razón a Randone porque no entendería de qué estaba hablando.

—Creo que es uno de los hombres que estoy buscando por la muerte de mis padres —mentí—. ¿Puedes llevarme a casa de Joe Cipriani con alguna excusa? —Le pregunté—. Necesito averiguar si es el hombre que estoy buscando y eso será el día que lo tenga frente a frente.

Luigi dudó un instante, pero finalmente cedió.

—De acuerdo —dijo vigilando que nadie estuviese cerca—. Te busco al salir de aquí.

Yo acepté agradecido.

—Oye, otra cosa... ¿has visto a Bianca?— Le pregunté por mi madre un poco inseguro. Él me miró endureciendo el rostro.

—¿Y a ti qué carajo te importa Bianca, eh?— Preguntó defensivo. Yo lo miré sorprendido por su reacción.

—Hey, ¿por qué me hablas en ese tono? —le respondí molesto—. ¿Qué pasa con Bianca?

Él pareció recomponer su actitud. Desvió la mirada hacia su trago y se lo tomó de un sorbo antes de pedirle otro a Estela alzando el vaso.

—Nada que te importe, Brocchi —me respondió de mala gana—. No te metas en mis cosas... y ella está incluida en el paquete, ¿fui claro?— Me advirtió sin poder disimular que le molestaba mi interés en ella.

De pronto comprendí que aquello no era molestia, sino celos. Pasé de mi rebeldía, al shock.

—¿Estás enamorado de Bianca?— Le pregunté boquiabierto.

—¡Shh, cállate, pendejo! —me gritó—. ¿Quieres que me maten?

Yo no salía de mi asombro. Randone siguió en su defensa.

—Si Gaetano o cualquier otro te oye decir eso, soy hombre muerto, ¿o se te olvida que me casé con Bonnie Macerato? ¡Y no tengo que explicarte por qué lo hice! —

Yo seguí mirándolo boquiabierto, con sentimientos encontrados. Descubrir que Luigi Randone estaba enamorado de mi madre; era una movida que no me esperaba. Él seguía en su desahogo—. Cada vez que veo cómo Gaetano trata a Bianca me dan ganas de vaciar mi arma dentro de sus pantalones.

—He tenido ése mismo deseo —solté como un pensamiento en voz alta, saliendo de mi estado catatónico. Randone no pareció darle importancia a mi comentario—. Dime algo, ¿ella te corresponde?

Le pregunté temiendo por la respuesta. Él dudó un instante, pero terminó confesando que ella ni siquiera sospechaba lo que él sentía.

—Nunca voy a decírselo —me dijo en tono triste—. No sólo porque está enamorada de Gaetano, sino porque es la mejor amiga de mi esposa... —suspiró y, de golpe, preguntó—: ¿También te gusta?

Yo solté una carcajada que lo desconcertó.

—Te confieso que sí —le mentí para salir airoso de las preguntas. No podía explicarle que tenía interés en Bianca porque treinta años después, me daría la vida—; pero ahora que me has confesado tus sentimientos, te dejo el camino libre.

Él sonrió, aliviado.

—Ya te expliqué por qué mi amor por ella es un imposible —me dijo—, y la verdad es que preferiría que esté contigo a que esté con el desgraciado de Gaetano. Él sólo le traerá desgracias —Mis ojos se nublaron ante sus palabras. Randone no sabía cuánta verdad había en esa frase—. Me encantará el día en que esto termine, ¿sabes a qué me refiero, no? —me preguntó acercándose a mi, para agregar en un susurro—: Cuento los días para ver caer a estos miserables...

Me tomé el resto del whisky de un solo sorbo para pasar el mal pensamiento que me abordaba, cual mal sabor de boca. Yo sabía que, si permitía al destino lograr sus planes, aquello nunca acabaría para nadie y mi padre terminaría apagando la dulce risa de Bianca, mi hermosa madre. Miré a Randone conmovido. Dios se reía de nuestros planes y yo escuchaba el eco de sus carcajadas dar contra las paredes.

Salí del casino directo a mi casa. La confesión del amor que Randone sentía por mi madre me había dejado emocionalmente golpeado. Me sentía perdido. Si debía aprender algo de ésta experiencia, con seguridad aún no lo había hecho. Minutos después, cuando llegué hasta el pasillo del apartamento, me encontré a un grupo de vecinos aglomerados frente a mi puerta. Mi llegada acalló el bullicio. Un oficial de policía salió, entre el gentío, y me preguntó:

—¿Usted vive aquí?

Yo asentí disimulando los nervios.

—¿Qué sucede?— Pregunté.

Los vecinos se hicieron a un lado despejando mi puerta. Un gato negro descuartizado posaba sobre la pequeña alfombra de la entrada. Un par de hombres recogían los órganos que sobresalían de la barriga del animal. Miré al policía sorprendido.

—¿Era su mascota?— Preguntó el mismo oficial tomando nota.

—No, jamás lo había visto— le dije tenso.

—Una vecina llamó para informar que el animal estaba allí, pero ella asegura que no vio a nadie dejarlo frente a su apartamento. ¿Tiene usted alguna sospecha?

—Yo negué al tiempo que veía cómo los hombres depositaban al animal muerto en una bolsa negra, junto a la alfombra manchada de sangre—. Si sabe algo, no dude en llamarnos, ¿está bien?

—Claro...– dije en un hilo de voz.

El oficial se marchó con los dos hombres que transportaban la bolsa negra. En medio de murmullos, los vecinos fueron regresando poco a poco a sus apartamentos. Yo entré al mío con la certeza de que se trataba de una amenaza hacia a mi. Ansioso, tomé un vaso de agua casi sin respirar. Luego, me di un largo baño meditabundo, intentando calmar el malestar que me generaba el maldito tumor. Le metí algo al estómago, me tomé las pastillas, y me senté en la mesa del comedor a escribir la crónica para el periódico. Tocaron a la puerta y miré a través del ojo mágico. Randone estaba del otro lado. Volvió a tocar ansioso. Cuando le abrí entró casi empujándome.

—Supe lo del gato— me dijo.

—¿Sabes quién lo hizo?

—No.

—¿Entonces?

Él me miró alzando una ceja.

—Pensé que tú lo sabrías... ¿Tampoco sospechas de nadie?— Me preguntó.

—No del todo —le dije dejándome caer de nuevo en la silla del comedor frente a las hojas a medio escribir—... Con el único que he tenido broncas es con Leonardo Cipriani, tú lo sabes, pero no puedo asegurar que haya sido él... en todo caso, sea quien sea, dejó un claro mensaje de advertencia sobre mi.

QUE LA MUERTE SEA BREVE

—Sí; que te quieren muerto.

Asentí.

—O sólo quieren asustarme... —le dije—. Quien sea, tendrá que ser un poco más creativo si quiere intimidarme.

Randone miró las hojas sobre el mesón.

—¿Y eso qué es?

Caí en cuenta que no le había hablado de mi negocio con el periódico.

—Trabajo —le dije, y él no pareció entender de qué hablaba—. De algo tengo que fingir que vivo, Randone. Así que estoy escribiendo para *The New York Times*.

—¿Estás demente? Si Joe Cipriani se entera que estás.../

—No tiene porqué enterarse —lo corté—. Sólo escribo una columna una vez por semana, y bajo el nombre de Jordi Franco —Randone cedió complacido con mi respuesta. Yo desvié el tema a otro punto—. Por cierto, ¿averiguaste algo de Regio?

Él se sentó del otro lado de la mesa del comedor.

—Sí; confirmé que está en casa de Joe Cipriani acompañando a Macerato. Se llama Lorenzo Regio.

Yo sonreí entusiasmado.

—Quiero conocerlo.

—De acuerdo, pero hoy no puedo, tengo que hacer una vuelta con Tinito por New Jersey... al parecer Lucky se complicó con otra cosa y no pudo ir él... —se encogió de hombros—. Ya ves, no le puedo decir que no al cuñado.

Quedamos en que conocería a Regio al día siguiente.

Randone se puso en pie para salir, pero antes me atreví a soltarle una duda que, desde hace unos días, me daba vueltas en la cabeza.

—¿No fueron suficientes las pruebas que hallaron en el puerto para detener a Joe Cipriani?

Él negó frustrado.

—La mercancía se recuperó y se evitó que entrara ilegalmente al país; pero nada más. Tú y yo sabemos que ése cargamento pertenecía a *Della Croce,* pero no hay nada que lo compruebe. Usaron uno de los asociados como supuesto dueño del cargamento... Con unos cuantos billetes repartidos por ahí, en un par de meses estará fuera de prisión.

—Entiendo —le dije—. Es que me he preguntado porqué llevas tantos años sin ponerle punto final a tu misión... y sólo confirmo que hay mucha gente involucrada impidiendo que la ley compruebe algo en contra de *Della Croce.* Siempre han logrado hacerse invisibles. La gente sabe que la mafia existe, pero nadie se atreve a decirlo abiertamente... y mucho menos a enfrentarla.

Él rió con cierta nostalgia, asintiendo.

—Te dije en el casino que yo espero con ansias el día en que esto termine; pero tampoco soy pendejo, Marcello.

Sé que cada día es más y más difícil... Tengo tantos años trabajando de encubierto que, a veces, cuando me miro al espejo, ya no sé ni quién soy... si el ladrón o el policía. ¿Alguna vez te ha pasado? —asentí sabiendo de lo que hablaba. Randone se acercó a la puerta colocándose su sombrero negro—. Tinito ya debe estar esperándome; luego te hablo para visitar al tal Lorenzo Regio. Si es el hombre que buscas, veré qué puedo hacer para ayudarte a que pague por el crimen de tus padres.

—Y si yo pudiese hacer algo por ti, te aconsejaría que te cuides de Lucky y Gaetano —le dije. Él me miró extrañado por mi comentario. No quería que me preguntara, así que intenté justificarlo—... Es que a los dos se les nota que están sedientos de poder y no les temblará el pulso para conseguir lo que quieren. Tú más que nadie sabes que no hay nada más peligroso que un imbécil con iniciativa, Randone.

—Lo mismo te digo a ti, con relación a Leonardo y su pandilla. Si tus sospechas sobre el gato son ciertas, significa que ese chiquillo no se quedará tranquilo hasta cobrarse la humillación que le hiciste... —me palmeó el hombro—. Si necesitas protección, avísame, ¿está bien?

Yo solté una ligera carcajada.

—Vete a la mierda, Randone.

Él sonrió y se marchó. Yo regresé a la mesa y comencé, rápidamente, a escribir la crónica para el diario, con un tema que tenía muy claro: cómo visualizaba a New

York en el futuro. Pero, en menos de cinco minutos, volvieron a golpear mi puerta. Bufé, intuyendo que Randone había regresado por alguna otra cosa.

—¿No me digas que.../?— Corté la frase al abrir y encontrarme con Emiliana parada al otro lado de la puerta.

—¿Esperabas a alguien más?

Emiliana parecía nerviosa. Al entrar, sacó de su largo sobretodo una botella de medio litro de whisky. Le pregunté, sorprendido, dónde la consiguió. Ella rió con dulce malicia.

—No eres el único que sabe cómo conseguir algo ilegal en este país— me dijo, al tiempo que yo buscaba dos vasos en la cocina. Decidí ir directo al grano.

—¿Estás aquí porque tu padre te contó lo que hablamos?

Ella me entregó un sobre blanco ignorando mi pregunta.

—Te lo envía Trevon. Es para una rueda de prensa que necesita que cubras mañana, junto con la crónica que tienes pendiente por entregar.

—Estoy en eso— le dije señalándole las hojas que reposaban sobre la mesa. Tomé el sobre mirándola con decepción.

—Pensé que habías venido a.../

—A traerte la pauta para la rueda de prensa — completó secas—. A eso vine.

Yo miré la botella de whisky sobre el mesón y sonreí con ironía.

—¿Y por qué Trevon te mandó a ti? —le pregunté devolviéndole el golpe ácido mientras le daba un vaso con dos dedos del licor—. ¿La botella viene junto con el mensaje... o es sólo una maldita excusa para venir a verme?

Ella dejó el vaso a un lado para encaminarse hacia la salida, herida en su ego. Supe que había traspasado la línea y la atajé por el brazo disculpándome; pero se zafó intentando llegar hasta la puerta. La tomé por la cintura llevándola de golpe contra la pared. Ella me miró asustada. Podía sentir su respiración entrecortada. Su aliento caliente me penetró, nublándome la cordura. Humedecí mis labios y atrapé los suyos entre los míos, devorándola, dejándome llevar por el deseo que aquella chica me producía. Para mi sorpresa, Emiliana me brincó encima abrazándome por la cintura con ambas piernas y sus brazos se entrelazaron a mi cuello. Llegamos hasta el sofá dando tumbos, arrancándonos la ropa. Ella cerró los ojos retorciéndose de placer a cada toque; hasta que en un rápido movimiento, terminó sobre mi. Me miraba mordiéndose el labio inferior con picardía. Comenzó a deslizar la punta de su lengua por mi oreja, a lamerme el cuello. Cerré los ojos dejándome llevar.

—*Presenta una fuerte contusión cerebral...*

De nuevo escuché aquella familiar voz de mujer, y abrí los ojos de golpe. Emiliana, ajena a lo que sucedía, chupó mi labio inferior antes de bajar hasta mi abdomen en un trayecto de besos húmedos. Tragué grueso y traté de concentrarme para que la voz regresara. Cuando cerré los párpados de nuevo, lo que experimenté fue realmente sorprendente.

—¡Hay que estabilizarlo!— ordenó la misma voz femenina que, ahora, tenía rostro. Era una hermosa mujer, y corría cerca de mí. Otro hombre, del otro lado de la camilla, me ponía una máscara de oxígeno. Las largas luces de neón pegadas al techo pasaban sobre mi cabeza a toda velocidad. La mujer y yo cruzamos una mirada fugaz, justo cuando el hombre posó sobre mis ojos un punto de luz tan potente que me encegueció.

—Lo perdemos, Layla— advirtió él y fue lo último que escuché.

Abrí de nuevo los ojos, muy agitado. Emiliana lo percibió y se separó de mi abdomen.

—¿Estás bien? —me preguntó dándome besos cortos en la mejilla—. ¿No te gusta lo que te hago?

Yo tragué grueso, nervioso, y asentí forzando una sonrisa.

—¿Tienes miedo? —Insistió ella con voz dulce—. ¿Es... tú primera vez?

Yo me senté de golpe, irritado.

—¿Primera vez en qué?

Ella rió con picardía.

—Con una mujer...

Yo iba a protestar, pero me contuve y me fui de nuevo sobre ella. «Layla, así se llama la mujer que me pide despertar del coma.», pensé antes de comenzar a besar a Emiliana con desesperación y entrega...

Al amanecer, cuando nuestros cuerpos sudorosos se separaron, entendí que ella tenía razón: sí era la primera vez que hacia el amor con una mujer. Estaba impregnado de ella, mirándola dormir profundamente entre mis brazos mientras la lluvia corría por los ventanales. Me quedé inmóvil evitando despertarla. Traje a mi mente lo que experimenté con la voz de aquella mujer llamada Layla. El hospital. Las luces de neón. La máscara de oxígeno. Nuestros ojos encontrándose fugazmente. Viré el rostro para contemplar a Emiliana. Sus latidos iban acordes a su calmada respiración. «A veces se es inmensamente feliz», pensé en ése segundo, antes de que ella abriera los ojos y me pillara mirándola con la expresión más idiota del mundo. Ella sonrió débilmente y volvió a cerrar los ojos, adormecida. Se abrazó fuerte a mi pecho y susurró un "buenos días". Yo le besé la frente. Sus cabellos desprendían ese perfume de jazmín que me hizo cerrar los ojos y aspirar. Guardaría aquel olor para los días venideros, cuando han de llevarme los demonios. Me separé de ella y fui a preparar el desayuno. Más tarde, ambos nos sentamos en el sofá a contemplar la lluvia caer. Disfrutamos el silencio. Un estado de calma que sólo se experimenta cuando sientes que estás dónde debes estar. «Nada falta. Nada sobra», pensé cuando se acurrucó de nuevo contra mi pecho, sosteniendo su taza de café humeante.

—Mi padre no me ha dicho nada —soltó en un hilo de voz con la vista clavada en el paisaje grisáceo. Yo suspiré listo para lo que venía—. Primero porque su ética no se lo permite, y segundo porque quiero que seas tú quien me diga toda la verdad. No importa qué tan duro sea, quiero oírlo... de ti.

Yo le hice un mimo y comencé a contar de nuevo mi historia. Lo primero que le confesé fue que mi verdadero nombre no era Jordi Franco, como hasta ahora ella creía, sino Marcello Brocchi. Al principio pareció confundida pero, a medida que le fui explicando la razón de ese nombre falso y quién era yo en realidad, las lágrimas no tardaron en brotar de sus ojos. Cuando quedé en silencio, escuché de nuevo los latidos de su corazón, ahora desbocados, chocando contra mi pecho. «El amor te hace vulnerable», recordé las palabras que me repetía mi padre: «El amor te va debilitando hasta que, al menor descuido, la otra persona se adueña de tu mundo», aseguraba él. Quizá, si mi madre hubiese existido en mi vida, yo tuviese una perspectiva diferente; pero él me enseñó que el amor te desvía siempre de tus propósitos. Y ahora, con Emiliana en mis brazos, todo se hacía más claro. Recién la había encontrado y ya tenía miedo a perderla. La estreché contra mi pecho. Le besé los labios húmedos, salados. Volví a sentir la sangre caliente corriendo por mis venas. Ella respondió al beso corto y yo hundí mi lengua en su boca con deseo. La suya acarició mi paladar, sublime. Nuestras lenguas danzaron juntas hasta que mordí su labio inferior. Ella debió sentir mi erección contra su pelvis porque se estremeció. Le quité la taza de las manos para acostarme de nuevo sobre ella. Sus pechos rozaron mi torso desnudo. Si el tumor cerebral me fulminaba en ése instante, moriría feliz.

—Lo que sea que hayas venido a aprender, lo aprenderemos juntos —me dijo al oído en un murmullo apasionado—. Así deba enfrentarme a la muerte, iré a donde quiera que vayas.

Hundí mi nariz en su cuello. En su olor a jazmín. Me perdí en ella o quizás, justo ahí, sintiéndome perdido, fue cuando precisamente me hallé a mi mismo por primera vez.

—Le prometí a tu padre que me alejaría de ti, Emiliana —le dije tras una intensa jornada sexual. Ella me escuchaba con la mirada perdida, pero aún así, insistí—. No quiero que nada malo te suceda, ¿entiendes?

Ella salió de su ensueño para mirarme.

—No importa qué diga mi padre, no voy a dejarte. Si estás de regreso en esta vida, como tú y él creen, yo quiero vivirla contigo... Estoy dispuesta a asumir las consecuencias.

Suspiré.

—Iremos con calma. La muerte de Joe Cipriani debe producirse en cualquier momento, y tengo que estar alerta para evitarlo... por ahora, lo mejor será esperar.

Ella bajó la mirada, preocupada.

—¿Y si no funciona? —Me preguntó—. ¿Qué pasa si compruebas que la muerte de tu madre es inevitable... que el destino está escrito?

Yo solté aire comprimido.

—No tendré respuesta para eso hasta que suceda.

Ella me tomó de la mano con dulzura.

—Sé que es duro lo que voy a decirte, pero tal vez... eso sea justo lo que debes aprender —Yo la miré sin entender lo que quería decirme. Ella suspiró, viéndome conmovida, y continuó—: A lo mejor debes aceptar la muerte de tu madre y, con ello, aceptar quién eres tú, en tu presente...

Bajé la mirada meditando sus palabras. De pronto, Emiliana vio la hora y se levantó sobresaltada del sofá.

—¡Debo irme, mi padre debe estar preocupado! —Yo seguía con la mirada fija en un punto difuso de la sala, pensativo. Emiliana me dio un corto beso en la frente—. Iré a darme un baño y me marcho... tú deberías hacer lo mismo o llegarás tarde a la rueda de prensa.

Se perdió escaleras arriba hacia la habitación. Escuché el agua de la ducha caer. «A lo mejor debes aceptar la muerte de tu madre y, con ello, aceptar quién eres tú, en tu presente...». Las palabras de Emiliana retumbaban en mi cabeza. Tal vez ella tenía razón. Pasé la vida lamentando su muerte. Sufriendo su ausencia. Culpando a mi padre. Culpándome a mi mismo por no haber estado con ella en aquella avioneta. Yo había pasado demasiados años deseando haber muerto junto con ella, para no tener que aprender a vivir sin ella.

Golpearon a mi puerta y salí de mi ensueño. Nervioso, miré hacia el piso superior. Pensé que podría ser el doctor Alfredo buscando a Emiliana. Corrí a recoger el desorden que habitaba la sala. Volvieron a tocar con más fuerza y me apresuré a abrir, tras ponerme el pantalón. Del otro lado de la puerta, Gaetano y Lucky sonreían con malicia.

—¡Hemos venido a hacerte una visita! —dijo mi padre, sarcástico, abriendo los brazos de par en par como si esperase un abrazo—. ¿No te alegra vernos?

Me tomaron por sorpresa. Lucky se apresuró a intervenir con tono cínico:

—¿Qué pasa, Marcello, no nos invitas a pasar?

Gaetano y Lucky se abrieron paso al interior del apartamento. Miré de reojo hacia el piso superior, nervioso por Emiliana. Ambos miraban todo alrededor, llenos de curiosidad. Lucky fijó sus ojos sobre la botella de licor que reposaba sobre el mesón de la cocina y, luego, en los vasos ahí olvidados. Me miró con una sonrisa socarrona.

—Como que te dejaron esperando.

Gaetano me palmeó por la espalda.

—Qué mal eso; pero, como están las cosas, también está mal desperdiciar un trago, ¿no crees?— dijo tomándose el whisky sin respirar.

Lo miré por un instante pensando que, aún de joven, mi padre era un hombre decepcionante.

—Vivir tras la sombra de Lucky debe ser muy pesado— dejé escapar y su rostro se transformó, enrojeciéndose de ira. Me tomó por el cuello y me arrinconó contra la pared. Lucky se mantuvo distante, pero sonreído.

—No me provoques, Marcello, que no eres nadie — me gruñó—. No sé por qué razón Cipriani te protege, pero te juro que lo voy a descubrir.

Lucky nos separó tomando a Gaetano por el hombro y halándolo hacia él.

—Déjalo... pronto sus ángeles dejarán de volar.

Emiliana apareció por la escalera, pero se detuvo en seco al notar lo que sucedía. Lucky y Gaetano clavaron su vista sobre ella. Yo los miré uno a uno, tenso.

—Vaya, vaya —dijo Lucky acercándose a Emiliana con una sonrisa de oreja a oreja. Yo avancé hacia ellos, pero Gaetano me cerró el pasó—. ¿Por qué no nos dijiste que estabas tan... bien acompañado?

Emiliana cruzó una mirada nerviosa conmigo.

—La señorita ya se iba— dije de manera significativa para ella.

Lucky viró para hablarme, lanzando un cínico reproche.

—La señorita va a creer que no te agrada que ella conozca a tus amigos... —dijo, tendiéndole la mano—. Me llamo Lucky Costello y él es Gaetano Brocchi.

Emiliana palideció al escuchar los nombres, y tras un instante alargó su mano, nerviosa.

—Me llamo Emiliana Mendoza —dijo en un hilo de voz que intentó reforzar—. Marcello tiene razón, ya me iba. Mucho gusto... en conocerlos, a ambos— concluyó torpemente al encaminarse hacia la salida.

La vi irse preocupado y al regresar mi atención sobre Gaetano, lo descubrí viéndola de arriba a abajo, lascivo. Lucky sacó una caja de *Camel* del bolsillo de su pantalón y me ofreció uno. Yo me negué.

—Linda tu amiga —dijo colocando un fósforo encendido sobre la punta del cigarrillo—. Quien tiene buen gusto para las mujeres, lo tiene para los negocios.

—¿A qué vinieron?— lo corté seco.

—Joe Cipriani me pidió que buscara refuerzos para ir a cobrar una deuda y ¿qué crees?... pensé en ti. Llegó el momento de tu bautizo —dijo Lucky. Gaetano, con gesto pensativo, seguía con la vista clavada en la puerta por la que había salido Emiliana—. Si quieres entrar en *Della Croce,* tienes que demostrar de qué estás hecho, ¿no es así, Gaetano?

Éste salió de su ensueño y reaccionó.

—Seh, vámonos ya. Le explicamos en el camino lo que tiene que hacer; pero eso sí —me advirtió Gaetano con resentimiento—, harás lo que se te diga o tendrás que asumir las consecuencias... tú y tus afectos, ya conoces las reglas.

Yo le sostuve la mirada. Lucky nos observaba uno a otro, divertido. Si yo debía aprender a querer a mi padre en ésta vida para volver a la otra, estaba jodido. Si algo tenía claro es que él y yo no podíamos estar juntos en el mismo lugar, sin que se iniciara una guerra sangrienta.

Recordé las palabras del doctor Alfredo y me pregunté: ¿si tuviese la oportunidad de elegir ser otro tipo de persona, lo haría? Probablemente no. Recordé también la respuesta que le di ese día: «No sé cómo vivir de otra manera». La vida, una y otra vez, me pone en la misma posición incómoda de tener que decidir quién merece la vida y quién no. Con los años, aprendí a ver aquello como una oportunidad. Exterminé a todo ser despreciable que se iba cruzando en mi camino. No importaba quién fuera. Si actuaban mal, los mataba a sangre fría. Solía cometer mis crímenes con justificación. Jamás asesiné a un inocente. Tampoco lo hice por gusto. Todos, sin excepción, eran criminales. Eso no me convierte en un justiciero, pero tampoco me sentía un asesino.

Me bajé del auto de Lucky y Gaetano frente la fachada de un restaurante llamado *Scarpatori*, en *Little Italy*. Tenía instrucciones específicas de lo que debía hacer. Entré y me senté en la barra. Pedí un plato de pasta con salsa napolitana, un jugo de manzana y otra orden de pasta para llevar. El barman, al escuchar mi orden, me miró de manera significativa y se perdió hacia la cocina fingiendo tomar mi pedido. Al otro lado del restaurante, Tinito, el hijo de Macerato, seguía cada uno de mis movimientos desde la mesa donde estaba sentado. Lo acompañaba a comer un hombre con sombrero que me daba la espalda. Tinito tomó un bocado del plato, tras sonreírle al hombre. Ambos intercambiaron palabras durante un rato. Mi pasta llegó junto con una bolsa de papel con la comida que ordené para llevar. Tomé la bolsa y, de inmediato, sentí el arma en su interior. La abrí bajo el mesón, cuidadoso, y posé el revólver sobre mi rodilla esperando la señal. Tendría una sola oportunidad. El barman me dio la espalda y comenzó a atender a otros clientes, fingiendo naturalidad. Tinito se secó la boca con la servilleta; luego, sacó del bolsillo interior de su saco una carta con el *As* de diamantes y se la mostró. Esa era mi señal. El hombre pareció observar la carta durante los segundos que me tomó llegar hasta él, apuntarlo en la nuca y halar el gatillo. La detonación hizo que su cabeza fuese a dar de frente contra su plato. El *As* quedó colgando entre los dedos de su mano derecha. Cuando regresé al auto, agitado, Lucky y Gaetano pusieron el motor en marcha sin decir una sola palabra. Aún sostenía el revólver en mi mano, fría como un témpano de hielo. Lucky me miró por el espejo retrovisor con una sonrisa cínica.

—Quien diría que el protegido terminaría matando a su protector —sentenció Lucky—. Joe Cipriani debe estar revolcándose en el puto infierno.

Yo palidecí en medio de sus carcajadas macabras.

—Hijos de puta— balbuceé tras el golpe bajo que me acababa de dar el destino directo en la cara.

El auto zigzagueaba por la calle. Mis manos estaban sobre el cuello de Gaetano. Lucky trataba de mantener el control del volante, pero la mitad de mi cuerpo estaba sobre los dos. Habían despertado mis demonios.

—¡Voy a matarte, infeliz desgraciado!— Le gritaba a Gaetano, estrujándolo como un pedazo de papel. Él se defendía clavándome los dedos en los ojos, intentando que yo lo soltase. El revólver rodaba de un lado a otro en el suelo del auto, tras un golpe certero de Gaetano para desarmarme. Me invadió un fragmento de la hipnosis que viví con el doctor Alfredo, como si fueran golpes en la cabeza:

«Hay un recorte que habla del asesinato de Joe Cipriani... fue asesinado de un disparo en la nuca mientras comía».

—¡Basta ya! —ordenó Lucky apuntándome con su arma en la cabeza. Había detenido el auto a un costado de la calle. Yo aflojé el cuello de Gaetano, y éste comenzó a toser desesperado por tomar aire—. No te ganes una bala, Marcello. Si no te disparo ahora mismo es porque Macerato quiere verte, ¡entrégale el arma a Gaetano!– me ordenó y yo, de mala cara, tomé el revólver del suelo para dárselo a mi padre. Éste me miró con desprecio apuntándome con mi propia arma. Ambos temblábamos de ira.

—Te mataré —le susurré a Gaetano entre dientes—. Aquí o en 60 años, acabaré contigo.

Gaetano me miraba fiero. Lucky volvió a colocar el auto en marcha maldiciendo entre dientes, siempre alerta por el espejo retrovisor. Recobré la calma meditando lo cerca que estuve de matar a mi propio padre. No era la primera vez que lo intentaba.

—No dispares, Marcello —me pedía Salvatore, interpuesto entre mi padre y yo. Recién cumplí la mayoría de edad cuando descubrí la verdad sobre el accidente de mi madre—. No hagas algo de lo que luego te vas a arrepentir...

Yo miraba a mi padre con los ojos inyectados de odio, apuntándolo a su cabeza. Él me sostenía la mirada, también con mi frente en la mirilla de su arma automática. De pronto, mi abuela apareció por la puerta, cargando unas bolsas de mercado junto a Noemí. Se le transfiguró el rostro ante aquella escena. En la sala había un enfrentamiento arma con arma, como en el viejo Oeste.

—¡Bajen esas armas, por amor a Dios!— ordenó mi abuela colocándose en medio de ambos con gesto de espanto. Salvatore corrió hasta ella intentando sacarla de la línea de fuego, sin éxito. Noemí se apresuró hacia la cocina despavorida.

—*Déjalo, mamá —gritó Gaetano sin quitarme la vista de encima—. Éste no tiene cojones para matar a su propio padre.*

Yo lo miraba con fiereza, dispuesto a accionar el arma.

—*¡Llévate a la Nona, Salvatore! —le ordené—. No quiero que ella vea cómo te hago pagar por la muerte de mi madre, ¡fuiste capaz de matarla, infeliz!*

—*¡Basta ya! —Gritó mi abuela entre el llanto. Salvatore intentaba sostenerla con todo el peso de su cuerpo, pero era inútil—. Ya no quiero más muertes... no más, te lo suplico, Marcello, no te conviertas en eso que tanto odias— agregó arrodillándose a mis pies, suplicante.*

La miré conmovido en medio de mi rabia. Ella había sufrido junto conmigo todos aquellos años, manteniendo una fe ciega en que su familia saldría a flote a pesar de nuestras diferencias.

—*Si soy lo que soy ahora, Nona, es gracias a tu hijo —le dije bajando el arma. Mi padre, que seguía apuntándome, me sonrió cínico. Yo levanté a mi abuela del suelo y ella se dejó hacer como un títere, débil. Le sujeté el rostro húmedo—. ¿Tu sabías que mi padre mató a mi madre? —Le pregunté mirándola con pena. Ella, llorando, fue incapaz de responder. Gaetano seguía su arma a la altura de mi cabeza. Salvatore nos miraba a ambos sin saber qué hacer—... Siempre lo protegiste así, como lo haces ahora; y él, cobarde como es, se cubre en tus faldas.*

A Gaetano se le borró la sonrisa del rostro y dio dos pasos con su arma. Salvatore se le acercó y lo contuvo junto con mi abuela, retardando el enfrentamiento. Aquella noche le advertí a mi padre que algún día llegaría el momento de saldar esa deuda conmigo.

—El día en que mi Nona ya no esté entre nosotros, encuentra un lugar en el mundo dónde esconderte —le advertí mirándolos a los tres, uno a uno, y de último a mi padre—. Si tanto amas tu poder, prepárate a perderlo todo... Te dejaré vivo para que veas tu imperio caer; ese será tu peor castigo.

Salí de mi ensueño con el sonido de la bocina del auto de Lucky frente al portón de la mansión Cipriani. Los guardias nos dejaron pasar alzando sus sombreros en señal de saludo. Nos recibió Macerato en la entrada principal, de bata, pantuflas y una sonrisa cínica.

—Ya me informaron que todo fue un éxito –le dijo a Lucky palmeándolo orgulloso–. Gaetano, Marcello, buen trabajo.

Gaetano me miró de reojo.

—¿Por qué lo mataron?— Le pregunté conteniendo mi ira.

—Lo mataste tú, muchacho —dijo Macerato endureciendo el rostro—. Tú accionaste el arma contra él, ¿o no? —Yo iba a refutar, pero él se me acercó casi pegando su rostro contra el mío, intimidándome—. A mi me dijeron que tú querías ser parte de la organización y, si nadie te lo explicó, ahora lo sabes: aquí es necesario un bautizo como prueba de lealtad... Pues, acabas de tener el tuyo —se separó de mi para mirar a Lucky y luego a Gaetano, antes de encaminarse hacia el interior de la mansión. Yo le seguí los pasos conteniendo mi rabia. Me encontraba en su territorio, y desarmado—. Mi hijo Tinito me contó que estuviste impecable, Marcello... ya hicimos lo debido para silenciar a quienes debíamos —se detuvo frente a la puerta que, al instante, le fue abierta de par en par—. Joe Cipriani se cavó su propia tumba. Se quería aliar con quien no debía e hizo que tuviéramos muchas pérdidas en los casinos que tenemos aquí y en New Jersey; y para más, se estaba acostando con una prostituta encubierta de la policía.

Tragué grueso. Habían descubierto la relación de Joe Cipriani con Estela. Miré hacia todos lados buscando señales de Randone y me pregunté si estaría bien.

—Ya sabía yo que esa vieja se traía algo entre manos —agregó Lucky, socarrón—. Esa zorra nunca me dio confianza, ¡no se me olvida el día que Cipriani me golpeó porque toqué a la infeliz!

—¿Quiere que se la traiga, don Macerato— preguntó Gaetano queriendo llamar la atención del nuevo jefe. Éste se sentó en un enorme sillón en cuanto llegamos a la sala. Los tres nos quedamos de pie frente a él.

—Ya la cabaretera no podrá hablar nunca más —
dijo Macerato con frialdad—. Randone estuvo con *Murder
Inc.*, encargándose de la limpieza... Las mujeres sólo
traen problemas, ¡salan el negocio! Así que ya saben,
derechitos. Conmigo al mando, las cosas van a cambiar
—agregó mirándonos uno a uno, hasta llegar a Lucky, a
quien palmeó fraternal—. Ahora necesitamos hablar de
negocios tú y yo. Organizar un poco este desmadre.
Gaetano, Marcello, déjenme a solas con mi *Capodecina*.

Salimos de la sala y mi padre, por suerte, se perdió
por uno de los pasillos permitiéndome estar a mis anchas
dentro de la mansión. Así que aproveché de ir en sentido
contrario, con la esperanza de encontrarme con Randone
entre los pasillos. Llegué a pasos apresurados hasta los
jardines traseros; pero no estaba allí.

—¿Dónde te metiste, carajo?— Me pregunté
como hablando conmigo mismo en medio de mi
desesperación por saber qué había pasado con él.

Una voz dulce y femenina me habló a mis espaldas.

—¿Buscas a alguien?

Yo viré encontrándome con la hermosa sonrisa de
Bianca, mi madre.

—Bus... busco a Luigi Randone, ¿lo has visto?–
Masculle nervioso y ella asintió sonreída.

—Lo vi llegar hace un rato, yo estaba con Bonnie
en su habitación —me dijo acercándose con pasos
delicados y contuve la respiración—. Él le pidió hablar a
solas y, desde entonces, no han salido de allí... —me miró
con los ojos entrecerrados—. Nunca te he visto por aquí,
¿eres amigo de Luigi?

Asentí nervioso.

—Estuve en el matrimonio de Bonnie, pero no
tuvimos el placer de conocernos...

Ella sonrió.

—Me llamo Bianca —dijo alargándome su
mano—. Soy amiga de Bonnie y novia de Gaetano, ¿lo
conoces?

Yo miré su mano suspendida en el aire. Mis piernas
flaquearon cuando se entrelazó con la mía. Tuve ganas
de tocar su rostro, besarla, olerla; decirle cuánto la
extrañaba. Fui incapaz de soltarla para no perder ese
contacto otra vez. Ahora que Joe Cipriani estaba muerto y
que yo mismo, sin saberlo, había cumplido su destino, no
estaba tan seguro que pudiese salvarla de la muerte.

«¿Qué hago, mamá, cómo hago para salvarte?», me
pregunté en mi interior mirándola a los ojos.

—Déjame ir— me dijo como respondiendo a mi
pregunta.

La miré saliendo de mi ensueño, fulminado.

—¿Qué... qué dijiste?— Le pregunté en un tartamudeo tonto.

Ella sonrió y me señaló nuestras manos aún entrelazadas y suspendidas en el aire.

—Que debes soltarme— dijo.

—Ah, sí, sí, claro, discúlpame— dije zafándome.

—¿Te encuentras bien? —me preguntó preocupada—. Te has puesto blanco.

Yo no supe qué contestar, y la llegada de un colérico Randone me salvó. Bonnie venía tras él, llorosa. En cuando Randone me vio, su rostro se relajó. Mi madre caminó hasta su amiga y se la llevó sin despedirse. Yo las seguí con la mirada hasta que desaparecieron por el corredor.

—Estela está muerta —balbuceó Randone en cuanto nos quedamos solos. Sus ojos, observando la caída del sol en el horizonte, eran inexpresivos—. Le cortaron la lengua y la amordazaron hasta que se ahogó con su propia sangre... ¿y sabes qué? No pude hacer nada por ella... sus ojos solo me miraban gritándome cuánto estaba sufriendo y, aún así, no me delató, Marcello... —Yo miré hacia los lados, nervioso, vigilando que nadie pudiese escucharnos. Se dejó llevar por mi hasta un costado del jardín bajo un *Cherry Blossom* de flores rosadas. Randone seguía hablando, pero parecía un cuerpo sin alma—... Sus últimos minutos de vida los vi desfilar por sus ojos, hasta que la luz se le fue apagando... Estela murió por mi culpa, Brocchi.

—No digas eso —le dije por lo bajo, preocupado—. Ella decidió colaborar sabiendo los riesgos... tienes que reponerte o sospecharán, ¿me escuchaste, Randone? — le pregunté sacudiéndolo hasta que, por primera vez, sus ojos se cruzaron con los míos—. No sé si ya te enteraste pero sucedió algo más... te necesito en tus cinco cabales.

—Qué pasó, habla de una vez— me dijo con tono áspero.

—Maté a Joe Cipriani.

Randone abrió los ojos, recibiendo el impacto de la noticia.

—¿Por qué... por qué lo hiciste?

—No estaba en mis planes —aclaré molesto—. Ni siquiera sabía que era él, estaba sentado de espaldas y... ¡Grrr, maldita sea! —gruñí con los dientes apretados. Bajé la voz mirando de un lado a otro, vigilando que nadie estuviese cerca. Le advertí—: Ahora más que nunca tienes que cuidarte, Randone

—Imaginé que ellos, al descubrir que Estela estaba sacándole información a Joe Cipriani, la matarían. Pero a él... ¿por qué? No lo entiendo —Se recostó del árbol con los ojos desorbitados de miedo—. Él era la razón por la que fui encomendado a ésta misión, era mi jefe y ya le conocía sus mañas, había aprendido a lidiar con él y ahora.../

—Y ahora tú suegro tomó el lugar de Joe Cipriani —lo corté, y Randone cerró los ojos afectado. Temí que de un momento a otro reaccionara de manera inadecuada, exponiéndose a ser descubierto. Intenté serenarlo un poco posando mi manos sobre su hombro—. Estarás bien, eres parte de su familia. El amor que Bonnie te tiene es tu mejor chaleco antibalas. Eso sí, esto se va a poner muy feo. Macerato ahora no sólo tiene el control de Chicago, sino de New York, New Jersey y Florida... — Randone se recompuso secándose las lágrimas que comenzaban a nacer de sus ojos—. Igual no te preocupes, sospecho que eso será por mucho tiempo. Lucky también buscará cómo traicionarlo para quedarse con todo. Te aseguro que la guerra apenas está comenzando.

Randone me miró extrañado.

—¿Y cómo estás tan seguro?

—Son mis sospechas. Mantente alerta y nada más.

Nos quedamos un minuto en silencio. Randone, más calmado, se hundió en sus pensamientos mientras contemplábamos la llegada de la noche, cuando el sol terminaba de ocultarse y dejaba en el horizonte sus últimos rayos de luz naranja y púrpura.

—¿Por qué Bonnie estaba llorando?— Le pregunté.

Él quitó la vista del horizonte para encender un cigarrillo y, tras aspirar, respondió:

—Es difícil lidiar con una niña malcriada como ella. Como imaginé, quiere irse a vivir a Palm Beach con su padre y le dije que no. Ahora, menos que nunca, puedo moverme de ésta ciudad. Estoy seguro que Macerato se quedará un tiempo acá hasta que las aguas se calmen y, como dices tú, tome todo el poder... Tienes que ayudarme, Marcello —me pidió dándole otra calada a su cigarillo—. Tenemos que conseguir las pruebas suficientes para hacerlos caer. Ya no aguanto más éste infierno. Seis años es demasiado tiempo fingiendo ser lo que no soy.

Yo lo palmeé por la espalda.

—Si quieres atrapar al pez gordo —le aconsejé—, hurga en sus impuestos al Gobierno, en sus negocios ficticios para lavar dinero... debe haber alguien que le monte todo ése parapeto; averígualo y tal vez allí, David pueda ganarle la guerra a Goliat.

Y sin más, le di la espalda y me encaminé hacia el interior de la mansión. Sabía que –según contaba la historia– así fue cómo Macerato y su imperio cayeron. Él hijo de puta no pagaba los impuestos al Gobierno Federal, y Lucky Costello lo sabía.

Ni Randone ni yo nos percatamos de la mirada incisiva de Lucky, quien observó nuestra conversación desde una ventana en la parte superior de la mansión.

Entré buscando el baño. Atravesé un amplio corredor lleno de puertas. La risita de mi padre procedente de una de las habitaciones me hizo detener los pasos. Vigilando que nadie estuviese cerca, caminé sigiloso hasta encontrar la puerta del lugar donde él se encontraba; y allí, me pegué para intentar oír lo que pasaba del otro lado.

Una mujer gemía excitada. La puerta vibraba con pequeños golpes. Deduje que ella estaba recostada del otro lado. Mi padre, en susurros, le pedía oír cuánto placer le estaba generando. Entre gemidos y alaridos, la mujer dijo algo que no comprendí. Me separé de la puerta sorprendido. Aquella no era la voz de mi madre. Volví a acercar mi oreja y pude escuchar:

—Si se entera Lorenzo nos mata— dijo ella con la voz entrecortada por la pasión.

—Shhhh, no hables de Regio ahora, mi reina, que se me baja el muñeco... ven, que no tenemos mucho tiempo.

Volví a escuchar sus gemidos a través de la puerta que vibró por el contacto de los cuerpos; éstos, al otro lado, parecían estar en pleno acto sexual. Me separé de ahí con el rostro transfigurado. Mi padre era amante de la madre de Salvatore.

La puerta de la casa de Emiliana se abrió. Yo estaba de pie en el portal, cubriéndome del aguacero que caía, aunque estaba mojado por completo tras haber caminado hasta allí. Con preocupación, Emiliana se abalanzó sobre mí para besuquearme el rostro y, de inmediato, hacerme pasar al interior. Eran más de las diez de la noche. Ella se apresuró a prepararme un té caliente y, en ese momento, el doctor Alfredo bajó las escaleras alertado por los gritos de Emiliana que anunciaban mi llegada. De inmediato, se ofreció a traerme ropa seca y volvió a desaparecer hacia el segundo piso. Emiliana me sirvió la taza de té y me abrazó con una toalla. El doctor nos encontró en aquella posición y yo me separé sintiéndome incómodo. Él me siguió con la mirada hasta que entré al baño cercano a la cocina. Apenas escuché que le dijo algo a su hija entre susurros, y ésta le respondió en mal tono. Cuando regresé —ya vestido con ropa seca y con la mojada en las manos— ambos parecían estar en una esquina de un cuadrilátero emocional, mostrando caras largas. Emiliana se apuró a tomar mi ropa mojada y se marchó con ella hacia el cuarto del lavandero. Cuando el doctor y yo nos quedamos solos, él me enfrentó de inmediato.

—Prometiste que mi hija estaría fuera de todo esto y no cumpliste tu palabra. No pienses que ves la cara de pendejo.

Yo suspiré hastiado.

—Escuche, doc —le dije sentándome con la taza de té entre las manos—. No quise que las cosas pasaran así. Emiliana estaba en mi casa y.../

—¿En tu casa, dices? —Me cortó. Recién se enteraba de ése detalle. «La cagué», me dije a mi mismo al escucharlo cómo la llamaba de mal genio—. ¡Emiliana, ven aquí ahora mismo!

Ella apareció al instante con cara de circunstancia, sujetando un par de ganchos del tendedero.

—¿Qué pasa, pá, por qué gritas?

—¿Cómo está eso de que estabas en casa de Marcello? Me dijiste que habías pasado la noche en casa de tu amiga Claire.

Ella me miró con reproche. Alfredo, al darse cuenta que Emiliana se había quedado muda, dirigió su vista hacia mi, inquisitivo.

—Ella me visitó temprano por una cosa de trabajo —mentí, intentando reparar el daño—. Sólo pasó a entregarme la pauta para una rueda de prensa y, de pronto, mi padre se apareció en la casa junto con Lucky —Alfredo bajó la cabeza lleno de preocupación y tomó asiento frente a mi. Yo crucé una mirada cómplice con Emiliana antes de seguir en mi defensa—. Apenas y la vieron, doc. En cuanto ellos llegaron, Emiliana se marchó. Estoy seguro que si la vuelven a ver, no la reconocerían.

Emiliana, quien seguía de pie en la puerta de la cocina, intervino nerviosa.

—Si hubiese querido ocultarte algo, pá, no te hubiese contado que vi al padre de Marcello... y que ya sabía toda la verdad.

Él la miró con amor, bajando la guardia.

—Pensé que lo habías visto, no que ellos también te vieron a ti, caray ¿es que no lo entiendes, mija? Esa gente es rete peligrosa... si algo te pasara, yo no lo soportaría.

Ella se acercó a hacerle un mimo, conmovida.

—Tranquilo, pá. Marcello tiene razón —dijo en complicidad, acariciándole la cabellera grisácea a su padre mientras le hablaba con tono dulce—. Estoy segura que no recordarán mi rostro. No tienes nada de qué preocuparte.

Él la miró no muy convencido; sin embargo, no insistió.

—¿Y qué querían esos tipos en tu casa?— Preguntó el doctor Alfredo, y Emiliana se separó de él para mirarme también con curiosidad.

—La muerte de Joe Cipriani sucedió hoy, doc— le solté clavando los ojos en mis mocasines sucios. Éste se levantó como un resorte del sofá.

—¡Cuéntame qué ha pasado! —me pidió—. ¿No funcionó el plan?

—No, doc —le dije sin quitar la vista de mis zapatos. Su cuerpo se espichó como un globo y, desanimado, volvió a caer sobre el sofá. Emiliana se sentó junto a él, nerviosa—. Cipriani murió hoy y yo no pude hacer nada para evitarlo... usted tenía razón, no soy Dios. Ni puedo jugar a serlo, ni puedo cambiar el destino.

—Pero... ¿cómo pasó? ¿Fue por eso que te buscaron esos tipos? —Yo asentí incapaz de alzar la vista por temor a ser juzgado por Emiliana. Ella lo notó y se levantó para agacharse frente a mi. Me hizo una corta caricia en la mejilla. Yo alcé la vista y me encontré con sus ojos, apoyándome. Eran marrones claros con una aureola verdosa en el medio. Brillantes, como luna llena. Ella sonrió con amor y Alfredo nos sacó de nuestra burbuja, insistiendo en que le contara lo que había sucedido—. Habla, canijo, ¿qué chingada pasó?

Yo despegué mis ojos de Emiliana para verlo a él que, sentado en el sofá, me miraba nervioso. Tras un instante, le confesé:

—No pude evitarlo porque... yo fui su asesino...

Emiliana se llevó ambas manos a la boca, espantada. El doctor Alfredo se recostó del sofá, boquiabierto. Ambos, confundidos, reaccionaron con preguntas. Hablaban a la misma vez, uno sobre el otro, con ansiedad.

—¡Silencio!— Les ordené aturdido, y ambos se silenciaron al unísono–. Menos pregunta Dios y perdona...

Suspiré tomándome mi tiempo y, cuando noté que ambos me escuchaban atentamente, les expliqué lo que había sucedido desde que Emiliana salió de mi apartamento; y cómo, sin planearlo, de pronto había sido yo quien le proporcioné el disparo al gran Joe Cipriani.

—No supe que había sido él hasta que subí al auto —concluí—. Y ya era demasiado tarde para todos. Emiliana comenzó a llorar y a balbucear palabras ininteligibles.

—Igual no entiendo cómo es posible que hayas estado dispuesto a matar a alguien, Marcello —me reprochó el doctor Alfredo, consolando a Emiliana entre sus brazos—. Tenía la esperanza de.../

—No pierda conmigo la poca esperanza que le queda, doc —corté levantándome para colocar la taza vacía sobre la mesa central y caminar hasta la ventana. Ambos me siguieron con la mirada, estupefactos por mi frialdad. La lluvia seguía cayendo a cántaros sobre la ciudad—. No puedo decir que me arrepiento del hombre que soy. Las cosas malas que pude haber hecho, las hice en contra de personas que no merecían vivir... y Joe Cipriani no es la excepción. Si quería evitar su muerte era sólo por mi necesidad de comprobar que yo podía cambiar el destino, nada más... pero es evidente que no funcionó.

—¡No me vengas con esa chingada, cabrón! Sabías que eso podía pasar —dijo Alfredo con tono áspero—, pero no se suponía que fueses tú quién.../

—Ya le dije que no lo planeé. Disparé a un hombre que estaba sentado en una silla, de espaldas; si hubiese visto que se trataba de Cipriani, jamás hubiese accionado la maldita arma... o tal vez sí, ahora todo es muy confuso —Emiliana apoyó su mentón en el hombro de su padre, evitando oír mis palabras. Las lágrimas seguían rodando por su mejilla. El doctor se mantuvo frío, sin quitarme la vista de encima—. De camino hasta aquí pensé que si el destino de Cipriani era morir en ése restaurante, quizá entonces el mío, como Jordi Franco, también era dispararle.

Alfredo sollozó meditabundo. Emiliana alzó el rostro para verme con ojos tristes.

—Es posible —dijo el doctor después de una pausa—. Quizá tú, como Jordi Franco, dejaste de ser un periodista para incursionar en la mafia y te tocó reencarnar del mismo modo. Aquello que debes hallar en éste tiempo... o aprender, espero que lo encuentres rápido... por el bien de todos.

Emiliana se separó de su padre secándose las lágrimas.

—Y yo, como te prometí... no voy a dejarte solo en esto —dijo ella dándome un sentido abrazo. El doctor Alfredo la miró sorprendido por su determinación. Yo le tomé el rostro con ambas manos, sintiéndome afortunado de contar con su amor sin merecerlo—. Si tienes cómo ayudarlo, pá, tú tampoco lo abandones... —le pidió ella dándome la espalda para enfrentar el rostro estupefacto de su padre—. Si le fallas, también lo estarías haciendo conmigo.

Alfredo nos bajó sus hombros, derrotado.

—De acuerdo —soltó no muy convencido—. Haré todo lo que esté en mis manos para ayudarte... ahora que tu plan ha fallado, creo que debes intentar regresar a donde perteneces —Emiliana me apretó contra sí. Alfredo la observó conmovido—. Si lo amas como creo, lo dejarás ir; porque bien sabes que él no es de este tiempo —Ella, afectada, asintió. Su padre se dirigió de nuevo a mi muy entristecido—. Y tú cumplirás tu palabra: dejarás a mi hija libre para que sea feliz.

—No tienes derecho a decir eso, pá —le reprochó ella—. Soy mayor de edad y mi felicidad la decido yo.

—Tranquila —intervine—. Tu padre tiene razón, Emiliana. Ella iba a refutar, pero cerré sus labios posando mis dedos sobre su boca—. Yo tampoco quiero exponerte. Estoy tratando con gente muy peligrosa.

El doctor Alfredo se levantó del sofá dando por terminado ese punto de la conversación.

—Ahora que ya comprobaste que cada quien cumple su destino, te pregunto, ¿qué harás con tu madre? ¿Sigues creyendo que podrías evitar su muerte?

Yo rememoré en mi cabeza el recuerdo que había tenido en el auto de Lucky más temprano. Sentí el cosquilleo de nariz que me generaba el sangrar.

—Ya se lo dije, la única salida... —comencé a decir tocándome los orificios de la nariz. La punta de mis dedos se mancharon de sangre espesa— ...para salvar a mi madre es... matar a mi padre.

El aire comenzó a faltarme y tuve que recostarme del sofá, mareado. La cabeza me dolía como si hubiese recibo un golpe en la parte trasera. Mi visión se nubló.

Atiné a ver la cara angustiada de Emiliana sobre mi y, un poco más atrás, al doctor Alfredo. Sus bocas se movían, pero yo no lograba escuchar lo que decían. Y ahí quedé, inconsciente e indefenso.

—Recibimos la llamada de emergencia a la medianoche— escuché decir a una mujer. Por un momento, no sabía en qué tiempo estaba. Si era el pasado o si había regresado al presente. Llevaba puesta de nuevo ésa máscara de oxígeno que tapaba parcialmente mi rostro. Abría y cerraba los ojos con dificultad. Los párpados me pesaban. Las luces pegadas al techo pasaban a toda velocidad. De pronto, el doctor Alfredo se asomó por sobre mi cabeza y nuestras miradas se cruzaron fugaces. Cerré los párpados vencido por el sueño, o por el hastío del devenir de mi consciencia. Entonces me vi de pie en un callejón. De las alcantarillas salían bolas de humo. En la esquina superior de la pared se leía 8th Ave., en una vieja señalización. Al fondo divisé a un hombre de baja estatura y boina de tela que apuntaba a Emiliana con un revólver. Ella, pegada a una pared con los brazos arriba, negaba con la cabeza en gesto de horror. El hombre le propinó dos disparos en el pecho y Emiliana, tras rebotar contra la pared por el impacto, se desvaneció en el piso.

—¡Noooo!— Desperté en la cama de un hospital con ese grito desgarrador. El doctor Alfredo, quien dormitaba en un sillón, también se levantó sobresaltado.

—¿Qué onda? —me preguntó acercándose hasta mi cama, asustado—. ¿Tenías una pesadilla?... Mírate —

me señaló la húmeda sábana que cubría mi pecho—, estás empapado en sudor.

Con la respiración agitada, sequé el sudor que corría por mi frente y le pedí agua con un hilo de voz. Él me sirvió un vaso de una jarra dispuesta en una pequeña mesa junto a la cama.

—¿Qué me sucedió?— Le pregunté una vez recuperé el aliento.

—Perdiste el conocimiento en la casa y comenzaste a convulsionar... llamamos a emergencia y, diez minutos después, ya estabas aquí.

—Entiendo... —dije detallando la habitación en la que estaba y que, recién descubría, compartía con alguien más que parecía dormir al otro lado de una pequeña cortina azul—. ¿Dónde está Emiliana?

—La mandé a descansar a la casa. Mañana tiene que estar en el periódico antes de las seis de la mañana. Le prometí que me quedaría contigo pasando la noche, espero que no te incomode.

—Claro que no, doc; al contrario, después de todo lo que ha pasado, agradezco mucho que esté aquí.

Alfredo movió el sillón hasta acercarlo al borde de la cama y ahí se sentó.

—¿Por qué no me dijiste que tenías un tumor en la cabeza, muchacho?

Me tomó por sorpresa. Fui incapaz de darle frente.

—¿Emiliana lo sabe?— Pregunté.

—No todavía —dijo, sorprendiéndome con su respuesta. Él lo percibió—. Decidí ocultárselo porque considero que es mejor así... no quiero que siga sufriendo, ¿sí me entiendes, verdad?

Asentí.

—Por mi está bien, doc —le dije sincero—. No le conté del tumor porque para mi es indiferente... Usted me dijo que yo debía morir antes del accidente de mi madre para volver a nacer siendo su hijo, ¿lo recuerda? —Él lo meditó por un momento y asintió—. Creo que eso es justamente lo que va a suceder. En cualquier momento, este maldito cáncer acabará con mi vida...

Él me miró por primera vez conmovido.

—Lo lamento.

—Necesito pedirle un favor —agregué, y él me otorgó toda su atención—. Si algo me sucede, debe ir a mi apartamento y buscar un cuaderno de notas de color rojo. Lo oculto en el suelo del estudio, bajo unos tablones de madera que están flojos... En un bolsillo de mi pantalón hay una copia de las llaves de mi apartamento, tómela y guárdela bien por si ese momento llega.

El doctor dudó un instante pero, luego, buscó en mi pantalón colocado al borde la cama.

—Ésa es —le dije señalándole la llave—. Si muero, eso será lo primero que hará. Buscará el cuaderno rojo y se lo entregará a Luigi Randone, mi amigo el policía encubierto, ¿fui claro, doc?

El doctor Alfredo miró la llave entre su mano y cedió, guardándola.

—¿Puedo saber qué hay en ese cuaderno?

Yo esbocé una sonrisa por su curiosidad. Y tras un suspiro, le confesé.

—Ahí registré todo lo que sé sobre *Della Croce*. No sólo las cosas que están por pasar dentro de la organización, como la llegada de Lucky Costello a la punta de la pirámide y la muerte de mi madre, sino todos los secretos que Randone necesita saber como policía para atrapar a los grandes capos de la mafia italiana de éste tiempo... Ojalá y hasta pueda detener la llegada de mi legado en el futuro... —recosté la cabeza de la almohada sintiéndome de nuevo muy débil—... ¿Quién sabe si él tiene más suerte que yo, y logra cambiar el rumbo de las cosas?

—¿Y luego qué? ¿Destruimos el cuaderno?

Cerré los ojos.

—Ahí dice exactamente lo que se debe hacer, doc. Sólo déselo en sus manos...

Y, en segundos, volví a quedarme profundamente dormido.

A la mañana siguiente, cuando desperté en la cama del hospital, me sorprendió encontrar a Randone ocupando el sillón que la noche anterior tenía el doctor Alfredo. Llevaba un traje negro muy formal. Me miraba fijo, como si hubiese estado vigilándome el sueño.

Cuando nuestras miradas se cruzaron, no cambió la expresión de su rostro. Le pregunté qué hora era, me dijo que casi mediodía y que yo había dormido como un saco de papas. Quise saber desde qué hora estaba allí. Me contó que sólo tenía una hora allí y, también, que conoció al doctor Alfredo.

—Lo he mandado a casa a darse un baño. El señor lucía muy cansado —me contó—. ¿Quién es él?

—Un amigo... quizá el único que tengo después de ti. Si algún día me pasa algo, Randone, búscalo porque te dará algo que es mío.

Él sonrió apenas.

—Hierba mala nunca muere, Brocchi –bromeó–. Pero, sí ha pasado algo en tu ausencia–. En ese momento, noté que mi compañero de cuarto ya no estaba; las cortinas corridas mostraban una cama limpia y vacía. «Qué suerte la de él», pensé regresando la vista sobre Randone, quien comenzó a relatar lo sucedido—. Vengo del funeral de Joe Cipriani. No sabes lo que ha sido eso. Han cerrado *Little Italy* de punta a punta para su desfile fúnebre, cual ídolo venerado por su pueblo... —Dejó escapar una sonrisa carente de esperanza—. El desvergonzado de Macerato consolaba el llanto del pobre Leonardo quien, sin saberlo, lloraba en los hombros del hombre que ordenó la muerte de su padre, ¿puedes creerlo?

Yo asentí.

—Puedo imaginarlo, incluso —le dije—. Cuando sucede algo así, es mejor averiguar quién fue el primero en enviar una corona de flores, porque seguramente es el traidor... No sé cómo te sorprendes, Randone, porque ha de ser mucho lo que has visto desde que estás con ellos.

Él se encogió de hombros, cabizbajo.

—Quizá es mi lado humano que aún lucha para no desaparecer. El día en que yo deje de sentir piedad, ése día sabré que estoy perdido... que ésta maldita misión terminó por acabar conmigo antes de yo hacerlo con ellos; y entonces habré fracasado, Marcello.

Me senté en la cama tomando fuerzas. La sonda que atravesaba mi vena vertía en ella un líquido blanquecino. Luigi permaneció inmóvil, siguiendo mis pasos con su mirada. Una enfermera apareció por la puerta ordenándome permanecer acostado. Refunfuñé y ella cedió permitiéndome ir al baño. Dejó una bandeja con algo que parecía ser el desayuno y que, a duras penas, intenté comer cuando regresé a la cama.

—¿Qué tanto me ves con esa cara? —le dije a Randone, tras sorber un espeso jugo de naranja—. ¿A qué has venido en realidad?

—Leonardo sabe que fuiste tú quien mató a su padre —lanzó la frase, y yo despegué el vaso de mi boca tomado por sorpresa—. Y supe que Gaetano fue quien te entregó. Él se lo dijo.

—Hijo de puta— solté.

Randone soltó un suspiro preocupado.

—No sé la verdadera razón del porqué lo hizo, pero le dijo que habías sido tú y que lo ayudaría a dar una venganza justa a su padre. Eso es lo que he venido a advertirte.

Coloqué a un lado la bandeja con el sobrante del desayuno.

—Da igual, Randone —le dije acomodando las almohadas en mi espalda para recostarme de ellas—. Ése muchacho ya me atacó una vez y estábamos esperando que lo volviera hacer en cualquier momento; así que estaré preparado para.../

—No es contra ti con quien cobrará su venganza —me cortó Luigi y yo fruncí el ceño, extrañado—. Gaetano le contó que había conocido a tu novia y que ella era el blanco perfecto. ¿Ella de verdad existe?

Contuve la respiración aterrado. Recordé la pesadilla que había tenido horas antes y un escalofrío me recorrió la columna vertebral.

—¿Cómo estaba vestido Leonardo en el funeral? —le pregunté. Randone me miró sin entender por qué quería saber algo sin importancia como eso; así que insistí tras su silencio—. ¿Llevaba una boina de tela?

Randone, estupefacto ante mi pregunta, asintió enmudecido. En shock, reviví el sueño tratando de recordar los detalles que habían en él.

«*En la esquina superior de la pared se leía 8th Ave., en una vieja señalización. Al fondo divisé a un hombre de baja estatura y boina de tela que apuntaba a Emiliana con un revolver*».

—Emiliana... — susurré casi sin aliento.

Yo disfrutaba generar miedo. Me daba morbo ver en los ojos de mis víctimas cómo ese sentimiento les iba tomando el cuerpo, haciendo que las paredes de su estómago se contrajeran. Randone debió percibir eso mismo en mí porque reaccionó con rapidez y me acercó la ropa. Sin pensarlo mucho, me arranqué la sonda del brazo y salimos de allí a la carrera.

Estaba a varias calles de la 8th Ave., cuando Luigi tomó otra dirección para buscar apoyo policial. La lluvia caía con fuerza haciendo enormes círculos sobre el piso. Mis zancadas, al trote, hacían que esa misma agua volviera a elevarse. De pronto la ciudad se había quedado muda. Yo sólo podía escuchar los latidos de mi corazón, como el rugir de un motor que va a máxima velocidad. Cuando llegué a la esquina de la 8th Ave., divisé la vieja señalización en la parte superior de la pared. Dos pasos más allá, comenzaba el callejón y sus alcantarillas humeantes. Era como si la escena de mi sueño estuviese materializándose. En un instante pensé que aquello no fue un sueño sino un fragmento recuperado de la memoria de Jordi Franco. Esto ya lo había vivido en un claro *déjà vu*. Sigiloso, me interné en el callejón.

Leonardo, con su boina de tela y de espaldas a mí, apuntaba a una asustada Emiliana. Ésta, con gesto de horror, se negaba a la posibilidad de estar enfrentándose a la muerte. Intenté dar un paso al frente, pero el frío cañón de un arma tocó mi nuca, inmovilizándome. Sonaron dos detonaciones y los ojos de Emiliana se apagaron antes de que su cuerpo se desvaneciera en el piso y yo cayera junto con ella, arrodillado, como si los disparos también me hubiesen alcanzado a mí. Muerto en vida, me encontré de frente con Leonardo cuando éste se dio la vuelta. Y, al verme ahí, sonrió ladino.

—Levántate —me ordenó la voz de Gaetano a mis espaldas al tiempo que me clavaba de nuevo el cañón en la nuca—. Mucho cuidado con dártelas de vivo, que te lleno de agujeros, *stronzo*.

Yo obedecí a paso lento. Leonardo me golpeó en la boca del estómago haciendo que mi cuerpo se doblara en dos. Posé las manos sobre mis rodillas, adolorido y sin aire. Me sujetó por los hombros preparándose para darme un rodillazo en el mentón. Pero en segundos, al mirar el cuerpo de Emiliana abrazado por la lluvia, me enloquecí y saqué fuerzas para irme sobre Leonardo como un tigre enfurecido. Lo abracé por la cintura arrastrándolo unos metros hasta hacerlo caer de espaldas. Gaetano estuvo tentado a disparar; podía escuchar sus amenazas, pero Leonardo y yo éramos una bola de cuerpos girando de un lado a otro por el suelo. Le di dos golpes en el rostro, él se cubrió con los brazos y logró colocarse nuevamente sobre mi. Giramos un par de veces más hasta que volví a estar sobre él. Lo golpeé con mi cabeza en la nariz y pude escuchar el sonido que hace un hueso al partirse como rama seca. Logré desarmarlo y con la misma pistola lo golpeé en la cabeza, dejándolo tendido en el piso, inconsciente. Me levanté apuntando a mi padre con el arma. Gaetano también me apuntaba con mano temblorosa.

—Ya no está mi Nona para salvarte —le dije ciego de rabia. Él hizo un ademán, desconcertado—. Sé que si te mato hoy, no voy a nacer; pero ¿sabes qué?, quizá hasta le hagamos el favor a la humanidad. O tal vez Dios se apiade de mi alma y me evite llevar tu sangre.

—¿De qué estás hablando? —preguntó sin dejar de apuntarme—. ¿Nunca te enseñaron que si sacas un arma es para usarla?

Yo sonreí cortando cartucho y, cuando iba a apretar el gatillo, el filo de una navaja me atravesó la carne y me hizo ahogar un grito de dolor. Leonardo me hundía con saña el metal por la parte baja de mi espalda. Lo sacó y lo hundió de nuevo con frialdad. Caí de rodillas con la boca llena de sangre. El mundo volvió a quedarse en silencio y, súbitamente, pude verme a mi mismo tendido en el piso boca abajo. Veía cómo mi sangre y el agua de lluvia se mezclaban en el suelo. Una patrulla policial entró por el callejón y Gaetano corrió en sentido contrario junto con Leonardo, huyendo a la carrera. La patrulla se detuvo de golpe a mitad de la estrecha calle, y vi cuando Randone descendió para correr hasta mi cuerpo tendido en el pavimento. Entendí que yo estaba flotando sobre mi propio cuerpo cuando advertí las lágrimas de Randone corriéndole sin control por las mejillas. Él se aferró a mi cadáver soltando un alarido.

Una plácida luz blanca se apoderó de mi y, cuando creí que aquel viaje estaba por terminar, otra voz retumbó en mi cabeza como un relámpago.

—Aléjate de él, te lo advierto.

Era la voz de Salvatore.

GAETANO

Cuando odies a tu familia, no olvides los genes que llevas dentro.

Gaetano, con sentimientos encontrados, contempló largo rato el cuerpo de Marcello, parado al pie de la cama. Hacia más de 15 años que no se veían frente a frente y, aún así, sabía que si Marcello estuviese despierto no tendrían nada nuevo qué decirse. Ya la abuela no estaba para contener el desprecio que se había ido gestando en el corazón de su hijo.

—Con los años espero que hayas comprendido que, a veces, la vida no te da opciones —le dijo, desabrochándose los botones del saco de su traje a rallas para, luego, quitárselo y doblarlo con cuidado sobre la cama—. No todo es como uno quiere que sea y supongo que, por tu estado, entenderás de qué hablo... Dicen que los pacientes en coma escuchan y sienten lo que sucede a su alrededor. Si eso es verdad, es mi día de suerte. Quiero darte la despedida que mereces. A fin de cuentas no sólo eres mi hijo, sino el máximo líder de *Della Croce*.

Marcello seguía inerte sobre la cama. A no ser por el "bip" que se escuchaba desde el monitor cardíaco, cualquiera podía pensar que él estaba muerto. Gaetano se aflojó las mangas de la camisa para, luego, arremangárselas hasta los codos, con cuidado de no hacer arrugas. Y siguió en su monólogo, en su despedida.

—Nunca me perdonaste que yo planificara aquel accidente. En eso nos parecemos. Yo tampoco le perdoné a tu madre que se revolcara con su amante... apuesto a que eso no lo sabías, ¿verdad? —preguntó con tono sarcástico como si Marcello pudiese responderle. Al notar el silencio, se le dibujó en el rostro el primer rastro de odio por aquél recuerdo—. Lamento que, antes de tu muerte, la imagen de tu santa madre se haga mierda... Aquel maldito policía encubierto se acostaba con tu madre a mis espaldas —soltó una risa maquiavélica—. Pobre Luigi Randone. No sólo me le escapé a tiempo llevándote conmigo, sino que tampoco pudo evitar que la avioneta de tu madre despegara... llegó tarde a todos lados.

En silencio, observó un rato más a Marcello. Los ojos se le llenaron de lágrimas, pero se contuvo de llorar. Sacó su arma del bolsillo, era un pequeño revolver con un árbol hecho de oro en el mango. Lo sostuvo en su mano un instante, como midiendo el peso del arma o de las palabras que pronunciaría.

—Te di una vida de lujos, Marcello. Te di la mejor educación. Te enseñé todo lo que debías saber sobre los negocios, pero nunca fue suficiente para ti... no descansaste hasta averiguar lo que había sucedido con tu madre...

—Yo también lo hubiese hecho —se escuchó la voz de Salvatore a sus espaldas. Gaetano viró, veloz, para apuntarlo con su revólver. Salvatore, con el arma que era de Donatello, lo apuntaba a su vez con una sonrisa cínica—. Hola, papá.

Gaetano lo vio con cierto temor, pero se mantuvo parco ante él.

—Aléjate de él, te lo advierto —le ordenó Salvatore—. Ahora sólo estamos tú, mi hermano y yo... Tus hombres están muertos —dijo esa media verdad, mostrándole el arma de Donatello, que lucía el mismo detalle hecho en oro, a modo de prueba—. Apuesto a que nunca imaginaste que volveríamos a reencontrarnos los tres, como una familia.

Gaetano desestimó el comentario con despotismo.

—Tú no eres de esta familia, Salvatore, ¿o se te olvidó de dónde vienes? —Le dijo con rechazo. Salvatore apretó el arma en su mano—. Por eso no me extraña que seas un traidor, no llevas la sangre de un verdadero *uomini d' onore*.

Salvatore rió sarcástico.

—¿Hombre de honor, dices? —Le preguntó Salvatore ahora con un gesto asesino que hizo estremecer a Gaetano—. No te llenes la boca con palabras que te quedan grandes. Aquí el único traidor eres tú, que me tendiste una trampa en aquel galpón para que la policía nos agarrara a mi hermano y a mí... dos pájaros de un tiro, pensarías ¿no?... Antes de morir devorado por los cocodrilos en los Everglades, Tony me confesó que tú mismo le ordenaste llamar a la policía para tirarnos la emboscada.

—Porque sabía que, en cualquier momento, me traicionarías para estar del lado de Marcello.

—Y debí hacerlo hace mucho tiempo. Le di la espalda a mi hermano, al único que merecía mi lealtad y la malgasté contigo... te quise como a un padre, creí en ti, me quedé a tu lado por agradecimiento y respeto. ¡Y no mereces nada de eso!

Gaetano sonrió maquiavélico

—No aprendiste nada de lo que te inculqué, Salvatore Regio —le dijo subiendo de a poco su tono de voz—. El éxito de éste negocio es mantener el corazón y la mente bajo cero; pero qué se le va hacer, si se trata de los miserables genes que llevas. Eres tan patético como tu padre, quien lloró como una niña para que no lo matara como se lo merecía, como a un perro... ¡Así como lo hice con la zorra de tu madre!

Salvatore ahogó un grito desgarrado de odio ante la revelación y, sin más, se abalanzó sobre Gaetano como una pantera fuera de control.

Sonó un disparo seco.

MARCELLO

Un ciego intentando atrapar luciérnagas.

Cuando desperté del coma, tuve una sensación muy similar a cuando llegas a la superficie después de mucho tiempo de aguantar la respiración bajo el agua. Fue como despertar de un largo sueño. Me costaba mantener los ojos abiertos y lo que veía era borroso, como si mirara a través de un vidrio empañado. Logré ver a Salvatore, quien estaba a dos pasos del lugar donde yo parecía estar acostado. De espaldas a mi, reconocí la contextura de Gaetano, ahora de cabello canoso y un poco más encorvado. Parecían estar discutiendo. En un principio, el audio llegó muy débil, sin sentido; pero poco a poco, como cuando se destapan los oídos tras la presión, los sonidos se fueron haciendo nítidos.

—...¿Hombre de honor? —escuché que le preguntaba Salvatore a Gaetano, en medio de la discusión—. No te llenes la boca con palabras que te quedan grandes...

Ellos siguieron discutiendo sin percatarse de que yo estaba ahí también, siendo testigo de lo que ambos hablaban. Miré a mi alrededor. Me sentía débil, con el cuerpo entumecido. Me di cuenta que sobre mi pecho reposaba un arma que, probablemente, alguien había dejado allí. Parpadeé un par de veces para adaptar mis pupilas y los fui viendo más claro, apuntándose uno a otro, con sus revólveres.

—*Eres tan patético como tu padre* —gritó Gaetano; y, sin dudarlo, yo tomé el arma de mi pecho mientras escuchaba las palabras de mi padre— *quien lloró como una niña para que no lo matara como se lo merecía, como a un perro... ¡así como lo hice con la zorra de tu madre!*

Vi cómo Salvatore se abalanzó sobre Gaetano fuera de sí. Halé el gatillo.

Ambos estaban abrazados cuerpo con cuerpo. Gaetano miraba a Salvatore con los ojos llenos de lágrimas y éste me miraba a mi entre el espasmo y la sorpresa. Yo los miraba a ambos sosteniendo el arma que había accionado con las dos manos, aún débil. Gaetano soltó un último suspiro en brazos de Salvatore, antes de desvanecerse en el piso. Creo que murió sin saber que había sido yo, quién le disparó por la espalda. O quizá sí, y no tuvo el valor para mirarme a los ojos antes de irse al infierno.

MARCELLO

Si me pierdo sabré dónde encontrarme...

Salvatore y yo pasamos largo rato en silencio, meditando.

—Sé que en el fondo lo hiciste para salvarme la vida —me dijo, de pronto—. Estoy seguro que siempre evitaste que esto sucediera. De haber querido matarlo, ya lo hubieses hecho hace mucho. Intencional o accidentalmente, pero hubieses cumplido tu palabra después de que la abuela murió.

Sus palabras encerraban cierta verdad. La muerte era una salida muy fácil para mi padre, por eso escogí hacerlo sufrir día tras día. Su condena sería vivir en carne propia su decadencia... que cada mañana, al mirarse al espejo, notara como poco a poco se convertía en un espanto viejo y acabado... la agonía de verte morir siempre duele más que la muerte misma.

—Nunca pude huir de mi pasado, Salvatore —le dije evitando mirarlo. Él se había sentado en una silla junto a mi cama—. Aquella noche cuando nos despedimos, salí de casa convencido de que no descansaría hasta que mi padre pagara por lo que le hizo a mi madre. Pero... con el tiempo la vida me mostró algo que yo no había querido ver: podía acabar con mi padre de un plomazo, pero sus genes siempre estarían dentro de mi. Y de eso, hermano, sí que nunca pude huir.

Salvatore me miró conmovido y sospeché que se sintió identificado conmigo. Posó su mano sobre mi hombro, fraternal, en el momento en que una mujer vestida de médico y otro joven, aparecieron repentinamente por la puerta de la habitación. La mujer ahogó un pequeño grito de sorpresa al verme consciente; y el chico, turbado, se sostuvo del marco de la puerta para no caer. Salvatore se levantó de la silla y los recibió.

—Ellos son los médicos que te han cuidado— me explicó. Ambos me miraban más bien como médicos bacteriólogos. Sonreí al reconocer a la doctora que tantas veces escuché hablar en mi viaje al pasado. Quise decirle algo, pero fui incapaz. Ella corrió a iluminarme las pupilas con una linterna. Su amigo, a quien le costó un poco más despertar del shock, le siguió los pasos para revisar los aparatos que me rodeaban. Yo hice todo cuanto la doctora me pedía hasta que, por último, ella me acercó un vaso con agua. Nuestras manos se encontraron al igual que nuestros ojos. De esa mirada me había enamorado yo antes. En ellos, brillantes como luna llena, reconocí su alma, ahora en otra piel.

—Emiliana —susurré sorprendido—. Eres tú...

Ella frunció el ceño, extrañada.

—No, Marcello —me dijo— mi nombre es Layla y él es Elio–. Señaló al joven médico que aún me miraba asustado.

Yo le sonreí débil. Recordé que había escuchado su nombre mientras besaba los labios de Emiliana, en el sofá de mi apartamento en *Bronx*. Se trataba de la misma alma, viviendo en dos épocas diferentes, conectadas a través de mi como un puente. Era ella, mi Emiliana; estaba seguro.

La policía nos había rodeado en silencio, bajo la noche, y ninguno de nosotros lo notó hasta que tumbaron la puerta de la casa entrando como una estampida de elefantes. Yo no tenía fuerzas para moverme de la cama. Tampoco las ganas. Salvatore me miró desde su silla, junto a mi cama, también sin intenciones de oponer resistencia. Los oficiales fuertemente armados invadieron la habitación. Se detuvieron en seco al ver el cuerpo de Gaetano boca abajo en el piso, tendido sobre un charco de sangre. El último en entrar fue uno que se identificó como Raphael Randone. Yo solté una risa nerviosa que me hizo doler todas las articulaciones. El oficial Randone, creyendo que me burlaba de él, se enfureció ordenando que me esposaran. Yo extendí mis brazos y Salvatore me siguió alzando sus muñecas. Nos entregamos. Elio miraba la escena conteniendo las lágrimas, mientras Layla lo abrazaba con calidez. Mi hermano y yo cruzamos una última mirada antes de que éste abandonara la habitación bajo custodia policial. Hacer lo correcto a veces también duele.

—Es hora de saldar cuentas, Marcello "Cash"— dijo el oficial Randone con tono complacido.

Yo le sonreí disfrutando de su propio acierto al capturarme, aunque eso significara mi propia condena. El cuerpo de Gaetano fue puesto dentro de una bolsa negra y sacado de allí sin mucho protocolo.

—¿Por qué decidiste ser policía?— Dije, y él pareció sorprendido por mi pregunta.

—Por mi abuelo— me respondió seco, antes de ordenarles a Layla y a Elio que abandonaran la habitación en compañía de otros oficiales que les tomarían sus declaraciones. Layla me miró antes de salir y yo le sonreí agradecido. Ésta vez sí cumpliría con lo que le prometí al doctor Alfredo: le permitiría a su hija tener una vida feliz, lejos de mi.

—Tu abuelo se llama Luigi Randone, ¿no es así? —le pregunté a Raphael cuando él pidió que nos dejaran a solas, pero este no contestó y yo insistí—. Era un buen policía... y un buen amigo.

—Así es —terminó respondiendo por educación—. Es toda una leyenda tanto para la policía, como para la mafia... y hoy hice honor a su nombre atrapándote a ti.

Él me miraba complacido. Mi sonrisa volvió a descuadrarlo.

—Me encantaría saber qué es lo gracioso en todo esto— me dijo molesto.

—Te diré una cosa y escúchame bien, Raphael, porque será lo único que diré en mi defensa —le advertí—. Irás a *Bronx* en New York. Buscarás en 2238 Hughes Ave y.../

—No entiendo qué pretendes— me cortó molesto.

—Si te interesa cerrar el caso, déjame terminar —le pedí imponiéndome. Él me miraba con gesto de estar perdido en la conversación, pero finalmente cedió a que continuara. Otro oficial entró a la habitación y se colocó junto a él en silencio; leí en su uniforme que se apellidaba Páez—. En ése edificio buscarás el apartamento 304. En la habitación del nivel inferior, si nadie lo ha cambiado hasta ahora y tu abuelo hizo lo que tenía que hacer —ésta última frase le hizo fruncir el ceño—, descubrirás que el piso tiene doble fondo. Junto a la puerta, si golpeas las maderas del piso, te darás cuenta que el sonido es hueco. Levántalo, y allí encontrarás un cuaderno de color rojo... en el que está escrito todo lo que pienso sostener frente a cualquier juez. Todos los datos que necesitas para terminar con *Della Croce* están en ese apartamento del *Bronx.*

El oficial Páez y Raphael se miraron, dudando si lo que yo decía era verdad. Tras una seña de Raphael, el oficial salió a la carrera para comprobar mis palabras. Sabía que eso les tomaría unas horas.

—¿Por qué has decidido colaborar con la policía?
—Raphael me preguntó ligeramente desconfiado— ¿Qué tienes tú que ver con mi abuelo?

—Solo me siento en deuda con él— le dije sincero, pero Raphael soltó una risa incrédula. La cabeza comenzaba a dolerme. No sé en qué momento cerré los ojos, ni cuánto tiempo los mantuve así, pero cuando volví a abrirlos —sobresaltado por un estruendo— vi a Raphael caer al piso como una hoja de papel. Tras él, un hombre con cuerdas colgando de sus brazos, como una marioneta, sostenía una navaja llena de sangre. Era Donatello, el consejero de mi padre. Solté un alarido de ira cuanto éste se abalanzó sobre mi, navaja en mano. Lo atajé forcejeando con él. En ese instante, entró un grupo de oficiales a la habitación dándole muerte instantáneamente, quitándomelo de encima antes de que me hiriera. Páez regresó agitado yendo sobre el cuerpo de su compañero para comprobar que estuviese con vida.

—¡Traigan a la doctora, rápido! —ordenó con el rostro descompuesto—. Lo perdemos...

EPÍLOGO / RAPHAEL

Desperté sin recordar qué hacia yo en el vagón de un tren. A mi lado estaba sentada una hermosa mujer que me hablaba entusiasmada. Traía sujeto entre sus manos un periódico doblado en dos. Ella debió registrar mi angustia, porque me tomó con delicadeza por el hombro.

—¿Está usted bien? Parece que se le bajó la presión —Yo seguía mirándola con ansiedad, pero incapaz de articular palabra. Ella se apresuró a meter la mano dentro de su bolso y sacó lo que parecía una tableta de chocolate a medio comer—. Mi esposo es médico... mejor dicho, es un psicólogo muy conocido en New York. Quizá haya oído hablar de él, se llama Alfredo Mendoza — agregó extendiéndome un trozo de chocolate que tomé con mano temblorosa—. Por él siempre llevo algún dulce conmigo, sufre de hipoglucemia.

Un joven vestido de uniforme color rojo se acercó a nosotros interrumpiendo su relato. Primero me extendió un cuadernillo de papel donde se leía *"Pasaporte de España"*. Cuando fui a decirle algo, el hombre se dirigió a la mujer junto a mi, entregándole el suyo que decía ser de *México.*

—¿Señora Teresa de Mendoza?

Ella asintió con una sonrisa que me dejó aún más atolondrado.

—Sí, soy yo— dijo tomando su pasaporte.

—Venga conmigo, por favor, necesito confirmar el número de maletas que trae consigo antes de ponernos en marcha.

—Claro, con todo gusto —respondió ella con calidez y dejó el periódico sobre el asiento—. ¿A qué hora llegaremos a Alemania? — Le preguntó al hombre de uniforme quien, con gentileza, le señaló el camino hacia el compartimiento trasero.

—Antes del anochecer, madame— respondió el funcionario.

Ella frenó sus pasos para dirigirse a mi con una amplia sonrisa. Registré que se le hacían dos hoyuelos en cada mejilla.

—Cómase el chocolate, señor Vilalta —me pidió señalando el chocolate que yo aún sostenía entre mis dedos—. Le aseguro que se sentirá mucho mejor. Con permiso.

Y sin más, me dio la espalda perdiéndose por el pasillo en compañía del hombre.

—¿Señor Vilalta?— Me pregunté a mi mismo sin entender por qué me había llamado por ese nombre. Contemplé la portada del pasaporte. Me sentía confundido y asustado. Cómo era posible que yo no recordara qué hacia en un tren rumbo a Alemania. Lo abrí. La fotografía era de otro hombre que se llamaba Ernesto Vilalta. Bufé cerrándolo. Esperaría a que el joven regresara para insistirle que aquel documento no era mío.

Detallé el periódico que la mujer había dejado doblado sobre su asiento.

«Mussolini se salva de otro atentado por parte de Anteo Zamboni».

Decía el titular más grande de la portada. Fruncí el ceño. Lo tomé para comprobar lo que mis ojos habían leído. En letras más oscuras, figuraba la fecha de ese día en la parte superior de la hoja: *"1 de noviembre de 1926"*

Lo solté asustado, y miré por la ventanilla cómo el tren se ponía en marcha con destino a Alemania...